호시노 도모유키 대표 소설집

인간은행

호시노 도모유키 대표 소설집

인간은행

호시노 도모유키 지음

김석희 옮김

문학세계사

한국에서 읽어주실 여러분께

2018년 가을, 내가 어떤 문학상을 수상하게 되었을 때 친구들이 나와 가까운 사람들만 불러 축하 파티를 열어주었는데, 그곳에 이 작품집의 번역자인 김석희가 예고도 없이 나타났습니다. 너무 놀라고 기뻐서 숨이 멎는 줄 알았습니다. 김석희와 직접 만나는 것은 6년 만이었습니다. 김석희와는 2012년, 내가 서울에 3개월 정도 살았을 때 우정을 쌓았습니다. 「모미 쵸아요」에도 썼지만, 인천의 어느 맛있는 카페에 들어갔을 때 '세계에서 가장 맛있는 커피'라는 한국어를 가르쳐 준 것도 김석희였습니다. 「모미 쵸아요」에 실린 이야기는 대부분 한국에서의 실제 체험입니다.

그때부터 김석희는 나의 단편소설을 열심히 번역하여 한국의 문예지에 소개해 주었습니다. 그리고 책을 내기 위해 여러 방면으로 애써 주었습니다. 그 수고가 결실을 맺은 것이 이 작품집입니다. 번역하고, 출판사와 교섭하고, 계약서도 작성하고, 해설도 써

주었습니다. 김석희의 열정에는 언제나 마음이 움직입니다. 그는 결코 주저앉는 일 없이 최선을 다합니다.

이 책은 정말 나와 김석희의 콜라보레이션입니다. 두 사람의 합작입니다. 김석희는 이 소설집의 번역자에 그치지 않고, 제 작품을 통해 자신의 세계를 표현하고 있는 '작가'이기도 합니다. 단편을 선별한 것도 김석희입니다. 대표 소설집의 제목을 정하는 데도 김석희가 관여한 것으로 알고 있습니다. 이런 형태로 책을 낼 수 있다니, 달콤한 꿈이라도 꾸고 있는 것 같습니다.

사실, 내가 소설가의 길을 걸어올 수 있었던 데는 '너의 소설은 가치가 있다'며 뒤에서 밀어준 한국인 동료들의 힘이 컸습니다. 2000년에 일본의 아오모리에서 열린 한일문학 심포지엄에 처음 참가했을 때였습니다. 서로의 작품을 읽을 수 있도록 단편소설을 번역하여 책자를 만들었습니다. 아직 데뷔한 지 1년 반 정도밖에 안 되었던 저는 단편소설을 하나밖에 쓰지 않았기 때문에 그걸 번역할 수밖에 없었습니다. 일본에서는 '어렵다'는 평가를 받았고 큰 반향이 없었던 데다 번역하기도 어려운 작품이었지만, 다른 선택지가 없었습니다.

그런데 한국인 작가들과 처음 만난 리셉션 자리에서 인사를 하자, 그들이 진심 어린 말로 내 단편을 칭찬해 주었습니다. 예상도 못했던 일이라 머릿속이 새하얘졌습니다. 데뷔는 했다지민, 그때까지 극히 일부의 비평가들밖에 주목해 주지 않았을 때였기 때문에 설마하니 한국의 작가들에게 그렇게까지 뜨거운 호평을 받을 줄은 생각도 못했습니다.

그 뒤로 작품을 쓰는 일이 괴로울 때나 자신 있게 쓴 작품이 제대로 평가받지 못했을 때는 한국 작가들이 해준 말을 생각하며 스스로를 격려했습니다.

2003년에는 원주에서 한일문학 심포지엄이 열렸습니다. 토론장에서 젠더를 테마로 새롭게 쓴 소설을 설명했습니다. 여기에 한국의 젊은 여성 비평가가 반응을 보였고 나중에 인터뷰를 받기도 했습니다. 나는 그때도 기쁨과 놀라움으로 가득했습니다. 일본에서는 젠더를 테마로 작품을 써도 혼자 허공에 떠 있는 듯 소리 하나 나지 않았는데, 한국에서는 민감하게 반응해 주었습니다. 나는 나도 모르게 질문을 했습니다.

"한국에는 여성 문예 비평가가 많습니까?"

"늘고 있습니다."

"일본에서는 여성 문예 비평은 보편적인 논의를 전하지 못한다는 이유로 배제되어서, 여성 비평가는 정말 소수인데, 한국에서는 늘고 있군요."

"당연하죠. 여성 소설가가 늘고 있으니 여성 비평가도 느는 게 자연스러운 일이죠."

나는 깊은 감명을 받았습니다. 그리고 내가 쓰고 있는 젠더 관점의 소설이 의미 있는 작업이라고 긍정적으로 평가해 준 그 비평가의 말을, 지금도 가슴에 새기며 작품을 쓰고 있습니다.

소설가로서의 나를 길러 준 것은 반쯤은 한국이라고 할 수 있습니다. 좀처럼 능숙해지지 않지만, 한국어를 조금씩 배우고 있습니다. 그런 저의 개인사가 김석희와의 공동작업으로 꽃피어,

손으로 만지고 눈으로 읽을 수 있는 모습으로 나타난 것입니다. 이것을 행복이라 부르지 않으면 무엇이라 부를 수 있을지 모르겠습니다.

여기에 수록된 작품 대부분은 지금의 인간 세상이 품고 있는 어두운 면을 그로테스크하게 그리고 있습니다. 등장인물들은 인간에게 실망하고 인간계를 등집니다. 지구가 되고 싶어 하거나, 인간 이외의 생물이 되거나, 돈이 되거나 합니다. 하지만 그것은 아직 보지 못한 인간의 가능성을 믿는 마음이기도 합니다. 독자 여러분도 누구나가 가지고 있는 자기만의 상상력을 동원하여 인간의 가능성을 느껴주신다면 기쁘겠습니다.

앞으로도 나는 한국에서 배우고 에너지를 얻겠지요. 이러한 한국과의 인연, 그리고 김석희와의 우정은 계속될 것입니다. 앞으로도 함께하고 싶습니다.

언젠가 여러분과 만나게 될 날을 기다리며……

여름 하늘 아래 도쿄에서
호시노 도모유키

차례

무엇이 나를 그렇게 만들었을까?

그 수상쩍은 전단을 잡은 것은, 아버지를 죽이든지 내가 죽든지, 아니면 둘 다 죽든지 해야 하는 막다른 지경에 이르렀을 때였다.

팔십대 중반의 아버지는 완전히 자기 머릿속에서만 살고 있었다. 아버지 머릿속의 나는 귀신이며 짐승이었다. 그래서 언제나 아버지는 나를 조롱하고 두들겨 패고 침을 뱉었다. 나는 약해진 아버지를 학대하면서 기뻐하는 변태 자식, 길러 준 은혜를 원수로 갚은 냉혈한, '사타구니 습진만도 못한 기생충' 취급을 받으며 규탄당하고 있었다.

학대를 견디며 사는 것은 오히려 나였다. 부탁이니 제발 내 베개에는 똥을 싸지 말아달라고 간청하면, 내 베개에다 대변을 보는 것이었다. 아버지가 특별히 변의를 느끼는 것도 아니면서 그저 주변을 의식하지 않고 대변을 보는 것은 어떻게든

참을 수 있다 치지만, 내 베개에 누지 말라고 말해도 내 베개 위에 똥을 누는 고의성은 참을 수 없었다. 아버지는 나에 대한 증오에 휩싸이는 순간만큼은 자신의 머릿속에서 현실인 양 나와 맞섰다. 그 외에는 내가 아들 도라스케寅輔라는 사실조차 알지 못하는 것이다.

이런 꼴이 요 10년 동안 계속되고 있었다. 한 번 이혼한 경험이 있는 아버지는 쉰이 되자 정년을 대비하여 역시 이혼 경험이 있는 마흔 좀 넘은 여자와 억지로 결혼을 했고, 억지로 아이를 낳았다. 둘 다 아이 없이 노후를 맞는 것이 두려웠던 것이리라. 하지만 여자는 출산 때문에 죽었다. 아버지는 나를 당신의 '어린 친구'로 키웠다. 자신의 건강조차 망가져 가는 환갑 전후에 혼자서 처음으로 아이를 키우는 것이니, 내심 두렵고 혼란스러웠을 것이다. 그래도 남자의 자존심 탓이었을까, 아버지는 남의 손을 빌리지 않고, 남에게 상담도 하지 않고 자기 스타일로 독선을 부리며 나를 키웠다.

그래서 나도 아버지 간호에는 성의를 다할 생각이었다. 그런데도 아버지는 마치 오랜 세월 쌓인 한을 풀기라도 하려는 듯 나에게 마구잡이로 역정을 냈다. 너는 어미를 죽이고 태어난, 천벌을 받아 마땅한 놈이다, 나는 아이와 아내 중에서 선택하라면 망설일 것도 없이 아내를 선택했을 것이다, 너를 돌보는 일로 내 제2의 인생은 끝났다, 운운하면서 내가 죽어버리고 싶을 말만 골라서 했다. 이런 사람은 이미 아버지도 아니다 치고 얼른 집째로 버리고 나가면 좋으련만, 나는 본가에서 아버지를 돌보며 시달려야 했다. 일도 없고 돈벌이도 없고 모아놓은 돈도 없으니 나는 도망칠 여지가 없었던 것이다. 최소한 내가 여자였다면, 취직할 구멍이 있었을지도 모르고, 적어도 이 꽉 막힌 상황을 타파할 만큼의 의욕을 가질 수 있었을지 모르지만, 불행히도 나는 남자다.

꼭 한 번, 충동적으로 가출해서 마루코바시丸子橋 옆에서 며칠을 지낸 적이 있었다. 나보다 노숙생활이 앞선 이들과 친해진 뒤 잔반 장사로부터 그들이 받아온, 새똥 같은 집밥에 비할 바 아니게 제대로이며 영양가도 높고 '맛있는' 잔반을 나눠 받자 나는 대체 지금까지 무엇을 했을까 싶으면서 퍼뜩 정신이 났다. 이대로 다른 인생을 살 수 있을지도 모른다고 노숙자 생활이 낙원처럼 느껴지려고 하던 바로 그때, 가와하라河原를 배회하는 아버지의 모습을 보고 말았다. 나는 운명에 절망하며 아버지 손을 이끌고 "나는 산책할 자유도 없냐? 머리가 어떻게 된 줄 알고 구속하려는 거지? 침대에 묶여 있는 건 싫다!" 하는 외침을 들으며 구타까지 당하면서 본가로 돌아갔다. 물론 나는 아버지를 구속한 일 따위 없다.

이미 먹고 살 것이 없었다. 나는 다리 아래의 생활을 아주 화려하게 각색하여 르포를 썼고, '아직 머물 곳은 있다'라는 타이틀을 붙여 필사적으로 팔아댔다. 오랜만에 기사가 채택되어 가ㅆ스로 누계 십만 뷰를 넘은 덕분에 어찌어찌 십만 원을 손에 쥐었다. 기사가 채택되어 배포되어도 십만 뷰를 넘지 않으면 그냥 끝나는 것이다.

무엇이 나를 그렇게 만들었을까?

그 돈을 아끼고 또 아끼면서 나는 요 한 달을 살았다. 그리고 다시 무일푼, 빈혈 상태다. 요즘도 난 게으름을 피웠던 건 아니다. 와세다에서 학생들이 학교 당국에 날을 세우고 대규모의 동맹휴교에 돌입한 참이라 나는 취재를 나갔다. 저널리스트들이 우글우글했기 때문에 잠입해 들어가기로 마음먹고 학생들과 삼 일간 침식을 같이했다. 식비를 절약하려는 것도 이유 중 하나였다. 와세다 같은 데를 다니는 녀석들은 귀한 집 아가씨나 도련님들이라 돈이 넉넉하다 보니 나를 긴자銀座에 막 오픈한 카페 '아카다마赤玉'에 데려가 주기도 했다.

오사카에서 공수받은 호스트들은 이야기도 잘하고 매력이 넘쳐서 솔직히 절망스러웠다. 내게도 저런 섹시함이 있었다면 호스트라도 돼서 고정 수입을 챙길 수 있었을 터인데, 하고 생각했다. 와세다 사람들은 평소에도 '미인좌美人座'나 '이나이 이나이 바', '콜럼비아' 같은 데를 드나들면서 자신들은 마치 일탈한 삶을 사는 양 행동하지만, 실상은 흥에 겨워 있을 뿐 그것을 진정한 일탈이라 말할 수는 없었다. 그 진정한 의미를 말하자면, 현재를 깨서 아나키 흉내를 내려는 마음에 동맹휴교를 하고 대대적으로 흥분하고 있을 뿐이었다. 나는 그런 치기어린 심리까지를 포함해 '동맹휴교 어드벤처'라는 기사를 썼다. 비슷한 기사를 어중이떠중이 다투어 팔고자 했을 테지만, 모두 명함도 못 내밀고 사라졌다.

한 방에 대박을 내지 못하면 나는 더 이어갈 수가 없다. 조금이라도 이름이 있으면 어중이떠중이 취급받으며 문전박대

당하는 꼴은 면할 수 있다. 어중이떠중이들은 그렇게 생각하고 있었다. 사실 나에게 저널리스트로서의 재능이나 후각 같은 건 없다는 사실쯤 아주 잘 알고 있다. 저널리스트가 된 것은 취직에 완전히 실패한 뒤, 밑천 없이 시작할 수 있는 일이 달리 생각나지 않았기 때문이다. 하지만 아버지를 안고 가는 한, 재능이 있든지 없든지 한 건 크게 히트를 치지 못하면 끝장이다.

그럴 때 '라이온 재상' 하마구치 유키오浜口雄幸(실존인물 하마구치 오사치浜口雄幸, 1870~1931 총리를 패러디한 등장인물. 하마구치가 총리에 오른 때는 미국에서 경제대공황이 시작된 시기로 일본에도 큰 위기가 닥친 상황이었다. 경제대공황의 영향으로 불경기가 시작된 일본에는 829개나 되는 기업이 무너지고, 실업자가 속출했으며, 주식이 폭락하여 투자자가 자살하는 등 큰 경제위기가 닥쳤다. 그는 인플레이션을 극복하기 위해 노력했으나, 그의 만주 침략 반대를 못마땅하게 여기던 우파 장교들은 불만을 품었다. 1930년 11월, 도쿄역에서 우파 청년 사고야 도메오佐郷屋留雄의 총에 맞아 부상을 입은 후, 1년 뒤 사망하였다. 이 작품은 2030년의 근 미래를 상정한 작품이면서 과거의 인물을 소환하여 배치하고 있다. 과거와 미래를 미러링하여 데칼코마니처럼 보여주는 부분이다—옮긴이)가 도쿄역에서 저격당했다. 범인 사고야 루오佐郷屋 留雄는 '중국 자본을 배제하고 원元을 엔円으로 되돌리지 않으면 세상의 먹구름은 걷히지 않을 것'이라고 말했다. 나는 유스트림 사이트에서 보았다.

"내가 당하거나 녀석이 당하거나 둘 중 하나였다."

그 기사에는 그렇게 쓰여 있었다. 내 가슴은 떨렸다. 나도 생각하고 있었던 것이다.

"내가 죽든지 아버지가 죽든지 둘 중 하나다."

라고 말이다.

수상한 전단지는 내가 시부야渋谷의 슬럼 '센터 거리'를 취재하다 정신을 차려 보니 손에 들려 있었다. 그런 곳으로 떠나면 노인 사냥꾼을 만나 돌아오지 못한다고 같은 프리랜서 기자가 충고해 주었지만, 그런 말을 하는 건 기삿거리가 널려 있음을 감추려는 수작이라 생각하고 전단지를 찢어버렸다. 센터 거리를 근거지로 하여 '피오닐'이라는 십대 소년 조직이 무장하고 지주를 습격한다는 이야기를 들었다. 피오닐에 들어가고 싶어 하는 후보대가 실적을 내려고 노인 사냥을 한다는 것이다.

나는 노인 사냥을 목격한 적은 없지만, 피오닐이라는 말을 되뇌는 순간, 맛이 간 눈빛의 남자 다섯에 둘러싸여 끽소리도 못하고 슬럼 밖으로 내쳐졌다. 그 정중함이란 단연코 무서운 것이었다.

찢어버린 전단지에는 이렇게 쓰여 있었다.

노인을 맡아 드립니다.

마음속 깊이 간병이 힘들다고 느끼시는 분, 육친이 무거운 짐이 되어 미동도 할 수 없는 분, 시설에 맡기고 싶지만 금전적으로 곤란한 분 등.

간병은 가혹한 일입니다. 잠깐 쉴 수도 없습니다. 간병은 때때로 부모 자식 관계를 파괴합니다. 왜 내가 이런 부당한 처지에 놓여야 하는 걸까? 대체 언제까지 계속하면 한숨 돌릴 수 있는 것일까? 버리고 싶은 마음 간절하지만, 육친을 버릴 수는 없습니다.

그런 딜레마로부터 당신을 해방시키십시오. 책임지고 당신의 부모님 간병을 맡겠습니다.

비용은 초기비용 10만 원 정도면 됩니다(※1). 그 후에는 일절 받지 않습니다. 한 번 맡은 분을 다시 모셔가라고 하는 일도 없습니다. 생을 마감하실 때까지 저희들이 전력을 다하겠습니다.

이제 한계라고 절망하시는 분, 고민하지 마시고 우선 상담부터 받아 보십시오.

※1. 손님의 상황에 따라 다소 차이는 있습니다.

마치 나를 노리고 쓴 듯 유혹적인 문장. 불과 10만 원이면 이 업보를 벗어 던질 수 있다니. 10만 원도 내게는 큰돈이지만, 시설에 보내거나 헬퍼를 부르게 되면 최종적으로는 그 백배가 든다.

그렇지만 너무 수상하다. 초기비용 이외에 드는 간호비용을 대체 어떻게 마련하는 것일까? 이런 감사한 서비스가 가능하다면 좀 더 보급되었을 터이다. 전단지에는 사이트 정보나 메일 어드레스도 쓰여 있지 않고, 핸드폰 번호뿐이다. 너무 수상하다. 악덕 상인의 냄새가 풀풀 난다.

그렇게 생각하는 순간 좋은 생각이 떠올랐다. 너는 한 건 하고 싶은 거지? 그렇다면 이 악덕을 까발리면 되잖겠는가! 이건 꼭 된다! 아무튼, 현재 인구의 3분의 1이 고령자이며, 나 같은 고통에 짓눌리는 중년이 부모를 죽이거나 자살하거나, 동반 자살하는 사례가 줄을 잇고 있다. 이런 식의 감언이설에 속아 피해를 입는 사람이 많을 게 분명하다. 혹시 만약 이 시설이 악덕이 아니라 알려 마땅한 양심적 조직이라면 그것은 그것대로 소개하는 의미가 있다. 누구나가 그런 정보에 굶주려 있다. 게다가 아버지를 안심하고 맡길 수 있다. 악덕이라면, 아버지를 곧바로 다시 모셔 오면 되는 것. 우선은 아버지를 보내고 볼 일이다.

그런 생각을 하면서도 나는 이틀 정도 더 고민한 끝에 자포자기하는 기분으로 전화를 걸었다. 물론 녹음을 해두었다. 부드러운 목소리의 여성이 정중하게 전화를 받는다. 이거, 이거, 여자가 전화를 하면 상냥한 남자로 바꾸는 거겠지, 직감적으로 그런 생각이 들었다.

아버지를 맡기고 싶다는 말을 하자 간단한 '조사'가 시작되었다.

"아버님의 성함, 생년월일부터 말씀해 주시겠습니까?"

"무라이 기쿠지로村井菊次郎, 1946년 6월 15일입니다."

"그럼, 현재 84세시네요?"

"그렇습니다."

"실례지만, 간병필요 인정은 받으셨습니까?"

"예, 간병필요 2급입니다."

매일 깨어 있는 시간의 반 이상을 아버지에게 뺏기고 있는데, 어째서 우리 아버지가 2급밖에 안 되는 건지, 그 순간 불끈

울화가 치밀었지만, 이미 끝난 일이었다.

"그리고 이것은 초기비용의 산정에 필요한 것입니다만, 무라이 님 일가족의 납세액을 여쭈어도 되겠습니까?"

"어째서 납세액이 초기비용을 산정하는 데 필요한 겁니까?"

"저희 같은 비영리조직은 주로 경제적인 이유로 간병에 어려움을 겪고 계신 분을 지원하는 게 목적입니다. 그래서 경제적으로 여유가 있는 분은 지원하지 않고 있습니다. 시간적인 어려움을 돕는 단체는 여러 개가 있으니까요. 그 점을 포함시켜 두는 겁니다."

"아, 그거라면 괜찮습니다. 우리 집은 가난하니까요."

"그럼 납세액을 여쭈어도 되겠습니까?"

"소득세는 제로입니다. 전액 환급받죠."

"예, 알겠습니다. 그럼 잠시 기다려 주십시오."

나중에 환급증명서라도 제출해야 하나 하고 생각했지만, 납세에 대해서는 더 이상 이야기가 없었다.

"기다리시게 해서 죄송합니다. 무라이 님의 초기비용은 모두 10만 2천7백 원 되겠습니다."

"그런가요?"

"그러면 지금부터 계약 내용과 입소 절차에 대해 설명하겠습니다. 우선, 일주일 이내에 시간 좋으실 때 저희 스태프가 차로 무라이 님 댁을 방문하겠습니다. 그때 아까 말씀드린 초기비용을 현금으로 준비해 주시기 바랍니다. 그리고 아버님을 차에 태우고 시설로 모셔오겠습니다."

"저도 동승합니까?"

"죄송합니다. 동반은 일절 사양하고 있습니다. 시설에는 여러 상태의 환자가 계시고 많은 친족분들이 환자의 모습을 남에게 보이고 싶어 하지 않으십니다. 그런 프라이버시 문제도 있고 해서 시설 출입은 스태프만 할 수 있게 되어 있습니다."

일리가 있다. 나는 내심 폭소를 터뜨렸다.

"그렇습니까? 시설은 어디에 있습니까?"

"저희 단체는 도쿄에 이백 개 넘는 시설을 가지고 있습니다. 모두 비어 있는 민가를 개보수한 극히 소규모 건물이기 때문에, 무라이 님의 건강 상태와 빈방 상태를 조회한 다음 모시러 가는 날 알려드리도록 하겠습니다."

"알겠습니다."

"그래서 계약 내용 말씀입니다만, 앞으로 드는 비용은 일절 없을 것입니다. 아까 말씀드린 초기비용이 전부입니다."

"간병 비용은 어떻게 하는 겁니까? 보험은 이용하지 않습니까?"

"전액 기부로 이루어지고 있습니다. 초기비용도, 말하자면 기부를 받는 셈입니다. 가족을 맡기시는데, 기부를 받는 사람도 하는 사람도 심리적인 부담이 적으니까요."

"그걸로 조달이 됩니까?"

"예, 대륙 본국에 대규모 후원 제도가 있어서 안정적으로 지원을 받고 있습니다."

수상하기 짝이 없어서 웃음을 멈출 수가 없다.

"그래서 여기서부터가 중요한데요, 결코 한 번 맡기신 분을 다시 되돌려 보내는 일은 없습니다. 오래도록 장수하시며 천수를 누리시도록 성심성의껏 저희들이 보살피겠습니다. 이 점만은 잘 알아주시기를 부탁드립니다."

"보살피기 힘드니까 데려가라는 말은 하지 않는다는 뜻이네요?"

"그런 의미이기도 합니다."

뭐지, 이 거슬리는 말투는?

"다른 의미도 있다는 말인가요?"

"어떤 경우에도 아버님을 돌려보내는 일은 없다는 뜻입니다."

"그 말은 결국, 돌아가셔도 시신을 돌려주지 않는다는 뜻입니까?"

"돌아가시면 여기서 화장해서 유골을 돌려드립니다."

"허어, 그렇게까지 해주십니까?"

나는 불쾌함을 표현하려는 의도였는데,

"손님의 수고를 덜어드리는 것이 저희들의 일이니까요."
라고 대답하는 것이었다.

"그리고 면회에 대해서는 아까 말씀드린 것처럼, 시설로 방문하시는 것은 사양하고 있는 관계로, 아버님의 외출 형태로 합니다. 예약해 주시면 이쪽에서 댁까지 모셔다 드립니다. 면회 시간은 한 번에 딱 두 시간, 스태프가 부족하므로 1년에 두 번 가능합니다."

"너무 적네요."

"죄송합니다. 하지만 고객님들 대부분은 면회를 하지 않으십니다. 만나는 것이 괴로우신 것 같더라고요."

나는 아픈 곳을 날카로운 것에 찔린 것처럼 가슴이 쓰렸다.

"이상입니다만, 뭔가 다른 질문은 없으신지요?"

"그쪽 사무소가 있는 장소를 알려주실 수 있습니까?"

"죄송합니다. 사무소는 시설 내에 설치되어 있기 때문에 가르쳐 드릴 수가 없습니다. 대단히 죄송합니다만 이 전화로만 연락이 가능합니다."

전화를 끊은 내 얼굴은 필시 볼썽사나운 웃음으로 일그러져 있었을 것이다. 큰 산을 파헤친 보람이 있다. 사회의 음지에 빛을 비추라, 정치 무대에까지 이르는 사회문제를. 초베스트셀러의 예감!

그건 그렇다 치고, 이렇게 노골적으로 수상한 자들에게 아버지를 맡길 생각이 참 잘도 드는 자식들이 있다. 이런 가짜 지푸라기라도 잡고 싶을 만큼 궁지에 몰린 것이겠지. 하지만 내 경우는, 바로 가짜 지푸라기이기 때문에 애써 잡아 보는 것이다. 이 좋은 소재를 기사화하려는 목표가 없었다면 분명 아버지를 맡기거나 하지 않았을 것이다, 아마도.

약속 당일에 나타난 것은 고용인으로 보이는 아저씨가 몰고 온 낡디낡은 흰색 경자동차였다. 전화로 설명한 내용을 문서화한 입소규정을 건네받고 저널리스트 친구들한테서 모은 초기 비용을 건네준 뒤 계약서에 서명 날인했다. 내가 "아버지가 들어가는 시설 주소나 지도는요?" 하고 묻자 아저씨는 난처하다는 얼굴을 하고, "미안합니다. 지금 가지고 있는 게 없습니다. 나중에 보내지요." 하고 몇 번이나 머리를 조아린다. 이렇게 연기하기로 돼 있는 거겠지. 나중에 보내줄 리가 없다.

"아버지, 지금부터 드라이브야. 노란색 은행나무 보러 쇼와기념공원昭和記念公園에 가는 거야."

아버지는 '쇼와'라는 말을 들으면 기분이 좋아지는 경향이 있다. 이때도 "오, 쇼와기념!" 하고 허둥지둥 차에 올랐다. 내가 같이 타지 않고 밖에서 문을 닫는데도 전혀 신경 쓰지 않고 옆쪽 창문을 내다보고 있다.

"아버지, 그럼 재미있게 놀다 와. 건강해!"

나는 큰 목소리로 차 안쪽을 향해 외치고 손을 뻗어 아버지 손을 잡았지만 반응이 없다. 피부가 쩍 갈라진 것처럼 아프고 날카로운 허전함이 내 가슴을 번개처럼 할퀴고 사라진다. 나는 아무것도 보지 않기로 한다. 그럴 때가 아닌 것이다. 실패가 허락되지 않는 미션이 있다.

차가 출발해서 골목길을 빠져나가는 것을 확인하자마자, 곧바로 준비되어 있던 검은 점퍼를 걸치고 풀 페이스 복면을 뒤집어쓰고, 저널리스트 친구들에게서 빌린 오토바이에 앉아 차량번호를 기억해 둔 경자동차의 뒤를 밟았다.

경자동차는 이윽고 나카하라 가도中原街道로 들어섰다. 마루코바시丸子橋를 빠져나가는 것까지는 알았는데, 그 뒤엔 어디로 갔는지 짐작이 가지 않았다. 나는 미행 같은 걸 해본 적이 없으므로 눈치를 챘는지도 모른다. 말려든 것인지도 모른다.

이런 걸 잘했다면 벌써 유능한 특종기자나 사립탐정이 되어 있을 것이다.

가도를 왼쪽으로 돌자 주택가로 들어선다. 구불구불하고 언덕도 많아서 오르내림이 심하다.

어느 언덕 꼭대기에서 경자동차가 섰다. 나는 일단 그 차를 앞질러 안 보이는 곳까지 달려가서 오토바이를 세운 뒤, 헬멧을 벗고 모자와 안경을 쓰고는 걸어서 되돌아왔다.

언덕 정상 부근까지 왔을 때 나는 압도되었다. 그 좁은 길 한쪽은 깊이 패어 있어서 큰 계곡을 이루었다. 그리고 계곡의 양쪽 사면에 가건물들이 빼곡히 들어차 있었다. 거대한 슬럼이었다. 소름이 돋았다. 뒤에 안 일이지만 자연보호구역으로 남겨진 작은 계곡에 10년 전부터 나타난, 간토関東에서도 1, 2위를 다투는 거대 슬럼 '가니노자와蟹の沢 슬럼'이었다.

언덕 꼭대기에는 사람 하나 들어갈 폭의 계단이 계곡 쪽으로 드리워 있었다. 훨씬 아래쪽으로 남자가 아버지를 끌고 가는 것이 보인다. 나도 계단을 내려가기 시작했다. 분명히 나는 두려웠다. 구불구불하게 사각을 이루는 지점 끝에서 갑자기 남자 둘이 나타났을 때는 겁이 나서 소리를 지르고 말았다. 길을 양보하려고 했지만 상대는 내 앞에 멈춘 채 움직이지 않았다. 물론 내가 빠져나갈 수 있는 틈은 없었다.

나는 마음을 가라앉히고 오른쪽으로 돌아서 오던 길로 되돌아갔다. 남자들도 나한테 바싹 붙어 따라온다. 슬럼에서는 어디나 이런 방식이 유행하고 있는 것일까? 이거, 생각보다 무서운 상대인 것 같다.

집에 돌아온 나를 붙잡은 것은 소소한 안도와 한없는 허무였다. 아버지가 없는 집은 낯설고 남의 집 같았다. 내 자신이 허깨비인 것 같았다. 아버지가 없으니 나도 살 가치가 없는 것처럼 느껴졌다. 10년이나 아버지한테 봉사를 강요당한 탓에 그런 자기멸시가 자라난 거라고, 나는 내 자신에게 말해 주었다. 내가 나쁜 게 아니야. 하지만 아무리 그렇게 자위해도 소멸해버리고 싶은 기분은 사라지지 않았다. '넌 배신자야', 나는 스스로에게 소리 내어 말해 본다. '넌 밀고자야', '넌 인신매매자야', '넌 너를 팔았어'.

처참히 욕을 퍼붓다가 드디어 제정신이 들었다. 이것도 아버지에게 늘상 욕을 먹고 비방당한 탓일까? 그런 단순한 인과관계는 아닌 것 같다는 생각이 들었다.

당장이라도 취재를 시작하고 싶은 마음과 달리 다음 날부터는 완전히 얼이 빠진 채 침대에서 일어나 앉는 것이 고작이었다. 그렇게 무위도식하는 시간이 길어졌다면 나는 정말 나를 소멸시켰을지도 모른다. 다행히도 진기하고 재미난 사건이 일어나는 바람에 기분 전환을 할 수 있었다. 가와사키의 공장에서 노동쟁의 중에 굴뚝에 올라간 여이이, 며칠이나 내려오지 않는다는 것이다. 뭔가 친근감을 느끼며 나는 취재를 하러 나갔다.

내 취재는 이미 때늦은 축이어서 굴뚝 가까운 일등석은 대형 미디어들이 점령하고 있었다. 뭐, 인터넷 입소문으로 4일째야 소식을 듣고 올 정도라면 저널리스트 실격이다.

하지만 그런 것 따위 아무래도 좋았다. 난 그저 굴뚝녀를 보고 싶었을 뿐이었다.

태평한 여자였다. 굴뚝 구멍 주변에 두른 발판에서 자고 일어나며, 아무렇지 않게 밑에 있는 구경꾼들에게 소변을 뿌리고 박장대소한다. 나는 거기에 붙어 있는 소식통 저널리스트에게 물었다.

"똥은 어떻게 해? 설마 똥도 공중에 뿌리는 거야?"

아버지라면 그랬을 테지 하고 생각했다. 그 순간 내 가슴의 심연이 입을 벌린다. 나는 당황해서 굴뚝녀를 올려다본다. 라디오 체조 중이다.

"그게 말이지, 똥은 현재 안 눈다네. 최소한의 음식만 먹으니까 참을 수 있대."

"굴뚝 속에다 하는 거 아니야?"

"그건 무리지. 뜨거워서 화상 입을걸? 엉덩이부터 굴뚝 구멍으로 떨어지면 끝장이야."

"그럼 변비인가? 내려온 다음이 큰일이네."

"수술해야지, 대변 적출."

"쟁의가 관철되는 게 먼저냐, 똥이 먼저냐, 그런 얘기구먼."

"내기할까? 난 쟁의가 먼저 관철된다에 걸지."

"걸고 싶어도 돈이 없다. 나도 굴뚝 위로 올라가고 싶을 정도란 말이야."

"도라 짱, 못 올라가."

"어째서?"

"왜 올라간 줄 알아?"

"해고하지 마라, 급여 올려라, 그런 거 아냐?"

"너 제대로 취재하고 싶은 생각이 없는 게구나? 출산 자녀 수 의무화 철폐를 요구하고 있는 거야."

"아아, 그거."

"그건 도라 짱과는 관계없는 일이지만."

"관계없지. 여자도 없는데 뭐."

"그런 뜻이 아니야. 출산 자녀 수 의무화에는 혼인 의무화도 포함되는데? 서른까지 스스로 상대를 발견할 수 없다면 집단결혼 시킨다고. 그리고 여자는 3년 이내에 임신 의무가 있는 거야."

아연실색하였다. 나는 아버지 일로 머릿속이 꽉 차서 그런 것도 모르고 있었다. 억지로 나를 낳은 여자 생각이 나서 머릿속이 흐려진다.

"나 말이야, 가끔 내 남성은 괜찮을까 걱정이 돼. 실업자로 놀고 있는 남자들에 대한 고용 창출 방안으로 징병제를 실시한다는 이야기도 있는데. 알고 있어?"

"아, 그거라면 들었어."

동맹휴교를 취재할 때 남학생한테 들었다. 여자 쪽이 쓸모가 있다고 기업이 여자만 채용하기 때문에 남자 취직률은 나빠지기만 하고(나도 그 여파를 입은 한 사람이다), 구제책을 마련하지 않으면 폭동이 일어날 거라는 걱정이 나오고 있다.

마침 국방의 중요성이 인식되기도 하고, 아무튼 시험 삼아 2년간 유급 병사로 군에 입대시켜 보면 어떨까 하는 안이 정부 내에서 검토되고 있다고 한다. 남학생이 분개하여 말하기를, 국방 관계 간부도 급히 여자로 바뀌고 있기 때문에 남자를 하급병사로 둔다는 안이 나온다는 것이다. 여학생은 그것이 피해망상이라고 웃어넘겼지만.

내가 그 말을 한 뒤,

"뭐, 괜찮아. 나도 곧 서른을 넘기니 징병 대상은 안 되니까." 하고 자조적으로 말하자, 소식통은 어처구니없다는 듯이 한숨을 쉬었다. 어이없어도 할 수 없다고 생각했다. 자, 두고 봐라. 한 방이다. 나도 저 굴뚝녀처럼 용기를 내서 천연덕스럽게 무법지대로 잠입할 것이니.

나는 박수를 치며 굴뚝녀를 올려다본다.

당신에게 감화되고 싶습니다.

일주일 뒤, 나는 아버지와의 면회를 신청하기 위해, 전단지에 적힌 휴대폰으로 전화를 해보았다. 예상대로 사용하지 않는 전화번호로 바뀌어 있었다. 드디어 잠입이다! 그러기 위해 나는 이틀 정도 노상에서 자기로 하고 마루코바시 아래로 갔다. 전에는 아버지에게서 해방되는 낙원 같았는데, 아버지가 없어지니 정말 이대로 여기서 살게 되는 게 아닐까 하는 불안감이 생생하고도 강하게 밀려왔다. 아버지가 없다는 것은 반년마다 돌아오는 건강관리공단 직원 순회 때문에 금방 들통 날 것이다. 그러면 고령자 주택 보조금도 끊길 것이다. 내가 집세 따월 낼 수 있을 턱이 없다. 아버지 때문에 빌린 10만 엔도 갚을 수 없을 터이니 숨는 수밖에 없다. 즉 다리 밑으로 증발한다는 뜻이다.

그래서 나는 이틀 동안 제대로 잘 수가 없었다. 먼저 자리 잡은 노숙자들이 잘해 주는 만큼 발목 잡혀서 빠져나올 수 없을 거라는 기분이 들면서, 노숙자들에게 혐오감을 느꼈다.

그날은 아침부터 맑은 가을 하늘이었다. 나는 전철과 도보로 가니노자와 슬럼을 향했다. 예의 계단을 내려갈 때는 긴장해서 심장이 튀어나올 것 같았지만, 이번엔 누구에게도 의심받지 않고 들어갈 수 있었다.

한동안 낌새를 살피면서 한쪽 발이 부자연스러운 척하며 주변을 돌아다녔다. 슬럼이라고는 해도 집이 가건물이고 옷이 낡아서 이가 떨어지며 조금 냄새가 나는 것을 제외하면, 보통의 서민 마을이었다. 노천에 시장이 있고 잡화점이 있으며 작은 국수가게나 국물 파는 가게, 라면가게에 주먹밥집, 핫도그가게 등 괜찮은 음식점도 많았다. 당연하지만, 대부분의 주인은 그 위험스런 녀석들과는 달랐다. 오히려 먼지투성이의 지저분한 내 모습이 더 눈에 띄었다.

나는 사람 좋아 뵈는 아주머니를 골라 물어보았다.

"실례합니다. 이 근처에 노인을 위한 시설이 있다고 들었는데, 어딘지 아세요?"

대개는 이런 대답만 돌아왔다.

"글쎄, 그런 시설 얘긴 들어본 적이 없는데."

"그런 대단한 게 여기 있을 거라고 생각하나?"

그런데 40 가까운 아주머니와 십대 후반의 딸에게 물었을 때는 좀 다른 반응이 있었다. 두 사람은 나를 수상쩍은 듯이 바라보더니,

"그런 거 물어서 뭐하게?"

하는 것이었다.

"저도 들어가려고요."

"무슨 소리 하는 거야, 자넨 아직 젊잖아!"

"전 이미 몸도 그렇고, 남한테 민폐만 끼치고, 쓸모없는 노인이나 다름없어요."

"무리, 무리. 들이지 않을 거야."

나는 내심, '찾았다!' 하고 뛰어오를 듯이 기뻤지만, 겉으로는 울상을 지었다.

"아, 잠깐, 그렇지…… 아직 젊으니까 일에 따라서는 할 수도 있으려나? 분명히 팔아버릴 거야. 자네 거기 가면 전속 노동자로 팔아 치울 거라고. 노예라는 뜻이지."

"어차피 이러고 있어 봤자 길에서 죽을 거예요. 팔려도 상관없으니 가고 싶어요."

"집은 없어?"

"없어요. 몸이 이렇다 보니 어머니가 계속 돌봐주셨는데, 벌써 오래전에 이혼한 아버지가 어머니를 이 근처 어딘가의 시설

에 보내버렸어요. 그래서 집도 몰수당하고 앞으로 제가 일해서 먹고살긴 어려우니까, 어차피 행려사망할 거라면 어머니라도 한 번 만나서, 가능하면 같은 시설에 수용되는 편이 낫겠다 싶어 이 불편한 다리를 이끌고 겨우 여기까지 찾아왔어요."

"저런."

그리고 침묵이 흘렀다.

이윽고 아주머니가,

"배고프지? 그러니까 쓸데없는 생각만 하게 되는 거야. 우리 집에 와서 좀 쉬어요."

하고 딸을 보며 말했다. 딸도 고개를 끄덕이고, 나를 이끌고 걷기 시작했다. 나도 쭈뼛쭈뼛 따라간다.

처마 밑 같은 골목길로 들어가 3분도 채 걷지 않아 도착했다. 대문이 없는, 이불을 넣어둘 현관 정도와 베니어판으로 두른 6조 정도(다다미 여섯 장이 깔려 있는 작은 방 크기)의 주방 겸 식당 겸 침실이 전부인 집이었다. 신을 벗고 그들이 내준 작은 교자상과 방석에 앉았다. 딸은 밖으로 나가 휴대폰으로 뭔가 이야기를 하고 아주머니는 부엌에 선다.

'자네 몇 살인가?', '언제부터 다리가 나빠졌나?', '어머니랑은 사이가 좋았나?' 등등을 나에게 물으면서, 아주머니는 채소죽을 데워 녹차와 함께 내주었다. 내가 경계를 풀었던 것도 아닌데, 그걸 한입 떠 넣은 순간 눈물이 분수처럼 쏟아졌다. 나 스스로도 놀랐지만 정체를 알 수 없는 감정이 뒤를 이어 솟구쳐서 눈물을 그칠 수가 없었다.

무엇이 나를 그렇게 만들었을까?　　　　　　　　　31

아주머니가 내 오른쪽 옆에 앉았다. 전화를 마친 딸도 들어와 내 왼쪽에 앉았다. 눈물을 그치지 못하는 내 모습을 보고, 딸이 작은 목소리로 "가르쳐 주면 어때?" 하고 속삭인다. 아주머니는 "말하면 이 사람 자살할지도 몰라." 하고 눈썹을 찌푸렸다. "어떻게 해도 죽을 바에야, 가르쳐 주는 게 낫지 않아?"

아주머니는 한숨을 쉬며 내 쪽을 돌아보고는 결심한 듯 다시 이야기를 시작했다.

"자네가 찾는 시설 같은 건 없어. 다만, 그런 짓을 하는 녀석들이 있을 뿐이야. 변변치 못해서 이 근방에서도 손가락질받는 녀석들이지만, 밖에 있는 가족들의 짐이 되는 노인을 맡아주겠다고 해놓고, 수고비와 함께 데리고 오면, 돈만 갖고 노인은 그 즉시 버리는 거야. 아주 오래전에 고멘라이더인지 뭔지 하는 스낵과자에서, 보너스 카드가 나오면 아이들이 카드만 갖고 과자는 버리는 바람에 문제가 된 적이 있었지. 그거랑 같은 짓을 하는 거야. 그러니 잔혹한 말을 하는 셈인데, 자네 어머니는 이미 버려졌을 거라고 생각하네."

심장이 고통스러워지고 숨 쉬기가 힘들어지면서 현기증이 나고 식은땀이 흘렀다. 심호흡을 한다.

"버려지다니 무슨 말입니까?"

"우린 모르지."

순간 시선만 아래로 향한 두 사람의 모습에서, 이 사람들은 알고 있다는 걸 직감했다.

"알고 계신 거죠? 가르쳐 주세요. 무슨 일입니까? 살아는 있는 겁니까, 아니면 죽은 겁니까?"

두 사람은 입을 다물고 불길한 듯 밖을 보았다.

구름 한 덩이가 지나갈 정도의 침묵이 흐른 뒤, 딸이 먼저 침묵을 깼다.

"아저씨, 정말 여기서 일할 생각이 있어? 팔려가는 거 말고 아저씨가 말한 시설에서 정말로 일할 생각이 있냐고."

곧 사건의 중심에 잠입한다고 생각하니 전율이 왔다. 거기까지 뚫고 들어가 보지 않으면 아버지가 어찌 되었는지도 확인할 길이 없다. 망설임은 있을 수 없다. 나는 고개를 끄덕였다.

"안됐지만, 일단 들어가면 그만둘 수 없어. 여기에서 평생 나갈 수도 없고. 그래도 일할 생각이 있어? 그렇다면 아까 그 질문에 대답할 수 있는데."

나는 다시 한 번 끄덕였다. 눈동자가 압력으로 튀어나올 만큼 얼굴 중앙의 근육이 긴장해 있었다.

"나도 엄마도 직접 아는 건 아니지만, 내 전 남친이 아저씨가 말하는 시설에 간 적이 있어. 그래서 헤어졌어. 나도 그 친구도 여기에서 나가 제대로 된 일을 하고 싶었기 때문에 그렇게 되려고 노력했어. 그래서 나는 비상근이지만 청소차 승무원 일을 할 수 있었고. 성실히 하다 보면 상근이 될 수 있을지도 모르는 일이야. 그런데 그 친구는 일을 찾지 못해서 점점 나한테 기대게 되었는데, 정신을 차리고 보니 그쪽 일에 발을 들여놓고 있는 거야. 그래서 그 일이 어떤 건지 내가 알고 있는 거야."

"사람도 아닌 정도가 아니야. 난 안 들을 거야."
하고 아주머니는 귀를 막고 일어선다.

"이 이야기를 들은 뒤에는 정말, 돌이킬 수 없어."
하고 딸이 다짐을 해둔다. 나는 최면술에 걸린 사람처럼 고개를 끄덕였다.

"옛날에는 단순히 죽여서 묻거나 물에 던지거나 했어. 하지만 너무 양이 많으니까 자연히 시스템이 생겼어. 아직 노동력이 있는 사람은 전속 노동자로 팔아. 그렇지 않으면 그런 일이 제일 흔하긴 한데, 에코화시켜. 우리 지역에 큰 가축 농장이 있어서 돼지하고 닭을 키우는데, 당연히 대량의 먹이가 필요할 거 아냐? 결국 그 역할을 하는 거야. 무슨 말인지 알겠어?"

나는 놀라서 꼼짝도 할 수 없었다. 반응하면 위가 뒤집히고 튀어나와서 나의 안과 밖이 완전히 바뀌어버릴 것 같았다.

"그렇게 해서 자란 돼지와 닭이 밖의 슈퍼 같은 데서 착한 가격 국산 고기가 되어 팔리는 거지. 또는 외식 체인점에 쓰인다든가. 최근 몇 년간 그런 농장이 도회지를 둘러싸다시피 해서 마구잡이로 생기고 있어."

"아저씨는 그 농장에서 일을 시켜 주지."
하는 목소리가 뒤에서 났다. 현관의 이불 안쪽에 애송이 같은 남자아이가 서 있다. 나는 딸을 본다. 불편한 마음을 격하게 온몸으로 드러내며 현관에서 얼굴을 돌린 채 서 있다. 이 녀석이 전 남자친구!

"반가웠어, 루리한테 전화가 와서. 아저씨가 은인이야."

"일이 끝났으면 돌아가."

"루리는 그러고 싶어도, 나는 이 찬스를 놓칠 수 없지."

"빨리 데리고 나와!"

어느새 밖에 나가 있던 아주머니가 들어오며 남자아이의 귀를 비튼다. 남자아이는 놀라서 비명을 지르고는 "알았어, 알았어." 하며 나간다.

"그럼 아저씨도 이 세균 같은 놈들과 같이 가. 세균을 세균이랄 수밖에 없으니까. 빨리 가. 그 흉측한 면상 보고 싶지 않으니까. 전염되고 싶지 않아. 어서 가!"

나는 딸에게 밀려 구두를 신을 틈도 없이 밖으로 쫓겨났다.

나는 곧 남자들에게 둘러싸였다. 아까 그 애송이 말고도 세 사람이 있다.

"이렇게 해서 한 건 해보겠다고 기자들이 숨어들어 오곤 하지!"

하고 앳된 남자가 말했다.

"됐어. 숨기지 않아도 돼. 대체로 모두 비슷한 수를 쓰니까, 스스로 소개를 하는 거나 마찬가지지. 그래서 잠입해 들어온 겁대가리 없는 녀석들이 어떻게 됐다고 생각하나?"

"물을 것도 없잖아."

내 말은 소리가 되지 못하였다.

"점잔 빼서 미안하구먼. 아까 들었지? 하지만 넌 그렇게 되지 않아. 왜냐하면 육친을 여기에 팔았으니 말이지. 공명심만으로 숨어들어온 녀석들과는 다르지. 알아, 배반자인 자신을 용서할 수 없는 거지? 나도 내 스스로를 배반했으니, 그런 식으로 경멸당하고 있는 거야. 너나 나나 같은 부류라는 말을 루리는 하고 싶은 거야."

앳된 얼굴의 남자는 눈을 보며 말하고 있다. 폼을 잡거나 조롱하거나 놀리거나 증오하거나 화를 내고 있는 눈은 아니었다. 하지만 순수하지도 맑지도 강하지도 않다.

"그런 나약한 배반자에게도 살 권리는 있는 거야. 어떻게 살아가느냐 하면, 이렇게 나처럼 살아가는 거야. 아저씨도 그러니까, 그런 삶의 방식에 대해 정직해지라구. 나처럼 더러운 역할은 하지 않아도 돼. 사료를 만들지 않아도 돼. 아까 말한 것처럼 농장에서 해체된 돼지나 닭을 가공이나 하면 된다고. 기계화되어 있으니 그렇게 그로테스크한 일도 없어. 보통의 식육가공과 하나도 다를 것이 없어."

앳된 남자는 나를 재촉하며 걷기 시작했다. 다른 세 사람도 나를 부드럽게 둘러싸고 걷는다.

"물론 이런 이야기가 매스컴에 나오거나 하면 큰일이지. 하지만 절대 그런 일은 없을 거야. 우리 지역, 세큐리티가 완전 철저하거든. 너무 철저해서 경찰도 못 들어오지."

앳된 남자는 혼자 웃었다.

"하지만 전에 한 번 백인이 에코화된 적이 있었지. 그때는 국제문제로 번질 상황이라 경찰마저 강력 대응하면 어쩌나 우리도 조마조마했거든. 하지만 오지 않았어. 눈을 감은 거지. 왠지 알아? 그래, 사라진 노인이 어찌 되었는지 정말로 알고 싶은 녀석은 이 세상에 거의 없기 때문이야. 싸게 노인을 처리한다고 하면, 다 처리할 수 없을 정도로 신청이 들어오겠지. 그런 녀석들은 그 후에 일어난 일을 절대로 알고 싶지 않은 거지. 그렇다고 노인 간병으로 고통받아 본 적이 없는 녀석들이 관심을 갖겠어? 우리를 집어넣어 버리면 고령자 문제를 해결할 수 없는 거야. 이렇게 모두가 함께 손을 잡고 있는 이상, 진실을 밝힌다면 모두가 곤란하지. 사람의 그런 마음을 모르는 녀석들이 공을 세우고 싶은 마음 하나만 가지고 덤비면 정말 민폐천만이야. 우리가 이러쿵저러쿵하지 않아도 결국 세상이 그 녀석들을 멍석말이해서 어둠 속에 묻어버릴 테지. 배반자에다 겁쟁이인 우리는 그런 세상의 뜻을 거스를 힘 따위 갖고 있지 않으니 그 뜻대로 돕는 것뿐이야. 그것이 우리 비겁한 자들 나름의 세상을 돕는 방법이지. 이제 알았나?"

나는 간신히 고개를 끄덕였다고 기억한다. 패배감에 휩싸이며 동시에 기묘한 해방감을 맛보았다. 나는 아버지를 죽였다. 어머니를 죽였다. 그리고 나는 부모를 잃었다. 그걸로 됐다고 그때 처음 생각했다. 죄의식이 한계에 달하더니 파열되어 흩어졌다. 농장에서 일하게 된 것에 기쁨마저 느꼈다. 추도하는 일이라고 생각했다. 인간의 일, 그것이 동물로서의 내 역할이라고 생각했다. 에코다, 에코.

살아 있는 생명으로서, 나는 여기에 어엿이 살아 있다.

인간은행

바깥쪽 간판에는 정말로 '인간은행'이라고 쓰여 있었다.

"이거, 눈은행이나 골수은행처럼 사람의 몸을 제공하는 시설이라고 착각하는 사람도 있지 않겠습니까?"

내가 묻자, 다쓰야마 씨는 빙긋 웃으며 되물었다.

"더 좋은 아이디어가 있습니까?"

"적어도 마음은행이라든가 휴먼뱅크라든가, '사람'을 중시하는 은행이라는 이미지를 전면에 내세우는 게……."

"괜찮습니다. 이 이름이 얼마나 적절한지 모두 이해하고 있으니까. 간토 씨도 곧 납득하실 겁니다."

신참인 나는 그쯤에서 입을 다물기로 했다. 원래 이 커뮤니티 자체가 '인간센터'라는, 촌스럽고 불친절한 이름인 것이다. 그 이름에 대해서도 다쓰야마 씨에게 물었지만, "인간을 중심(센터)으로 생각하는 시설(센터)이라는 의미이기 때문에 이 이상의 이름은 있을 수 없어요." 하고 말하는 것이었다. 이것이 여기 사람들의 센스인 것이겠지.

언어 센스는 받아들일 수 없지만, 그런 일에 이러쿵저러쿵 할 자격이 나에게는 없었다. 수도권 외곽에 있는 이 광대하고 느긋한 커뮤니티에 오지 않았다면, 지금 나는 스스로를 내팽개쳤을 테니까.

인간은행은 예전의 농협 시설을 이용했다. 나는 '융자과'라는 이름표가 붙은 방으로 안내되었다. 벤치에는 이미 여섯 명이 앉아 있었고, 이름을 부르면 오른쪽에 있는 개별실로 들어간다.

내 이름을 불렀다. 다쓰야마 씨는 웃으면서 다짐을 해두었다.

"정직하게 대답해 주셔야 합니다. 체면을 세우려고 하면, 본인만 힘든 일을 겪을 테니까요."

개별실 문을 열자, 유난히 머리가 짧고 안경을 쓴 중년 여성이 만면에 미소를 띠고 맞아주었다.

"어머, 건강해 보이시네!"

초면인데 이상한 인사를 하는구나 생각했지만, 나는 애교 섞인 웃음을 띠며 "덕분에요."라고 대답했다.

여자의 이름은 '호바이宝梅'라고 쓰여 있었다. 호바이 씨는 내 개인 정보를 일문일답 형식으로 확인하고 나서 퍼스널 컴퓨터를 가동시켜 모니터를 내 쪽으로 향하게 해주었다.

"이것이 간토 씨의 통장. 전자통장뿐이고 종이통장은 없습니다. 특별히 희망사항이 없다면, 초기자금으로 십만 진엔人円의 융자와 아이패드를 빌려드리겠습니다."

"십만 뭐라고요?"

"진엔人円. '사람 인'자에 엔을 쓰고 '진엔'이라고 읽지요. 이 커뮤니티에서 통용되는 지역 통화예요. 1진엔 이퀄 1엔으로 고정되어 있기 때문에, 기본적으로 일본 엔과 같다고 생각해도 괜찮아요."

"예에."

"융자액은 백만까지. 전부 무담보."

"예에."

"반환기간은 금액에 따라 다르지만, 10만 엔이라면 반년이죠. 무이자고요."

"아아."

반응 없는 녀석이라고 생각할지 모르지만, 나는 반응을 보일 수가 없었다. 무이자라는 것이 어떤 것인지 잘 몰랐기 때문이다. 돈을 빌린 적도 없고, 론이나 할부를 이용한 적도 없으며, 저축을 운용했던 경험도 없다. 금리에 대해 그 어떤 실감도 없었다.

금전 감각 자체가 없다. 왜 시부야에서 신주쿠까지 전철을 타면 백오십 엔인가, 백오십 엔은 비싼 것인가 싼 것인가. 그 돈으로 맥도날드의 치즈버거는 먹을 수 있지만, 요시노야의 소고기덮밥은 먹을 수 없다. 내가 근무하던 휴대전화 판매 회사의 연봉은 대충 잡아 삼백만 엔, 시급으로 환산하면 대략 칠백 엔이니까, 내가 8분간 근무한 값이다. 시부야에서 신주쿠까지 걸어가는 것과 맥도날드 치즈버거를 먹는 것은, 내 8분어치의 일과 같은 가치라는 뜻이 되는 걸까? 천오백 엔으로 영화를 보거나 소설을 읽거나 하는 것은 그 열 배의 가치가 있는 것이고, 만 오천 엔으로 프린터를 사거나 고급스러운 레스토랑에서 식사를 하는 것은 그 백 배의 가치가 있는 것일까?

값이 다른 이유를 알고 싶은 것이 아니다. 가치의 차이가 아니라는 것도 머리로는 이해할 수 있다. 하지만 실감이 나지 않는 것이다. 시부야에서 신주쿠까지 이동하는 것과 고급 레스토랑에서의 식사가 백 배 다르다는 것을, 감각적으로 어떻게 받아들여야 좋을지 알 수 없는 것이다. 본디 내가 8분간 하는 일이 햄버거 한 개에 해당하는 가치가 있는 것인지, 야마테선山手線 세 개 역분에 해당하는 것인지, 그것조차 판단할 수 없다. 어떻게 하면 그런 판단을 할 수 있는 것일까? 사람들은 모두 어떤 기준에서 납득하고 있는 것일까?

나는 그것을 아는 척하면서 지금까지 살아왔다. 하지만 돈을 쓸 때마다 불안했다. 소꿉놀이하다가 장난감 돈을 냈는데 진짜 먹을 것을 받은, 다시 말해 속고 있는데 아무도 모르는 것처럼 안정되지 않은 기분이었다.

이런 고민, 다른 사람에게는 말할 수 없었다. 꼭 한 번 여자 동료에게 밝힌 일이 있었다. 처음 보너스를 받은 연말이었다. 회사 송년회 날, 2차 가는 것이 싫어서 1차 가게를 나온 시점에 페이드아웃할 생각을 하고 사람들로부터 떨어져서 눈에 띄지 않도록 걷고 있었는데, 마찬가지로 기척을 지우며 걷고 있는 안자이安西가 눈에 들어왔다. 안자이도 나를 알아보았고, 서로 페이드아웃하고 싶다는 것을 느꼈기 때문에 자연스럽게 이야기를 하기로 했다. 그것이 2차에 불려가지 않는 방법이라고 생각했던 것이다. 그리고 이런 장소가 고통이라는 것을 서로 확인하면서 훌륭하게 2차 팀에서 벗어나올 수가 있었다. 이야기가 길어졌으므로 가까운 곳에 있는 스타벅스에 들어갔다.

안자이는 외양에는 개의치 않고 취업해서 어찌어찌 이런 회사에 들어온 것은 좋지만, 매일 뽁뽁이를 터뜨리듯이 사는 게 괴로워서, 인생의 선택이 고작 이 정도일 거라고는 도저히 생각할 수 없기에, 오는 봄에는 회사를 그만두고 바르셀로나로 가겠다고 말했다. 내가 바르셀로나에 가서 뭘 할 건지 묻자, 질렸다는 표정으로 "뭘 하려고 가는 것이 아니야. 좋으니까 가는 거야."라고 대답했다. 그런 식으로 생각해도 되는 거구나, 나는 놀랐다. 나는 '무엇을 위해서'라는 것을 설명하지 않는 한 아무것도 해서는 안 될 것처럼 생각하고 있었기 때문이다. 그래서 안자이라면 이해해 줄지도 모른다는 생각에 나의 돈에 대한 울렁증을 이야기해 보았던 것이다.

안자이의 코멘트는 '달리 같다'였다. 그 슈르리얼리즘의 화가 달리 말이다. 미술학교를 다니려고 마드리드에 상경한 달리는 거기서 알게 된 나쁜 친구들과 무질서한 나날을 보낸다. 그 나쁜 친구들 가운데 한 사람에게서 어느 날, 연극 티켓을 사올 돈을 받는다. 창구까지 갔지만, 달리는 티켓을 사지 못하고 돌아온다. 돈 쓰는 법을 잘 몰랐던 것이다. 기차표도 친구들이 도와주지 않으면 살 수 없었다고 한다.

"그만큼 금전감각이 없었기 때문에 나중에 아내 갈라에게 감화를 받아서 희대의 수전노가 되었다지? 그러니까 간토도 억만장자가 될지 몰라."

무슨 이유에서일까, 나는 이 말에 상처를 받았다. 불치병을 선고받은 듯한 쇼크였다. 안자이와는 훨씬 더 가까워질 수 있는 가능성이 있었지만, 그 뒤로 마주앉아 이야기할 일은 없었다. 그녀는 4개월 후에 바르셀로나로 여행을 떠났다. 송별회 때 내가 "안자이에게는 좋든 나쁘든 영향을 받았어. 이제 되돌릴 수는 없으니까 돌진하는 거야!" 하고 말하자 안자이는 "마드리드 가면 조만간 연락할게." 하고 말했다. 하지만 그녀는 감감무소식이었고 지금은 내가 행방불명이니 연락을 취할 방법이 없을 것이다.

돈 문제가 리얼하지 않은 만큼 스스로의 인생 역시 리얼하지 않은 기분이 들어서, 나는 돈으로부터 도망치려고 했다. 그리고 마침내 견딜 수 없게 되어 일을 그만두고 모든 돈을 다 써버리고 집도 잃었다. 그걸로 시원해졌다고 생각하자, 거꾸로 결국 모두로부터 떨어져 나와버렸다는 상실감과 뒤떨어진 걸까 싶은 자멸감과 역시 당연한 일이지만 하루 종일 먹고 살 일을 걱정해야 한다는 강한 공포감이 엄습했다. 수렵시대에 태어났더라면, 하는 생각을 몇 번이나 했을까?

먹는 깃도 귀찮아지기 시작할 무렵, 노숙자를 케어하기 위해 야간 순시를 하던 인간센터 스태프가 말을 걸어와서 여기에 오게 된 것이다. 그가 다쓰야마 씨였다.

"시무룩한 얼굴이네, 핸섬한 사람이. 뭔가 맘에 걸리는 것이라도 있습니까?"

호바이 씨가 지금까지와는 다르게 조금 커다란 목소리로 말을 했기 때문에 나는 현실로 되돌아왔다. 멍한 초점을 호바이 씨에게 맞추고, "아뇨, 뭐 별로." 하고 얼버무린다.

호바이 씨는 장난기 어린 눈으로 미소를 보였다.

"참 드문 일이네요. 대부분의 사람들은 무이자로 백만이나 빌려준다고 하면, 가슴을 쓸어내리면서 너무 기뻐 갖고 무방비 상태가 되는데, 간토 씨는 차분한 채로 경계를 풀지 않는군요."

정직하게, 하고 다짐해 둔다는 듯 말하던 다쓰야마 씨의 얼굴이 떠올랐다. 애매하게 속이면 곤란에 처할 거라고 말했다.

"감사하게 생각하고는 있습니다. 하지만 돈을 잘 모릅니다. 십만이든 백만이든 손에 있어도 실감이 나지 않습니다. 어떤 금액이라도 저에게는 그다지 다르지 않다고 할까. 아니, 먹을 걸 살 수 없으니까 없으면 힘들지요. 하지만 먹을 걸 살 수 있는 금액 이상의 돈은 어쩐지 아득해요."

고개를 깊이 끄덕이며 듣던 호바이 씨의 웃음이 더욱 깊어졌다.

"사실은, 그것이 당연한 감각입니다. 돈이란 추상적인 것이니까요. 말하자면, 가공의 존재지요. 환상적인 게 당연한 거예요. 그것이 어째서인지…… 그게 아니죠, 그렇기 때문에, 라고 해야겠지요, 신앙의 대상이 되는 겁니다. 배금사상이라고 하죠. 돈을 숭배하는 거요. 돈은 절대적인 힘을 가진 신인 거예요. 신이라는 것도 추상적인 존재죠?"

호바이 씨는 확인하듯 나를 보며 말을 끊었다.

"맞습니다."

하고 나는 맞장구를 쳤다.

"사는 사람과 파는 사람이 서로 믿고 하는 거니까, 물물교환이 아니라 돈이란 추상적인 것을 주고받을 수 있는 것인데, 구체적인 상대가 아니라, 추상적인 돈 쪽을 믿기 시작해 버린 거예요. 이해가 되세요?"

나는 머리를 내저었다.

"그럼 연애에 비유해 볼게요. 상대를 좋아하니까 연애를 하는 것이 아니라, 연애를 계속하기 위해서 누군가 적당한 상대를 찾는 것과 같은 거죠. 구체적인 연인을 믿는 것이 아니라 연애를 신앙하게 되는 거예요. 아, 하지만 간토 씨는 별로 연애와 인연이 없어 보이시네요. 이 예는 좋지 않은 예였나요?"

"상처받습니다."

"미안해요. 연애와 인연이 없다는 것은 연애에 환상을 가지지 않고 있다는 의미일 뿐 다른 뜻은 없어요. 그렇다면, 예를 들어 이 커뮤니티에는 버스 안에서 음식물은 금지라는 룰이 있습니다. 그것은 나나 간토 씨나 주민들 모두가 기분 좋게 지내기 위한 것이죠. 그것이 규칙이라는 이유로 버스 안에서 껌을 씹는나든가 사탕을 빨아먹는 사람에게까지 모두 벌을 준다면 본말이 전도되는 거겠지요? 함께 살고 있는 이웃을 믿는 것이 아니라 규칙이라는 추상적인 말을 믿게 되는 겁니다. 그런 것을 광신이라고 하지요. 그런 거예요, 돈이라는 게."

"아하, 그렇군요."

나는 그렇게 말할 수밖에 없었다. 알 듯하면서도 통 실감은 나지 않았다.

"그러니까 여기에서는요, 인간 중심으로 돌아가는 거예요. 돈으로 사물의 가치를 계산하는 것이 아니라, 인간으로 계산합니다. 기준은 사람. 돈의 가치는, 이를테면 목숨의 가치. 일이라는 것은 얼마만큼 목숨을 사용했는가, 즉 급여나 수입은 목숨의 가치를 나타내는 것입니다. 그러므로 돈은 소중히 써야만 합니다. 낭비한다면 자신의 목숨을 줄이는 게 되는 것입니다. 지금부터 대출해 드리는 십만 진엔도, 실은 간토 씨의 목숨의 일부나 다름없습니다. 그렇기 때문에 약속대로 갚지 않으면, 간토 씨는 목숨의 일부를 받을 수 없게 됩니다. 그만큼 무거운 것입니다."

나에게는 호바이 씨가 하고 있는 말이, 허울 좋은 소리로밖에 들리지 않아 제대로 소화할 수가 없었다. 그래서 잘못된 이해려니 생각하면서도,

"알겠습니다. 무담보 무이자라고 해서 소홀히 보지 않고, 성실하게 갚으면 되는 것이지요."

하고 중얼거렸다.

그 밖에 자잘한 설명을 듣고 생체 인증과 비밀번호를 등록하고 전자화폐 카드를 발행받았다. 진엔에는 코인이나 지폐가 존재하지 않고, 전자화폐만 있다고 했다. 마지막으로 대출계약

서에 사인을 하자 수속은 끝났다.

방에서 나온 나에게 다쓰야마 씨가 물었다.

"어땠어요?"

"십만 엔 빌렸습니다."

라고 말하며 카드를 보여주었다.

"십만 진엔요. 이사장과의 거래는 잘되었습니까?"

"이사장?"

"호바이 씨였죠?"

"예."

"그녀가 이 인간센터를 창설했습니다."

"그 이상한 아줌마가요?"

"이상하지 않으면 못하지요."

"확실히."

"그래서 어떤 이야기를 했나요?"

"아니 뭐, 여기 돈은 인간 중심의 시스템이라든가 뭐라든가. 솔직히 잘 모르겠습니다."

"그럼 됐어요. 결국엔 알게 될 테니까."

"그런 말만 하시는군요."

"그래서 그 십만 진엔, 어떻게 쓸 작정이신가?"

"어떻게라니, 생활비예요."

"그렇지만 수입이 없다면 돌려줄 수 없지요. 이사장님이 말씀 없으시던가요? 정성을 들여 갚지 않으면 당신 목숨의 일부를 압류당한다는 말."

"아아, 그런 말 들었습니다. 성실하게 갚으라고 다짐받았어요."

"그러니 우선은 일을 찾으라고요. 구인과에 가볼래요? 혹은, 스스로 일을 시작한 사람도 제법 있어요."

"밑천, 십만 진엔?"

"조그만 장사예요. 샌드위치를 만들어서 점심에 판다든가, 수제 액세서리를 구입해서 인터넷에서 판다든가."

"그런 벼룩시장 같은 장사를 해서 먹고 살 만큼 벌 수 있습니까?"

"여기서 살아갈 정도라면 충분합니다. 기업지원과도 있으니까, 그쪽 일은 상담도 할 수 있습니다."

"생각해 보겠습니다."

다쓰야마 씨와 헤어진 나는 셸터로 돌아왔다. 폐교된 초등학교를 이용한 기숙사에서 캠프라든가 재해 피난 때처럼, 교실 안에서 많은 사람이 뒤섞여 자고 있지만 가까이 있는 사람과 이야기를 나눌 기력은 별로 없었다. 모두 지금의 자기 모습을 보고 싶지 않다고 생각했다. 그래서 서로 표정을 감추듯이 등을 구부리고, 고개를 숙여 금방이라도 엎드릴 것 같은 자세로 앉거나 누워 뒹굴었다.

나도 그랬다. 십만이 무겁게 짓누르고 있었다. 돈으로부터 도망쳐 여기까지 흘러왔건만, 이래서야 지금까지와 무엇 하나 바뀐 것이 없지 않은가. 무엇이 인간 중심의 진엔이란 말인가.

말만 인간적이라고 해놓고, 결국 돈은 쓰는 것이다. 실감 따위 솟아날까! 차라리 십만 진엔을 빨리 녹여먹고, 또 돈을 빌리고, 그대로 갚지 않아서 목숨을 차압당하는 것이 어떤 것인지, 끝까지 가볼까? 아니면 바보스러운 짓 그만하고 길거리로 돌아갈까?

생각하는 것이 고통스러워서 나는 아이패드로 도피했다. 처음 만져 보지만, 사용법은 감각으로 알아챘다. 한동안은 멍하니 어플을 시험해 보고 나서, 큰맘 먹고 반년간 방치했던 메일에 액세스했다.

삼백 통 이상의 메일이 쌓여 있었지만, 내게 온 개인 메일은 대략 백 통 정도였다. 반년에 백 통은 많은 걸까, 적은 걸까. 적을 터이다. 대부분은 연락 두절에 행방불명된 나를 걱정하여 물어보는 내용이었다. 고맙고 감동스러운 마음과 면목이 없다는 자기혐오, 귀찮아서 답신하고 싶지 않다는 기분이 뒤섞였다.

아예 보는 것을 그만두자고 로그아웃하려던 순간, '안자이 마리모'라는 글자가 눈 속으로 날아들었다. 제목은 '어때? from Barcelona'. 발송일자는 삼 개월쯤 전이다.

간토, 아직 회사 다녀? 나는 여기 와서 벌써 1년 반이 지났는데, 다시 태어난 기분으로 살고 있어. 회사원 때 일은 전생이라는 느낌이 들 징도로 아득해.

달콤한 것들을 파는 가게에서 아르바이트를 하면서 현지 말을 공부하고 있는데, 지금은 거의 말할 수 있게 됐어. 스스로도 대단하다고 생각하곤 해. 한 번 케이크를 사 먹고는 너무 맛있어서 제대로 말도 못하면서 아르바이트를 하고 싶다고 부탁했더니만, 세상에나 채용! 주인도 주인이지? PuPo라는 가게야.

하지만 이유를 알았어. 일본 여행객이 많은 가게였거든. 여자아이 같은 점원 오빠도 일본 애니메이션 팬이야. 돈 모아서 일본에서 한동안 살다가 여기에 메이드 카페를 여는 게 꿈이래.

그래서 생각한 게 있어. 이 가게 초콜릿, 일본사람들에게 무지하게 평판이 좋은데, 일본에는 이 가게가 없는 거야. 찬~스. 그 오빠(조셉이라고 하는)하고 나하고 간토하고 손잡고, 일본 지점 내보지 않을래? 우선은 인터넷 판매부터 시작해서, 잘될 거 같으면 자금을 모아 진짜 점포도 내는 거지.

간토에게 금전 감각이 없다는 것은 기억하고 있어. 그러니까 부탁하는 거고. 부탁해, 수전노 달리가 되어줘. 노하우는 이쪽에서 습득했으니 간토는 내가 말하는 대로 해주면 돼. 물론 그러고 싶다면 공격적으로 해도 좋고. 답신해 주면 좋겠다. 또 연락할게.

그럼, Hasta luego.

안자이

나는 현기증이 나서 졸도할 것 같았다. 저주받은 것 같았다. 도망치려고 하면 할수록 돈이 다가온다. 이렇게 괴로울 정도라면 이제 파멸해 주지. 나는 충동적으로 답장을 썼다.

답장이 늦어져서 미안해. 사정이 있어서 사회로부터 격리되어 있기에 메일이 온 줄 몰랐어. 당연히 회사도 그만뒀지.

그래서 안자이의 오퍼, 아직 유효기간 안 지났으면 초콜릿 장사 해볼게. 어차피 시간도 많고, 먹고 살 일도 찾아야 하고. 돈에 대해서는 정말 자신이 없지만 열심히 할게. 필사적으로 할 거야. 그래도 실패한다면 미안.

그렇게 맛있는 초콜릿이라면 나도 먹어보고 싶다.

자, 그럼 이쯤에서 안녕.

간토

라고 말해 버렸다. 송년회에서 사라지려고 존재를 감추던 무렵에는 안자이도 나도 같은 지평선 상에 있었을 텐데, 눈 깜짝할 사이에 멀리 가버렸다. 지금의 내 모습을 보았다면 함께 가게를 하자고 권하지 않았을 테지, 하고 자조적으로 생각한다.

안자이의 답신은 시차 정도 늦게 저녁에 도착했다.

간토, 어떻게 알았어? 정말 잘됐다, 좋은 답장을 받게 돼서. 슬슬 다른 사람을 찾아야 하나 생각하던 참이었거든. 이쪽도 그때부터 노하우가 축적되었으니, 타이밍상으로는 아주 잘된 일인지도 몰라.

PuPo의 오너에게도 이야기했는데, 그만두지 않을 거래. 그래서 어느 정도 상품을 나누어줄 수 있겠습니까, 하고 물었더니 우선은 통조림 제품 7종류를 각 백 개씩 준다는 거야. 여기 캔 초코, 소비기간도 길고 상온보존도 가능하다는 게 강점이야. 빨리 보내기 위한 수속을 밟을 테니까 주소 가르쳐줘.

안자이

그 뒤로는 화살을 퍼붓는 속도로 메일이 오갔고, 개인 수입을 위한 매뉴얼이며 서류며, 바르셀로나에서 만든 통신 판매용 사이트와 격투를 해야 했다. 내 명의의 은행 계좌도 필요하다고 하기에, 어쩔 수 없이 5만 진엔을 5만 엔으로 바꾸어, 전철로 제일 가까운 거리까지 나가서 도시 은행 계좌를 텄다.

스카이프도 도입하여 때때로 회의도 했다. 애니메이션 작품으로 일본어를 배웠다는 조섭도 합세했다. 셸터에서는 도저히 일이 안 됐기 때문에 나는 다시 20만 진엔을 빌려 센터가 운영하는 단지로 옮겼다. 고령화가 진행되고 있어 텅 빈 뉴타운의 일각을 인간센터가 빌린 것이다.

PuPo의 초콜릿은 상상을 초월하는 히트를 쳤다. 샘플로 한 캔씩 받아서 먹어보았을 때만 해도 그다지 초콜릿에 관심이 없던 나도 인이 박여서, 이거라면 나도 팔 수 있겠다 싶긴 했지만 이렇게 크게 붐을 일으킬 줄이야.

처음에 한 캔당 5유로에 수입한 상품을 송료 빼고 2천 엔에 팔라고 안자이가 지시했을 때는 너무 욕심 사나운 거 아닌가 싶어 반대했다.

"그만큼 퀄리티가 높은 과자라면 값이 비싼 편이 고급으로 보여서 사고 싶은 마음이 솟는 거야. 게다가 일단 싸게 판 상품은 값을 올리기가 어렵지만 비싼 상품을 싸게 하는 것은 그렇게 어렵지 않으니까."

'값치'인 내가 돌려줄 말은 없었으므로 안자이가 말하는 대로 따를 수밖에 없었다.

처음 열 캔이 팔릴 때까지는 2주 이상이 걸렸다. 역시 현지의 두 배 이상 가격이라면 안 사게 되는 거야, 하고 안자이를 비판하는 마음이었지만, 그 즈음 트위터 등의 입소문을 타고 대히트. 수요가 몇 배로 늘어, 고작 1주일 만에 모든 상품이 동이 나 버렸다. 물론 내가 혼자서 발송하기도 했기 때문에 모든 것이 도착하기까지는 좀 시간이 걸렸지만.

안자이는 판매 상태를 오너에게 말해, 일본을 대상으로 하는 상품을 큰 폭으로 늘렸다.

"내가 펑크 나겠다."

라고 나는 우는 소리를 했다. 그러자 안자이는 나를 달랬다.

"앞으로 반년만 참아. 그러면 조셉이 일본으로 갈 거니까."

시차 탓도 있고, 나는 문자 그대로 자는 시간을 아껴가며 일했다. 구입은 예약제가 되었고 나는 단순한 배송작업을 하는 인부에 지나지 않게 되었다. 기업을 세웠다는 기분은 도저히 나지 않았다.

시작했을 때는 판매고에서 경비를 빼고, 거기에 안자이에게 상납할 만큼 송금하면, 내 손에는 십만 정도밖에 남지 않았다. 하지만 다음 달부터는 그것이 이십만이 되고, 삼십만이 되었다. 대출금은 금방 갚았고, 사는 곳도 창고를 겸해 더 넓은 아파트로 옮겨갈 수 있었다.

반년이 지나서도 나는 혼자 바르셀로나에서 오는 물건을 받아 예약 순서대로 발송하는 작업을 묵묵히 계속하고 있었다.

예약은 늘어나기만 했고, 2개월, 3개월 대기 상태였다.

"조셉은 언제 오지?"

하고 재촉했지만 대답은 이랬다.

"지금은 이 기세로 궤도에 올라 있으니 반년 더 기다려. 필요하면 알바를 써도 좋아."

알바를 써서 누가 급료를 지불한다는 거지?

그 무렵, 인간센터에 약간의 이변이 일어났다. 이사장 호바이 씨가 이 지역 아쓰가와 시厚川市의 부시장으로 등용되어 현 시장의 후계자로서 내년 전국 지방선거에 출마한다는 것이다. 공약으로 내건 것은 이 센터에서의 이념과 시책이었다. 통화를 진엔으로 하고, 진엔에는 독자적인 과세 시스템을 적용한다는 것이었다.

그런 일이 가능한지 나는 잘 알지 못했지만, 빈곤 해소나 사회 패잔병의 자립에 눈이 번쩍 뜨일 성과를 올리고 있는 인간센터가 자치체를 운용하려고 한다는 공약에 미디어의 취재가 쇄도했다. 커뮤니티 안은 모두 예민해져서 제정신이 아니었다.

내가 아침 여섯 시에 벨소리를 듣고 일어났을 때도, 어쩌면 매스컴에서 온 것일지도 몰라 경계했다. 나도 성공자의 예로서 몇 번인가 취재를 요청받았던 것이다. 모두 거절했다. 내 자신이 성공했다는 실감 따위 티끌만큼도 없었으니까. 다만 안자이의 편익을 위해 움직이고 있을 뿐.

파카를 걸치고 도어스코프를 엿보니, 호바이 씨가 다른 사람을 앞세우고 서 있는 것이 보였다.

"안녕하세요? 오랜만이군요. 아침 일찍 미안합니다. 깨운 건가요? 잠버릇도 차밍하시네요."

호바이 씨는 조금도 주눅 드는 기색 없이 말했다.

"대단한 활약이네요. 좋아요, 좋아."

"틀어박혀서 수신처 주소를 적을 뿐이에요. 호바이 씨야말로 승부수를 던진 거지요."

"아, 아뇨, 아뇨. 말만 번지르르해서야. 간토 씨에게 어울리지 않아요. 아, 그리고 오늘은 이 사람을 전하러 왔어요. 아침 여섯 시에 전달하는 것이 규칙이니까."

호바이 씨는 자기 뒤에 서 있는 아저씨를 가리켰다. 아저씨는 머리를 숙여 말했다.

"오늘부터 신세를 지겠습니다."

"전하다니, 무슨 말씀이죠?"

"예, 예. 그것도 지금부터 설명할 거니까. 시간 괜찮으신가요? 들어가도 될까요?"

"아아, 미안합니다. 들어오시죠."

나는 인스턴트 커피와 PuPo의 '마카다미아'를 준비한다. 그 사이에도 호바이 씨는 어머 좋은 집이네. 난요, 면접 때부터 간토 씨는 잘해 내리라는 걸 알고 있었어요. 아, 이게 그 소문난 초콜릿? 어디어디, 햐아 맛있네요! 그런 말을 끝없이 떠들어대고 있다. 계속 쓴웃음을 짓는 나에게도 의자에 앉으라 하고는 호바이 씨가 본론을 꺼냈다.

"간토 씨 재산 총액이, 지난주에 백만 진엔을 넘었어요. 인간은행에서는요, 저축이 백만 진엔을 넘으면 1진카人貨와 교환합니다."

"뭐랑 바꾼다고요?"

"진카. 진人은 사람, 카貨는 화폐. 사람 화폐라는 뜻."

"뭡니까, 그건?"

나는 느닷없다는 목소리를 냈다.

"인간은행에서 처음에 진엔은 목숨과 같다고 내가 말했던 거 기억해요? 인간센터의 통화는 인본위제를 취하고 있습니다. 백만 진엔으로 1진카, 즉 사람 한 명으로 바꿀 수 있는 거죠."

"그게 이 사람?"

나는 노골적인 시선으로 그 아저씨를 본다.

"그런 거죠."

"이 사람, 돈인 겁니까?"

"그렇습니다, 나는 돈입니다."

아저씨가 고개를 끄덕인다.

"괜찮은 거예요, 그래도? 아저씨 몸값이 백만 엔이라는 거잖아요? 사람 하나가 백만 엔이라니, 우습게 보는 거 아닙니까!"

목소리가 점점 커지는 것을 스스로도 막을 수 없다.

"아니, 아니, 아니. 백만 진엔은 인간 한 사람의 무게에 필적한다, 그런 의미예요."

호바이 씨가 온화한 어조로 나를 달랜다.

"목숨이 겨우 백만, 이라고 생각하는 것은 돈 중심주의적인 가치관입니다. 그게 아니라 반대죠. 인간의 목숨을 기준으로

56

해서 돈의 가치를 계산하면, 백만은 사람의 목숨과 같다, 그런 뜻이 되는 거죠."

"궤변이군요, 그런 말. 말로야 무슨 말이든 할 수 있겠지만, 실상은 백만 엔으로 사람을 사고파는 거나 마찬가지잖아요!"

"틀렸어요! 이 사람은 돈이에요. 진엔이라는 은행권을, 진카라는 정화正貨로 교환한 겁니다. 뭐, 어쩌면 일종의 수표 같은 것이라고 생각해도 좋아요. 진엔에서 진카로. 그렇게 함으로써 돈으로 사람을 사는 것이 아니라, 돈을 사람으로 계산하는 상태로 전환할 수 있는 것입니다."

"그럼 뭐예요, 이 아저씨를 슈퍼마켓에 데리고 가면 쇼핑을 할 수 있는 겁니까? 낫도 같은 걸 사면 거스름을 받을 수 있는 겁니까?"

"그런 건 안 되겠지만, 납세라든가 인간은행에서 빌린 돈을 상환한다든가, 공적인 기관에는 통용됩니다."

"그런 걸 어떻게 합니까!"

"그런 걸 할 수 있어요. 진카는 인간이기도 하니까 일을 시키세요. 일을 돕게 해도 되고, 집안일을 시켜도 되고, 마사지사로 데리고 다녀도 좋아요. 다만 기본적인 인권에 반하는 일, 인간의 존엄을 상처 내는 짓은 피할 것. 심신 어느 쪽도 상처 주는 것은 금지이며, 물론 죽여서도 안 돼요. 차별도 안 됩니다. 그런 행위는 법의 심판을 받게 됩니다."

"뭐, 좋아요. 난 진카 필요 없습니다. 진엔인 채로 두겠습니다."

"아, 그건 안 돼요. 소유 재산이 백만 진엔을 넘을 때마다, 강제적으로 1진카와 교환하게 되어 있습니다. 즉 진엔을 가질 수 있는 것은 백만까지입니다."

"그건 곤란해요. 거래를 못하잖아요. 장사가 파탄난다고요. 이쪽 자산을 동결하는 그런 일을 받아들일 수 없습니다. 내가 길에서 번 돈입니다."

"저런, 저런. 간토 씨도 돈을 위해 돈을 버는 사람이 되었네. 진카로 바꾸는 것은요, 재산을 가지려면 사람의 목숨이 귀중한 것임을 느끼라는 뜻이에요."

"벌면 벌수록 돌볼 사람이 늘고 사용할 수 없는 돈이 늘어나서야, 지출이 불어날 뿐 아닙니까? 그럴 거면 벌지 않는 편이 낫죠. 처음부터 창업을 장려한 것은 인간은행 아니었습니까?"

"지출은 늘어나지 않아요. 진카, 인간화폐의 식비는 인간화폐 자신이 구합니다. 일한 만큼의 보수는 인간은행에서 지급하니까요. 인간화폐는 그것으로 대출금 상환액을 충당합니다. 간토 씨는 인간화폐의 잠자리를 준비해 주시면 됩니다. 그것도, 저희가 아주 싼 침대를 알선할 수 있고."

"잠깐만요, 이 사람은 빚이 많습니까?"

"어머, 말 안 했던가? 기간 내에 다 갚지 않은 대출금 잔고가 백만 진엔을 넘으면 인간화폐가 되는 거예요. 하지만 일해서 갚으면 인간화폐 상태에서 해방됩니다."

"그 말씀은 이 아저씨가 인간화폐로부터 해방되면 나는 백만을 잃는다는 뜻입니까?"

"그 점은 걱정 마세요. 인간화폐 교환이 이루어져서 또 새로운 인간화폐가 찾아옵니다. 재산 총액은 지켜지도록 되어 있으니 걱정 마세요."

"걱정 안 할 수 없죠, 내 장사는 어떻게 하실 겁니까! 이번 달에 물건 값을 못 보내잖아요. 호바이 씨가 아까는 '좋아요, 좋아'하고 말해 놓고, 이제는 방해를 하는 겁니까? 말하고 있는 게 앞뒤가 안 맞지 않습니까! 이런 노예 같은 사람, 난 필요 없어요!"

나는 울부짖고 싶었다. 이런 식으로 뒤통수를 치려면 처음부터 한계를 알려주었어야 했다. 그러면 나도 나를 따라다니는 돈에 자신을 팔면서까지 기를 쓰고 일하지 않았을 것이다.

"자, 자! 이 충격이 브레이크가 될 거예요. 간토 씨도 이런 경험을 할 필요가 있었던 겁니다. 그러니 순조로운 셈이에요."

"심하지 않습니까? 사람을 가지고 놀다니!"

나는 버려진 것 같았다.

"분명히 말하면요, 간토 씨는 예외. 대개는 처음에 돈을 갚지 못하고 빚이 늘어나서 인간화폐가 되죠. 그래서 이해하게 됩니다. 인간화폐도 의외로 나쁘지 않구나 하고."

"농담하십니까?"

"농담이 아니죠?"

하고 호바이 씨는 인간화폐 아저씨를 보았다. 인간화폐 아저씨는 고개를 깊숙이 끄덕이며 말했다.

"성발 인간화폐란 좋은 거예요."

"자세한 건 나중에 후가府賀 씨에게 물어보세요. 후가 씨란 이분의 이름이에요."

"후가라고 합니다."

하고 인간화폐 아저씨가 인사를 했다.

"간토입니다."

하고 나도 인사를 했다.

"간토 씨는 금리도 담보도 없다고 말해도 담담한 얼굴이었어요. 그래서 나는 이 사람은 돈 자체를 신용하지 않으니까 인본위제를 근본적으로 이해하는 사람이구나 생각했죠. 인본위제를 기본으로 작은 장사를 하는 것입니다. 인간 규모의 장사. 그래서 굳이 백만이라는 작은 단위로 한 것입니다. 백만 정도의 자금이 돌면 장사를 계속할 수 있지만, 그 이상으로 규모를 확대할 수는 없죠. 즉 그 정도 일의 분량을, 백만 진엔이라는 숫자로 정한 것입니다. 그것을 기준으로 스타트. 그러니 간토 씨의 일도 이 이상 커질 필요는 없는 것입니다."

"그런 건 내가 정합니다."

"그건 당신이 정하는 게 아니라, 돈이 정하는 것입니다. 간토 씨, 이제 돈에 휘둘릴 필요는 없습니다. 눈앞의 사람을 믿으세요."

"이런 속임수 같은 짓을 하면서 믿으라고 말하는 게 무리인 거죠."

"저를 믿으라는 것이 아닙니다. 후가 씨를 믿으세요. 조금 시간이 걸리더라도요."

나는 반론하려고 했지만, 호바이 씨는 그것을 막듯이,

"그럼 저는 시청에 출근해야 하니 그만 가죠."

하고 일어났다.

"괜찮아요, 자신을 믿으세요. 돈은 가공의 것이라는 자신의 감각을 믿는 거야. 그렇게 하면 사람의 목숨이야말로 백만이라는 기준이 납득될 테니까. 간토 씨라면 이해할 수 있을 거예요."

분해서 말을 잃은 나를 후가 씨와 함께 남긴 채 호바이 씨는 눈 깜짝할 사이에 나가버렸다. 나는 한동안 자기 안에 갇혀 굳어 있었지만, 후가 씨의 말을 듣고 현실로 돌아왔다.

"우선 이 그릇, 닦아두겠습니다. 간토 씨는 억지로 잠이 깼으니 좀 더 쉬시지요."

일순간 인간화폐 따위에게 지도받을 생각은 없어 하고 화가 났지만, 스스로 심하게 병들어 있다는 기분이 들자 단념했다. 그리고 분명히 피곤했기 때문에 다시 한잠 자기로 했다. 같은 집 안에 모르는 남자를 둔 채 무방비로 자도 좋은지 불안했지만, 마음속의 인간화폐를 멸시하는 기분이 그 불안을 눌렀다.

처음 사흘간은 나도 복잡한 감정에 지배당하여 후가 씨와 별로 말을 섞지 않았다. 후가 씨 쪽에서도 내 감정을 거스르지 않도록 신경을 쓰면서 설거지를 하거나 방 청소를 하거나 세탁을 하거나, 그 밖에 자잘한 집안일을 적극적으로 소화해 주었다. 물론 일을 열심히 해서 조금이라도 빚을 줄이고 싶었기 때문이라고 생각한다. 그래도 일솜씨에서는 경험이 느껴졌다.

첫날 밤에 문제가 된 것은 후가 씨의 잠자리였다. 나는 어쩌면 좋을지도 모르겠고, 내쫓을 수도 없고 해서 상품을 보관하는 방에 마침 있던 깔개나 타월 등으로 자리를 보아 거기서 자도록 해주었다.

나흘째는 집안일이 상당히 정리되었는지, 내가 포장 작업을 하고 있는 곳에 얼굴을 내밀고 말했다.

"혹시 폐가 되지 않는다면 돕겠습니다."

거절할 이유도 없고 해서 나는 받아들였다.

"그럼 부탁합니다."

순서를 알려주자 후가 씨는 곧 이해했다. 억누르고 있는 것도 괴로웠기 때문에 이제 피할 수 없다고 단념한 채 물었다.

"인간화폐, 오래 하셨습니까?"

"글쎄요, 인간화폐가 되었다가 해방되기를 반복해서, 이번이 네 번째입니다."

"네 번이나요!"

나는 범행을 반복하여 형무소에 드나드는 소매치기의 이미지를 떠올리고 말았다.

"그런 사람, 널려 있어요. 내가 아는 최다 기록자는 열두 번입니다."

"헐."

"이 센터가 생긴 지 7년이니까요. 반년에 한 번, 인간화폐가 된다는 계산입니다. 보통으로 일하면 상환하는 데 1년 정도 걸립니다만, 그런 사람은 굉장한 능력자인 거죠."

"힘들지 않습니까, 이런 사람에게 부림을 받는 입장이."

나는 '신분'이라고 말할 뻔했다.

"경험해 보지 않으면 이해할 수 없습니다. 편해요, 정말로. 저는 인간센터가 발족하기 전에는 이 근처에 살고 있었습니다. 아들이 부모를 떠난 뒤, 아내와 잘 지내지 못해서 이혼당했죠. 게다가 정년퇴직하니 갑자기 맥이 빠졌어요. 일상을 함께할 친구도 없고. 그래서 이 센터가 생겼을 때 얼굴을 내밀어봤습니다. 문화센터나 뭐 그런 거라고 생각했죠."

그래서 창업을 권유받고, 후가 씨는 꼬치집을 시작했다. 센터에서 소개받은 꼬치집에서 삼 개월 한정으로 무상 견습을 하고, 저축했던 돈과 인간은행에서 융자받은 것으로 점포를 마련해서 오픈했는데, 처음에는 아는 사람들이 찾아오거나 하더니 나중엔 파리만 날렸다. 그는 반년 만에 허망하게 폐업하고, 센터에서 융자받은 것도 갚지 못하자, 인간화폐가 되었다.

"상환일에 인간은행에서 왔을 때, 갚을 수 없습니다, 현재 가망도 없습니다, 하고 솔직하게 말했습니다. 그랬더니 호바이 씨가, 괜찮아요. 당신 자신이 돈이 되어 갚으면 되니까, 하고 말했습니다. 저는 팔려서 장기를 해부당하는가 보다 생각했습니다. 악질적인 사기에 걸려든 자신이 나빴다고 생각했죠. 며칠 대기하다가 도망치려고 해도 돈이 없었고, 그러는 사이에 인간은행의 호출을 받았고, 호바이 씨가 나를 이웃 도시에 사는 고령자에게 데려다주었습니다. 가는 길 내내 인간화폐 이야기를 들었습니다."

"납득할 수 있었습니까?"

"그럴 리가 없죠. 요컨대 팔리는 거라고 생각했으까요. 그래도 이러니저러니 말할 입장도 아니었죠. 그래서 혼자 사는 할머니의 인간화폐가 되었습니다. 그 할머니는 이 센터의 취지에 찬동하여 백만 엔을 기부했더니 내가 헬퍼로 와주었다고 생각했던 것 같습니다. 혹은 기부를 하면 종신 헬퍼가 생깁니다, 하고 권유를 받았는지도 알 수 없지요."

후가 씨는 그 댁에서 잡일을 했다. 방이 남아돌았기 때문에 그중 하나를 썼다. 그렇게 1년이 지났을 때 후가 씨는 갑자기 해방되었다. 아침 여섯 시에 호바이 씨가 나타나 다른 인간화폐를 데리고 와서 말했던 것이다.

"수고하셨습니다. 당신의 상환은 끝났습니다. 인간화폐 해방입니다. 모쪼록 자유롭게 지내세요."

"자유롭게, 라고 해도 돈이 없습니다."

하고 난처해하는 후가 씨에게 호바이 씨는 다음과 같이 말했다.

"인간화폐로 계실 때 번 보수가 십만 진엔 정도 계좌에 있습니다. 당장은 그걸로 견디세요. 가능한 한 빨리 일을 찾도록 인간센터에서도 지원하고 있습니다. 그래도 생활비가 부족할 것 같으면 다시 인간은행에서 융자를 받으세요."

후가 씨는 일을 찾을 수 없었다. 그래서 매월 십만 진엔씩 융자를 받다 보니 또 인간화폐가 되었던 것이다.

"인간화폐가 되어 더 빚이 늘거나 하지는 않았습니까?"

하고 나는 물었다. 그렇게 되면 영원한 노예다. 사실은 그런 어두운 면도 있지 않을까 하고 나는 의심하고 있었다.

"그렇지는 않습니다. 인간화폐가 되면 강제적으로 고용되어 일을 해야 하기 때문에 자기 의지대로 땡땡이를 치는 것도 어렵습니다. 그게 싫어서 도망가는 녀석도 있기는 합니다만, 대개는 다시 돌아옵니다."

"역시나 도망가는 사람도 있군요?"

나라면 그럴 것이다.

"간단해요. 감시가 있는 것도 아니고. 하지만 진엔권에서 도망쳐도 돈은 없고 일도 그렇게 쉽게 찾을 수 없어요. 그래서들 생각하죠. 인간화폐로 있는 편이 편했다고. 뭐가 편하냐 하면, 상환을 신경 쓰지 않으면서 상환할 수 있다는 것입니다. 돌려드리는 일이 완료되면 자동적으로 해방될 뿐이라, 그때까지는 아무 생각 안 하고 일하면 된다는 거예요."

"그런 거였구나! 그랬었어."

내 눈앞에 빛이 보였다. 이 시스템의 매력을 이제 알았다. 진카, 인간화폐로 있는 동안은 돈을 걱정하지 않아도 되는 것이다. 자신이 하고 있는 일의 가치라든가, 자신의 가치라든가, 자신은 불필요하다든가, 유용하다든가, 왜 자신은 그 금액의 돈을 필요로 하는가, 이렇게 벌어서 좋은 것인가, 그런 일로 고민할 필요가 없는 것이다.

"확실히, 인간화폐란 좋은 것일지도 몰라."

"물론 얼마 상환했는지, 앞으로 얼마 더 상환하면 인간화폐 생활이 끝나는 것인지, 그것만 생각하는 사람도 있습니다. 하지만 극히 소수지요. 인간화폐 생활을 마치고 스스로 경제활동을 할 수 있게 되면, 벌 수 있는 돈이 한계가 있으니까요. 인간화폐를 많이 지니는 것이 즐거운 사람은 자신이 인간화폐가 되기 어렵고."

아마 내 경우는 인간화폐를 많이 지니는 것에 별로 소질이 없을 것이다. 역시 인간화폐가 되는 편이 적성에 맞을 것 같았다.

"나도 한번 인간화폐가 되어도 좋겠다는 생각이 드네요."

"저는 추천합니다. 뭐랄까, 감기에 걸려도 자고 나면 낫는 것 같은 느낌이라고 해야 할까요? 잘 안 돼도, 한동안 인간화폐가 되면 또 회복 가능한 겁니다. 그걸 알고 있으니 작은 난관은 난관이라는 느낌을 받지 않게 됩니다."

"오히려 인간화폐로부터 해방될 때가 더 걱정스럽거나 하지는 않습니까? 그 순간은 살 집도 찾아야 하죠? 그렇다면 또 그 셸터?"

잔뜩 흐린 공기가 고인, 그 염세적인 공간이 생각났다. 그때는 그래도 자신을 다시 일으키기 위한 디딤돌로 필요한 곳이었지만, 이제는 별로 돌아가고 싶지 않다.

"아뇨, 설마."

하고 후가 씨는 내 걱정을 웃음으로 날려버렸다.

"거기는 외부에서 인간센터로 들어온 신참들만 수용되는 해치 같은 곳입니다. 한번 셸터를 나오면 다음엔 소유자나 인간화폐나 어느 쪽이기 때문에 거기로 돌아갈 일은 없습니다."

"그렇군요. 아아, 다행이다."

"그러면 안심하고 인간화폐가 되어보세요."

나는 가슴을 쓸어내렸지만, 쓸어내리는 손바닥에 뭔가 걸리는 것을 느꼈다. 소름이 끼쳤다. 등줄기가 송연해졌다. 아주 작은 이물감이지만, 터무니없이 무서운 느낌이 든다. 패닉 상태가 될 것 같아서 나는 억지로 나의 의식을 집중시켰다.

일주일이 더 지나자 나는 후가 씨와 완전히 속을 트고 지내게 되었다. 이제 내 결심은 굳어져 있었다. 이 장사에서 손을 떼고 인간은행에서 진엔을 빌려, 한동안은 여유 있게 여행도 하고 인간화폐를 목표로 하는 거다. 안자이에게도 그 얘기를 메일로 알렸다.

나는 안자이가 격노할 거라고 생각했지만, 순순히 이해해 주었다.

역시 돈에 집착하지 않는 간토답네. 알았어. 나나 조셉이 2주 내에 그쪽으로 가서 인수받을 테니까 미안하지만 그때까지만 해줄래? 그러고 나서 간토는 필요 없다고 말할지 모르지만, 위로금을 입금해 둘 테니까 퇴직금이라 생각하고 받아줘. 원래는 보너스로 주려고 생각했던 거야.

감사하고 있어. 뭘 할 건지 모르겠지만, 앞으로의 행운을 빌어. 돌아오고 싶다면 언제든 연락해. 창업자의 자리는 언제나 비어 있을 테니까.

Suerte 안자이

결의가 좀 흔들리는 메일이기는 했다. 나는 세뇌당하고 있는 것 아닌가 하고, 인간센터의 이념을 한순간 의심했다. 하지만 인간센터 쪽에서 보면, 안자이 쪽이 돈에 세뇌당하고 있는 것이 된다. 어느 쪽이 바른 것인지 나에게는 판별이 서지 않았다. 그저 돈으로부터 도망치는 쪽을 선택할 뿐이다.

남은 2주간, 나는 다른 때와 다름없이 주문을 받아 상품 포장 발송에 힘을 쏟았다. 후가 씨 덕분에 자는 시간을 갉아먹는 일도 없어졌다. 무엇보다 말할 상대가 있는 것이 내 기분을 크게 바꾸었다.

"인간화폐가 될 때까지 여행을 하려고 하는데, 그 사이 나는 후가 씨를 어떻게 하면 좋을까요?"

"가장 좋은 방법은 1진카를 기부하는 것입니다."

"기부! 후가 씨를?"

"나는 인간은행으로 돌려보내질 뿐입니다. 1진카 분의 진엔이, 기부한 곳의 시설에 넘겨집니다. 뭐, 기부할 수 있는 시설은 정해져 있습니다만."

"그런 시설은 백만 진엔 이상의 돈을 가져도 된다는 거군요."

"예, 그런 시설이나 단체, 기업도 있기는 있습니다."

"흐음."

석연치 않았지만 이미 별로 관심이 없었다.

"인간센터에는 성금 같은 것은 없지요?"

후가 씨는 아하하, 소리를 내며 웃었다.

"세상에서 말하는 의미의 성금은 없어요. 성인은 제법 있지만요."

"헤에, 제법 있는 겁니까?"

"네, 생각한 것보다 많습니다. 세 자리 진카를 소유하고 있는 자산가도 적지는 않은 것 같습니다."

"뭐야, 대부분의 사람은 인간화폐라고 생각했는데."

"대부분의 사람은 인간화폐예요. 그야 인간화폐를 가진 사람보다 인간화폐 쪽이 훨씬 많습니다. 반대라면 이 시스템은 성립할 수 없으니까요."

나는 조금 생각해 보고 '과연' 하고 수긍했다. 인간화폐가 부족하면 성립하지 않는다.

인간화폐가 부족하면, 그러면?

나는 갑자기 나락의 가장자리에 세워져서 그 바닥을 엿보고 있었다. 안 보려고 피했는데, 돌연히 직면하게 된 것이다. 암흑으로부터 차가운 바람이 불어 올라와 목을 만지고 내 몸은 추위에 부들부들 떤다.

인간화폐를 가진 사람이 점점 더 돈을 벌어 인간화폐를 늘리는 한편, 인간화폐가 일하고 해방되면, 인간화폐는 부족할 게 틀림없지 않은가? 인간화폐의 수요와 공급이 언제나 대체로 같은 양으로 밸런스를 유지하라는 보장은 없지 않은가? 실제는 어떨까?

"저기, 죄송합니다. 포장을 맡겨도 되겠습니까? 중요한 걸 잊고 있었습니다."

"상관없지만, 괜찮으세요?"

나는 후가 씨를 두고 밖으로 나갔다. 그리고 천천히 심호흡을 하고 자신을 진정시키면서 머리를 정리했다.

아마 인간화폐는 충분하지 않을 것이다. 내 직감이 그렇게 알리고 있다. 처음부터 알고 있었던 일이다. 인간화폐가 부족해지도록 이 시스템은 이루어진 것일 테니까.

부족한 인간화폐를 어떻게 할까?

아아, 그것이야말로 내가 셸터를 싫어하는 이유였던 것이다. 밖에서 주워 오는 것이다. 인간은 곧 돈이니까. 나도 그렇게 주워 온 것이다. 은행 열매라도 줍듯이. 그렇게 주운 사람들에게 빚을 안기고 인간화폐로 만든다. 그러니 곧바로 인간화폐가 될 수 있는 빈털터리가 좋은 것이다. 신참이야말로 재원이었던 것이다.

그렇게 해서 인간센터는 커뮤니티 전체의 자산을 늘리면서 확대되고 있다. 그리고 지금 센터 외부로 손을 뻗어 시를 집어삼키려 하고 있다.

나는 예외적으로 인간화폐를 면했는데, 지금 스스로 인간화폐가 되려 하고 있다. 후가 씨는 인간화폐를 유인하기 위해 보내졌는지도 모른다. 아니면, 내가 오버하는 것일까?

나는 멈추어 서서 자신의 몸을 보았다. 그것은 동전 같은 금속도 아니고, 지폐 같은 종이도 아니었다. 보통의, 옷을 입은 살과 영혼이었다. 이것이 돈인가?

휴머니즘을 전면에 내건 이 인간센터의 극히 냉혹하고 현실적인 원리에 나는 신체의 심지가 흔들릴 만큼 전율했다. 울고 싶었지만, 울면 몸도 마음도 밸런스를 무너뜨리고 원점으로 돌아갈 수 없을 것 같았다.

그리고 가장 놀라운 것은, 그럼에도 불구하고 나는 후가 씨가 있는 방으로 돌아가려고 하는 것이다. 이대로 도망가버리면 이 무시무시한 사태를 더 직시하지 않아도 되건만, 나는 그래도 인간화폐가 될 마음을 바꾸지 않고 있는 것이다.

왜 그런지 스스로도 알 수 없다. 아마도 원래 살던 세계로 도망친대도 두려움을 직시하지 않는 것일 뿐, 센터와 다를 것은 없다고 마음속 어디선가 생각하기 때문일까?

금방 돌아가는 것도 뭣하므로, 한동안 주변을 기웃거리다가 캔 커피를 사가지고 돌아갔다.

"미안합니다. 무사히 마쳤습니다. 좀 쉽시다."

"아아, 잘됐네요. 저도 좀 피곤하던 참입니다."

방으로 들어가 후가 씨의 얼굴을 보자 나는 깨달았다. 후가 씨도 나도 같은 경로를 거쳐 지금, 여기에 있다는걸. 나는 인간화폐인 후가 씨를 믿고 있다는 것을 다시금 확인하고 풀탑을 당겼다. 차가운 커피가 목줄을 따라 흘러내려가는 것을 느낀다.

스킨 플랜트

처음에는 타투 대신 시작했다고 해요. 아무도 생각지 못한 독창적인 타투를 하고 싶었던 한 불량배가 당초무늬 타투 대신 진짜 풀을 심어볼까 하다가, 정말 해보기로 결심했어요. 농업대학에 들어가 몇십 년이나 연구를 거듭한 끝에, 사람의 DNA를 융합시키는 데 성공했고 '타투 플랜트'라 이름 붙인 작은 아이비를 어깨에 심었습니다.

그는 언제나 탱크톱을 입고 어깨부터 가슴까지 덮는 싱싱한 아이비 이파리 한 장을 선보였습니다. 아이비는 어쩌다 찢어지거나 부러져도 곧바로 다시 자랄 만큼 튼튼했습니다. 수염처럼 한동안 길게 기를 수도 있었습니다. 그는 연구에 인생을 걸었고 가족도 만들지 않았습니다. 직접 기른 아이비와 인생을 함께하기에 더없이 행복하다 말하며 어깨 위의 아이비를 사랑스럽게 쓰다듬는 그의 모습은 보는 이들을 감동시켰고,

원예나 조경의 새로운 존재 방식으로 주목도 받았습니다.

여기에 눈독을 들인 것은 가발 회사였어요. 이 기술을 어떻게 발모에 활용할까 생각했던 것이죠. 연구자들이 필사적으로 식물의 유전자를 모발에 이식시켜 보려고 노력하던 중, 발상의 전환을 꾀한 어떤 사람이 자신을 대상으로 실험을 합니다. 대머리가 된 자신의 머리에 이파리가 가느다란 아이비를 빼곡하게 심은 거예요. 이름하여 '헤어 플랜트'. 아이비 이파리가 서너 개 정도 자라니 푸른 드레드 락 헤어스타일(아이비 스타일?)이 완성되었습니다.

그는 그런 모습으로 사람들 앞에 나타나 '머리엔 정원', '푸른색 모발은 친환경' 등의 카피를 준비해서 그 새로움을 강조했어요. 타투 플랜트의 유행으로 기층이 형성되어 있었기 때문인지 인기는 아주 폭발적이었습니다. 원래부터 멋쟁이에 센스 발군이었던 그는 매주 머리 모양을 바꿔가며 참신한 헤어 스타일을 연출하거나, 머리를 흔들면서 심호흡하고는 "아아, 공기가 달콤해." 하고 감탄하거나, 잘라낸 아이비 모발을 땅이나 물에 꽂아 집 안의 초록을 늘렸습니다. 그의 모습이 정말로 기분 좋아 보여서 탈모증이 있는 사람도 머리숱이 많은 사람도 헤어 플랜트에 열광하게 되었습니다.

필요는 발명의 어머니. 수요가 높아지더니 요구도 다양해지고 그에 부응한 연구도 진척되었으며, 아이비뿐 아니라 여러 가지 풀들이 식물 헤어로 개발되었습니다. 스트레이트 헤어스타일을 좋아하는 사람은 파처럼 자라는 머리, 소바주를 하고 싶은 록 가수는 수세미나 여주, 고등학생에겐 이끼, 머리를 세우고 싶은 사람에게는 잔디. 그 밖에도 아주 풍부한 아이디어로 천연 모발이 쏟아져 나왔습니다. '워리어즈' 밴드의 멤버가 대마초 취급법 위반으로 체포되던 시대였다고 하면, 그때 일이 기억나는 분이 계실지도 모르겠네요. 워리어즈 밴드는 머리에 마麻를 길게 늘여 땋곤 했죠.

'타투 플랜트'와 '헤어 플랜트'를 합쳐 '스킨 플랜트'라 총칭하게 되자, 그것은 머지않아 유행의 범주를 넘어 일상적 멋내기로 정착했습니다. 손목에 팔찌 같은 넝쿨을 차거나, 배꼽에 피어스처럼 싹을 많이 심거나, 이끼로 눈썹을 디자인하거나, 그런 순수한 패션으로부터 시작하여 뜨거운 여름날 뙤약볕에서 작업하는 사람들이 머리에 토란잎을 우산처럼 키우기도 했습니다. 세일즈맨이 뺨에 미모사를 심어 풀과 함께 인사를 한다거나, 혼자 사는 사람이 머리에 무순이나 알팔파를 상비하고 때때로 수확하여 식탁에 올리거나 하는 실용적인 사용법도 널리 퍼졌습니다.

그런데 이 '자급자족'은 논쟁을 불러일으켰습니다. 자신의 육체를 영양분으로 하여 기른 식물은 자신의 일부 같은 것이므로 그것을 먹는다는 것은, 자신을 먹어 자신을 살리는 자가당착이며 사실은 영양을 섭취한 것이 아니라는 것입니다. 그렇다면 다른 사람 머리에 난 풀을 먹으면 되지 않나, 그것은 타인의 인육을 먹는 것이 아닌가, 등등 논쟁은 끊임없이 들끓었고, '도대체 어디까지가 인간인가?', '나는 식물인가?' 하는 철학적인 물음으로까지 번져갔습니다. 물론 결론은 나지 않았습니다.

여러분 중에는 '왜 관엽식물이 많고, 꽃을 보는 식물은 별로 언급되지 않을까?' 하는 의문을 품는 분이 계실지도 모르겠습니다. 스킨 플랜트는 한동안 줄기와 잎만 이용했습니다. 곱슬곱슬한 모발로 인기를 얻었던 수세미나 여주도 꽃망울이 맺히지 않도록 유전자 처리를 했어요. 사실 소비자의 욕망은 꽃을 향하고 있었지만, 업계는 필사적으로 '검푸른 머리'와 'CO_2를 흡수하는 것은 푸른 잎'이라는 이미지에 주의를 집중시키려고 애썼습니다. 일반인에게 알려지는 순간 스킨 플랜트를 쳐다도 보지 않을 만한 사건이 있었기 때문입니다. 그것은 타투 플라워 개발 중에 일어난 일이었습니다.

두 팔에 원 포인트로 베고니아를 심은 피험자 여대생이 꽃이 피자마자 쇠약사했던 것입니다. 봉오리가 맺힐 무렵부터 쇠약해지기는 했지만, 설마하니 목숨이 다할 줄은 아무도 몰랐습니다. 꽃을 피우는 데는 많은 에너지가 필요해서 작은 베고니아 한 송이에도 체력 좋은 젊은이가 목숨을 잃을 만큼 큰 에너지가 소모되었던 것입니다.

그러나 꽃을 추구하는 욕망을 언제까지나 누를 수는 없었습니다. 업계에서도 이 연구가 성공하면 폭발적으로 시장 규모가 커질 것이기 때문에 내외의 기업이나 투자가로부터 조 단위의 자금을 받아 세계적인 브레인을 셀룰로스 밸리에 결집시키고 연구개발에 박차를 가했습니다.

그러는 동안 꽃 없이도 만족할 수 있는 부가가치를 계속해서 내놓을 필요가 있었고, 스킨 플랜트는 경이로운 진화를 이루었습니다. 포인세티아나 드라세, 붉은순나무 등을 참고하여 잎에도 레드, 옐로, 결국에는 블루까지, 녹색 이외의 색을 물들이기 시작했습니다. 또 품종 개량이 진척되어 그동안 가장 큰 고민이던 문제를 해결하여, 벌레가 꼬이지 않는 타입의 상품도 등장했습니다. 섬유가 질겨지면서 가늘어도 부러지지 않는 제품이 나와 몸을 많이 쓰는 사람들에게 환영받았습니다.

더욱 중대한 진화는 가벼워졌다는 것입니다. 그때까지는 이미 뿌리와 잎이 돋아난 작은 모종을 수술로 피부에 이식할 필요가 있었고, 타투를 하는 정도의 수고와 고통, 그리고 비용이 들었기 때문에 먹고 살 만한 사람이 아니면 엄두를 낼 수 없었습니다. 그런데 피부와 똑같은 접착테이프가 개발되어 씨를 피부에 심어두면 싹이 나오게 되었고, 복제 기술로 양산할 수 있게 되자 그때까지 셧아웃되어 있던 빈곤층에도 널리 보급되었습니다. 마치 민들레씨가 바람에 날리듯이 국경과 바다를 건너 세계적으로 퍼져나갔습니다. 특히 경제적으로 가난한 지역에서는 특별한 즐거움이 없었다는 점도 있겠지만, 스킨 플랜트가 식량이 될 것 같다는 환상도 작용하여 모피처럼 전신을 덮는 스킨 플랜트가 유행했습니다.

한편, 꽃의 개화는 막다른 골목에 내몰렸습니다. 개화에 필요한 에너지를 어떻게 줄일 것인가, 또 그 에너지를 인체로부터 어떻게 효율적으로 모을 것인가, 모두 한계가 있었습니다.

원자력 에너지를 체내에서 이용하는 방안까지 진지하게 연구한 결과, 거의 10년이라는 예상외의 시간이 걸렸고, 결국 연구팀은 세상을 향해 상황을 발표합니다.

"가까스로 숙주가 죽지 않고 꽃피울 수 있는 지점까지 이르렀지만, 대단한 리스크를 동반한다. 그리고 이 이상 리스크를 줄이는 것은 이론적으로 불가능하다."

하는 내용이었습니다. 구체적인 리스크 내용은 공개되지 않았지만, 선진국들은 개발을 금지했습니다. 그러나 업계는 막대한 경제 지원을 얻어 개발이 금지되지 않은 지역에서 상품화를 시작합니다. 그리고 지역 주민을 극비리에 피험자 삼아 인체실험을 단행했고, 실제로 꽃이 피었을 때 르포 기자들이 결사적으로 잠입하여 기사를 씀으로써 그 리스크가 어떤 것인지 만천하에 드러났습니다.

그것은 성욕의 소멸이었습니다. 피부에 붙은 씨앗이 발아할 때부터 그 사람은 성욕을 잃습니다. 단순히 성적인 기분이 사라지는 것이 아니라, 실제 생식을 위한 기능을 잃습니다. 즉 성인 신체의 일상적 활동을 가능케 하는 원동력, 생식 에너지를 막음으로써 스킨 플랜트는 꽃을 피우는 데 필요한 에너지를 축적하는 것입니다. 그리고 한 번 꽃을 피운 사람의 몸은, 이미 성적으로는 기능이 종료되어 원래대로 돌아갈 수 없었습니다. 국가가 개발을 금지할 정도의 리스크란, 새로운 세대가 탄생하지 않을 위험, 즉 장래에 인간이 멸종할 가능성이었던 것입니다.

아이를 선택할 것인가? 꽃을 선택할 것인가? 그 양자택일일 뿐이라면, 아이를 갖고 싶은 사람들은 아이를 낳은 뒤에 꽃을 피우는 방법도 있겠지요. 하지만 현실적으로는 그런 냉정한 선택은 불가능했습니다. 다음과 같은 자막이 들어간 불법 영상이 당시 유튜브에 돌아다녔습니다.

"머리에 꽃이 피었을 때 기분이 어땠어?"

"완전 좋았어."

"섹스보다 좋아?"

"아아, 그런 거랑 차원이 다르지. 절절히 행복하다고나 할까, 살아 있길 잘했다는 기분이라고 할까."

"만족감?"

"응, 그렇게 말한다면 그럴 수도 있겠지만, 좀 더 기본적인 감정. 뭐야, 내가 여기에 있잖아! 하는 느낌. 나 자신으로 돌아와서 안정된다고 할까?"

부케 밑에 얼굴이 붙어 있는 것 같은, 고운 꽃이 머리를 감싸며 자라난 남아시아 여성의 영상은 보는 사람의 마음을 이상하게 흔들어 놓았습니다. 노란 아이리스, 홍화, 가베라, 붉은 장미, 참나리…… 그 꽃들은 장식이 아니라, 바로 두피에 자라 피어 흐드러진 것입니다. 꽃잎의 붉은색도 노란색도 잎의 초록도 그 몸이 만들어낸 것이라 생각하면 웃어야 할지 울어야 할지 알 수 없는 기분이 솟아납니다. 타버릴 것 같은 소란이 가슴속에서 커지는 한편, 이윽고 많은 사람들이 인간이라면 이렇게 아름답게 살아도 좋은 거야, 꼭 인간다움에 연연하지 않아도 좋아, 당연한 것을 잊고 있었던 것 같아, 그런 생각을 하게 되었고, 꽃을 받아들일 마음의 준비를 해나갔습니다.

꽃을 피울 에너지가 없는 체력 약한 노령자들 중에는 다들 세뇌당하고 있다거나, 안도감을 가져오는 의존성 약물이 들어 있다거나 하는 음모설을 주장하는 이도 있었습니다. 하지만 그런 노인도 막상 가까운 사람들이 현란한 꽃으로 머리가 빵처럼 부푼 걸 보면, 지금까지 살아 있길 잘했다, 나는 행복한 사람이다, 그런 느낌이 드는 것이었습니다.

모니터링 기간이 끝나자, 꽃 피는 스킨 플랜트 종은 무슨 일인지 무상으로 전 세계에 일제히 배포되었습니다. 법으로 금지한다 해도, 별 이상도 없는 꽃씨까지 관리할 수는 없었습니다. 눈 깜빡할 사이에 씨는 퍼져나갔고 발아했습니다. 망설이는 사람도 분명히 있었지만, 1년 후의 통계에 의하면, 실제로 80퍼센트 가까운 성인이 머리에 씨를 심었습니다.

아아, 행복만이 넘치던 이 시대를 어떻게 표현하면 좋을까요? 사진이나 영상을 보신 분은 많을 거라고 생각합니다. 그것을 보는 것만으로도 가슴이 두근거리지 않습니까?

몇 개월 후 이 세상은 극락이라고 착각할 정도로 다른 공간으로 바뀌었습니다. 온갖 꽃이 요란하게 피었습니다. 예를 들어 도심의 교차로를 부감법으로 내려다보면, 보도를 가득 채운 사람들의 머리에 세상 모든 꽃이 흐드러지게 피어 있었습니다. 만원 전철 안은 꽃 색으로 눈이 어른어른했고 꽃향기로 숨이 막힐 지경이었습니다. 휴일에 사람이 몰리는 근교의 산이나 초원에서는 마치 꽃이 직립하여 걸어다니는 듯했습니다. 해수욕장도 사람 꽃으로 가득해서, 바다에는 꽃이 헤엄을 쳤습니다. 직장에도 학교에도 의회에도 술집에도 사람이 있는 곳에 꽃이 넘쳐났습니다.

성범죄가 급격히 감소한 것은 생각지 않은 부차적 효과였습니다. 없어지고 보니, 일상이 얼마나 성에 관련된 범죄와 폭력, 짓궂은 언행으로 이루어졌던가 싶어 등줄기가 서늘할 정도였습니다.

대신에 이 풍조에 절망을 느낀 안티 스킨플랜트주의자들의 폭행이 늘었습니다. 그 다수는 머리꽃을 잡아 뜯는 정도여서, 뜯긴 사람은 다음 씨를 심으면 되지만, 그중에는 피부째 벗겨버리는 잔혹한 범죄도 있었습니다. 그들에게 누군가 몰래 씨를 심는 복수극이 벌어지면서 그들은 자연 소멸되어 갔습니다.

안티 스킨플랜트주의자들의 파괴 활동은, 그래도 아직 번식하고자 발버둥 치는 구 인류의 단말마 같은 신음소리였겠지요.

그렇습니다, 그때 인류는 이미 각오를 했던 것입니다. 이 아름답고 환상적인 광경과 맞바꾸어 자신들의 세대에서 인간은 멸망하는 것이라고. 그것은 자신들은 이렇게 행복했으니 됐다, 멸망한들 후대와는 상관없다 하는 이기적인 자세와는 전혀 다른 것이었습니다. 인간은 종착점까지 왔으니 순순히 끝내자는, 운명을 담담히 받아들이는 깨달음의 경지였다고 할 수 있을 것입니다.

정식 기록은 아닙니다만, 사람들의 머리에 꽃이 피어나기 시작한 때로부터 3년 뒤에, 인류의 마지막 아이가 태어났다고 합니다. 그 아이는 친구가 없어서 쓸쓸한 삶을 살았을 테지요. 세상에서는 아기의 모습이 사라졌습니다. 꽃이 피면 동시에 숨이 끊어지는 고령자도 늘었습니다. 화장시키지 않고 그대로 땅에 묻으면 스킨 플랜트가 흙 속에서 모습을 나타내고, 흙 속에 뿌리내려 무덤을 만듭니다.

스킨 플랜트는 개량을 거듭하여 혼합하는 방식도 발전해 나갔습니다. 진홍의 진저, 다알리아, 맨드라미를 닭벼슬처럼 세우고 있는 젊은이들. 씻으면 블루에서 보라로 색이 바뀌는 수국, 터키 도라지, 카네이션, 란을 펌한 것처럼 보글보글 얹고 있는 아주머니. 나이와 계절, 지역에 따라 유행하는 꽃이나 색도 달랐습니다.

꽃은 언제까지나 피어 있는 것이 아니므로 정해진 시간이 되면 말라서 떨어집니다. 흙에 심은 식물과 마찬가지로 수분된 꽃이 떨어진 뒤에는 열매를 맺습니다. 열매가 익기 전에 잘라서 새로운 씨를 심어버리는 성질 급한 사람도 있었지만, 대개는 자연에 맡겼습니다. 그러므로 식물머리 끝에 구즈베리가 열리거나 여주를 늘어뜨린 모습도 익숙해졌습니다. 익은 열매가 떨어지면 이윽고 그 씨가 땅속에 묻힙니다. 그리하여 지구의 표면에 스킨 플랜트의 종자가 축적되어 갔습니다.

그 씨가 어찌 되는지는 연구개발한 사람들도 짐작하지 못했던 것 같습니다. 씨를 다시 한번 피부에 심은 자들도 있었지만,

발아한 예는 없었습니다. 그런데 5년 후, 스킨 플랜트가 자란 것으로 보이는 식물이 발견되었다는 보고가 있었습니다. 지역 주민에게 모니터링 시험이 실시된 남아시아에서 용설란 같은 다육식물의 중앙에 줄기가 올라와 인간의 영아 모습을 한 주먹 크기의 녹색 열매가 그 끝에 열렸던 것입니다. 비디오카메라가 설치되었고 24시간 연구원이 붙어 신중하게 경과를 관찰했습니다.

영아 열매는 점점 커져서 녹색에서 엷은 복숭아색으로 바뀌더니 때때로 몸을 실룩실룩 움직였습니다. 관찰한 지 4개월 만에 거의 완전한 인간의 아기가 되었고, 줄기로는 지탱할 수 없어 흔들렸습니다. 그리고 그 불안정이 싫어서 몸을 뒤트는 순간, 줄기에서 배꼽이 떨어져 아기는 이파리 사이에 떨어졌고 인간의 목소리로 울기 시작했습니다.

온 세계가 눈물을 흘렸습니다. 멸망할 것이 자연스러운 일로 받아들여졌지만, 인류는 아직 계속될 거라는 걸 알고 보니, 역시 감개무량한 게 당연하지요.

그런데 그 아이는 최초로 발견된 1호 아기가 아니었습니다. 이미 그 마을에는 그렇게 탄생한 아기들이 있었고, 마을 사람들은 그들을 '행복한 꽃의 아이들', 혹은 '플라워즈'라 불렀다는 것을 여러분은 알고 계시겠지요? 그리고 아시는 바와 같이, 나도 그중 한 사람입니다.

플라워즈에게는 인간의 생식능력이 없습니다. 난소, 자궁, 정소 같은 생식기관이 처음부터 없는 것입니다. 한편, 모든 체모는 풀로 이루어져 있습니다. 태어나서 15년 정도가 되면 그 풀 부분에 씨방이 달리기 시작합니다. 현재의 신인류처럼 꽃의 종류를 자유롭게 바꾸어 심을 수 없었습니다. 각각 처음부터 가지고 태어난 꽃을 싹틔웁니다. 저도 지금 그 꽃 싹이 나오기 시작해서 봉오리가 되려고 하는 중입니다. 꽃이 피는 것도 시간문제겠지요.

플라워즈 중 조숙한 녀석이 최초의 꽃을 피운 것은 벌써 5년 전이므로 나는 내 자신이 어떻게 될 것인지 어느 정도 알고 있습니다.

최초에 개화했던 플라워즈의 예를 보자면, 꽃이 핀 뒤에는 역시 결실을 맺고 씨앗이 생깁니다. 지표에 떨어진 씨앗은 2년 정도 지나 발아하고, 3년 정도에 영아 열매를 맺죠. 그 열매는 생장하지만, 우리와 달리 피부가 녹색인 채입니다. 5개월 정도 후에 인간의 아기를 가늘게 한 것 같은 정도로 자라면 목덜미와 겨드랑이 밑, 사타구니에서 새로운 싹이 나옵니다. 그러면 눈을 열고 울기 시작하는데 배꼽은 떨어지지 않아요. 배꼽 끝의 줄기는 넝쿨 상태로 길게 자랍니다. 즉 인간의 모습을 하고 움직이게 되지만 어디까지나 풀의 일부로 자라나는 것입니다. 우유를 주면 마시고, 장난감을 쥐어주면 놀며, 말을 배우기도 합니다. 하지만 줄기에 연결되어 있어서 움직이는 범위가 제한되어 있습니다. 뿐만 아니라, 거미집 안에 있는 것처럼 몸에서 새로운 넝쿨이 자라 주변에 얽힙니다.

이야기는 여기서 끝입니다. 우리 플라워즈의 다음 세대는 좀 더 식물의 비율이 높은 인간인 것입니다. 인간은 이렇게 해서 조금씩 식물과 일체화되어 가는 것인지도 모릅니다. 그 증거의 하나로 제가 낳은 씨앗은 어떤 환경에서도 잘 자라는 것 같습니다.

우리는 부모가 확실하지 않으니 고아인 것이 보통입니다. 그 탓인지 몰라도 방랑벽이 있습니다. 며칠 전에도 유럽 남부의 플라워즈가 장마 기념식 날 아프리카 서부 사막지대에 모였다는 이야기를 들었습니다.

아무튼 마음이 내키는 대로 흩어져 씨를 뿌립니다. 사막에서도 습지에서도 극한의 땅에서도 바위산에서도, 도시의 아스팔트에서도 공기 중에서도 발아하여 생장하는 예가 보고되고 있습니다.

그래서 나의 경우에는 어쩐지 금속 위에 씨를 뿌리고 싶은 기분이 강합니다. 그렇게 여기저기 공언했더니, 이렇게 우주정거장으로 보내졌습니다. 나의 씨앗은 외벽에 붙을 수 있다고 합니다. 진공 상태입니다. 달 표면에 뿌릴 수 있다는 얘기도 있습니다.

여러분이 우주 시간으로 짧은 세월을 보내는 동안, 인간은 이렇게 되었습니다. 미래는 아무도 모릅니다. 나는 인간이 거의 식물화되어, 하지만 완전히 식물이 되지는 않고, 어쩌면 이동하는 능력을 가진 초목이 되어 지구상에 번창하는 것은 아닐까 생각하고 있습니다. 인간은 생태계를 파괴해 왔다고 하지만, 어쩌면 그것도 운명지어진 일인지 모릅니다. 즉 사람이

몸에 꽃을 이식하고 싶다고 욕망하고 생식능력을 버리고 꽃을 피우며 서서히 식물에 가까워지도록 DNA 속에 프로그래밍되어 있었는지도 모른다는 생각이 듭니다.

우리는 신세대보다 성장이 빠르고 15세 정도에 차세대를 남기고 있으므로, 아마 수명도 짧을 것입니다. 20년이나 30년, 그 정도일 거라고 생각합니다. 차세대는 더 빨리 꽃을 피울 것입니다.

이 우주정거장에서 지구가 알록달록한 사람꽃으로 덮이는 광경을 언젠가 볼 수 있을지도 모릅니다. 생명의 화려함을 그렇게 바라보는 것은 소소한 행복일 테지요. 내가 살아 있는 동안은 무리라고 생각하지만, 상상하는 것만으로도 가슴 뛰는 일입니다. 누가 뭐래도 우리는 행복한 꽃의 아이들이니까요.

읽지 마

어이, 너. 이걸 읽고 있는 너 말이야. 이걸 읽어도 괜찮겠어? 이걸 읽은 사람은 모두 사라져 버리는데? 다 읽고 나면 반드시 간다고. 그래도 읽을 텐가? 이 문장을 쓴 녀석도 이미 살아 있지 않아. 당연하지, 글을 쓴다는 건 읽는다는 것이니까 말이야. 자기가 쓴 글을 읽지 않고 쓸 수는 없겠지. 누구라도 쓰면서 읽는 거야. 그리고 다 읽은 결과, 죽는 거지. 자기가 쓴 글에 자기가 지워지는 거야. 이런 것도 자업자득이라고 해야 할까? 뭐 좋다 이거야, 암튼 읽고 있는 동안 너의 목숨은 닳아 없어져. 한 단어씩 읽을 때마다 착실하게 수명이 줄어들지.

그렇지? 기묘한 이야기지? 이건 훨씬 전에 쓰인 문장이고, 쓴 녀석도 이미 없는데, 지금 읽고 있는 너에게 마치 리얼 타임으로 말을 거는 듯한 기분이 들게 하지? 눈앞에 실제로 내가 있어서 생생하게 이야기를 듣고 있는 기분이 들지? 네가 질문하면 내가 금방이라도 대답할 것처럼 리얼하게 느껴질 거야. 뭐든 질문해도 좋아, 나는 대답 안 할 거야. 하하! 당연하지, 이걸 쓴 녀석은 존재하지 않는다니까!

기묘한 점은 그거야. 쓴 녀석은 소멸했는데, 그런데도 나는 생생히 살아서 말을 반복하고, 읽고 있는 너에게 말을 걸지. 그럼 여기서 말을 뱉어내는 나는 뭘까?

나는 이미 사라진 글쓴이가 만들어낸 화자야. 이야기하는 것은 나지만, 그런 나에게 말을 준 것은 글쓴이야. 나라는 화자를 말로 표현한 것은 지금은 저세상에 있는 글쓴이지. '그렇다면 이 문장은 이미 끝까지 다 쓰여 있어서 아직 나는 거기까지 읽지 않았지만 결말도 정해져 있을 거야'라고 넌 생각하지?

하지만 그렇지 않아. 나는 영원히, 지금도 계속해서 써지고 있어. 네가 읽고 있는 그 자리에서 말이 되어 살아나는 거야. 그러니까 네가 지금, 눈앞에서 친근히 말을 걸고 있는 듯이 느끼는 것은 옳아. 만약 1초라도 네가 이 문장에서 눈을 뗀다면, 말은 미묘하게 바뀌지. 만약 읽고 있는 것이 네가 아니라 다른 누군가라면, 여기에 쓰인 내 이야기는 또 달라질 거야. 어느 것 하나도 같은 말은 없어. 이건 라이브야. 같은 곡을 연주하더라도 매일 다르듯이. 같은 문장을 낭독한다 해도 그때마다 바뀌듯이.

예를 들면 네가 친구들과 나란히 눈앞의 계곡 물을 보고 있다고 치자. 흐름은 2분이 지나든 3분이 지나든 똑같이 보이겠지? 하지만 지금, 눈앞에 보이는 물은 이미 하류로 사라졌어.

강 수면의 같은 지점을 바라보고 있어도 너와 친구들이 보는 각도나 빛의 정도가 약간씩 다르지.

그것과 마찬가지야. 이 문장의 같은 부분을 네가 2분 후에 또다시 읽어도, 2분 전에 읽은 문장과는 이미 다른 거야. 어떻게 다른지를 너는 알지 못한 채. 마찬가지로 네가 아닌 녀석이 같은 장소를 읽어도 너와는 다르게 읽을 수 있어.

나는 살아 있다는 뜻이야. 지금은 이 세상에 없는 글쓴이가 훨씬 이전에 쓰고 있었던 정도의 존재임에도 불구하고, 네가 읽으려고 하는 순간에 그 상황 상황마다 살아서 말을 하고 있지. 너를 향해서 말이야.

너는 이제 나에게 붙잡힌 거야. 도망칠 수 없어. 이제 와서 읽기를 중단한다 해도 나는 이미 너의 머릿속에 들어가 자유롭게 말을 뿌려대지. 그 말을 네가 안 읽을 수는 없어.

미안하군. 나의 이름은 '저주'야. 저주가 너에게 말을 걸고 있는 거야. 무슨 뜻인지 알아? 이걸 쓴 녀석은 읽는 자가 영원히 저주당하는 말을 남겼어. 그리고 스스로 자신이 걸었던 저주에 걸려 죽은 거지. 저주의 말을 남길 정도니까 대단한 한이 있었던 거겠지. 자신을 지우는 정도에 그치지 않고 많은 사람을 길동무로 삼을 만큼.

자, 슬슬 나는 이야기를 마칠 거야. 이 문장은 끝나. 다 읽으면 너는 사라질걸. 각오는 됐나? 난 처음에 충고했다, 분명.

하지만 만약에 운명을 피하고 싶다면 한 가지 방법이 있어. 네가 글쓴이가 되어 나에게 계속 말을 거는 거야. 너도 저주하는 거야. 내가 이야기를 끝내지 않는 한, 너의 소멸은 연장될 거야. 전의 글쓴이도 필사적으로 나를 썼지만, 내 저주에서 도망치려고 글쓰기를 멈추는 순간, 사라졌어. 그러니까 읽기 시작한 이상 운명은 연장할 수 있을 뿐 진정으로 도망칠 수는 없다는 거야. 자, 어쩔 거지? 여기에서 나는 이야기를 마치고, 너는 당장 운명을 받아들이든지, 나를 계속 쓰며 발버둥 치든지 둘 중 하나야. 네가 원하는 쪽을 선택해.

모미 쵸아요

"대체 왜 인제 와서 그런 소릴 하는 거야? 다 끝난 얘기라고 몇 번을 말해야 알겠어? 어?"

서울 생활을 위해 아내와 생활필수품을 사려고 롯데마트에 갔을 때, 가까이에서 여자의 화난 목소리가 울려 퍼졌다.

역시, 오리지널이다. 호시노 호노오는 중얼거리며 아내 도모우라 노노의 얼굴을 보았다. 도모우라 노노도 눈을 동그랗게 떴다. 뭐라는 거야, 하고 한국어를 아는 도모우라 노노에게 작은 소리로 물었더니, 왜 그런 소릴 인제 와서 해대느냐, 이미 그 얘기는 다 끝났다고 몇 번이나 말했느냐, 아마도 그런 느낌 같아, 하고 말한다.

분노의 목소리는 한층 더 무언가를 밀어붙이는 기세인데, 상대방의 목소리는 들리지 않는다.

"나, 좀 보고 올게."

하고 도모우라 노노에게 말하고 호시노 호노오는 서둘러 목소리가 나는 쪽으로 갔다.

한류 드라마에는 화내는 모습이 자주 나온다. 절규한다기보다는 마치 가요곡의 클라이맥스 부분을 노래하듯 투명한 소리로 낭랑히 울리며 화를 낸다. 대개는 크레센도로 보통 목소리에서부터 점점 톤을 높여간다. 화를 내는 소리가 스타일리시하고 존재감이 없다면 한국에서는 배우가 될 수 없는 건지도 모른다.

그 진짜 현장을 지금 딱 만난 것이다. 호시노 호노오는 가슴이 두근거렸다.

옆쪽의 세제 파는 곳에 그 커플이 있었다. 카트를 밀고 있는 젊은 여자가 남편인지 애인인지 모르겠지만, 젊은 남자에게 화난 목소리로 퍼부어댔다. 남자는 고개를 숙이고 말을 못한다. 여자는 아직도 금방이라도 남자를 쓰러뜨릴 듯이 서슬이 퍼래가지고 마지막으로 무언가 대사를 내뱉고는 카트와 남자를 남겨두고 총총걸음으로 사라졌다.

호시노 호노오는 돌아와서 "저 남자, 버려두고 갔어." 하고 흥분조로 도모우라 노노에게 보고했다. "매장 전체에 울렸어." 도모우라 노노도 놀란다.

하지만 두 사람 모두 한 달 정도 지내보니 주변에서 여성의 화난 목소리가 울려도 신경쓰지 않을 정도로 익숙해졌다. 길에서든 역에서든 지하철 안에서든 음식점에서든 스마트폰 울림 소리만큼이나 여기저기서 여자가 남자를 야단치는 목소리가 울리는 것이다.

호시노 호노오는 일본어 번역을 생업으로 하는 임미영에게 감상을 말했다.

"어쩐지 한국 남자는 다들 거리에서 여자한테 야단맞는 것 같아."

"아, 그럴지도 모르겠네!"

하고 임미영도 얘기를 안 했으면 너무 많이 일어나는 일이어서 못 느꼈을 거라는 식으로 대답했다.

"뭐, 10년 전까지만 해도 주변 신경 안 쓰고 그 주변 길모퉁이에서 남자가 여자를 때리기도 하고 그랬으니까."

"여자를 때려!"

"그랬어. 여자를 때려도 허물 삼지 않았고."

"대단한 변화네……."

임미영은 전에 "일본에서는 10년 단위로 히토무카시—昔(과거 또는 옛날-옮긴이)라고 하지만, 한국에서 히토무카시는 5년이나 3년쯤 되는 것 같아." 하는 이야기를 한 적이 있다. 2000년대 전반, 극심한 교통체증으로 배기가스와 소음이 넘쳐나고 포장도로에는 전기부품을 파는 자잘한 전문점이 꽉 들어차 있던, 고가도로 아래를 달리는 서울의 좁다란 간선도로가 5년 뒤에 방문했을 땐 간 데가 없고, 거짓말처럼 맑고 쾌적한 푸른 물줄기로 바뀌어 있어서 호시노 호노오가 크게 충격을 받았을 때, 임미영이 그렇게 설명해 주었던 것이다. 너무 충격적이어서 호시노 호노오는 그 어수선한 거리를 찾아 청계천 주변을 서성거렸다. 군데군데 개발 도중인 현장에 옛날 거리의 흔적이 남아 있었지만 그것은 접착테이프를 벗긴 것처럼, 거인이 거리를 통째로 잡아떼어낼 때 생긴 찌꺼기 같았다. 서서히 건물이 빌딩으로 바뀌어 간다든가 하는 단순한 변화가 아니었다. 그 5년 전 옛날, 3년 전 옛날의 시간 속에서 여자를 때리던 남자들이 여자에게 야단맞을 정도로 변한 것이다.

"미영도 밖에서 보통으로 화내?"

"나는 안 그러지."

임미영은 그렇게 단언했지만, 나중에 네 사람이 식사를 하던 날에 남편 김진우에게 물으니, "결혼 초에는 자주 야단맞았어요. 그럴 때는 대꾸를 안 하는 게 현명해요. 그렇지 않으면 불에 기름 붓는 격이니까." 하고 대답했다. 임미영은 처음에는 웃으면서 일본어를 못하는 김진우의 말을 통역해 주었지만, 그러다가 "현명하다고? 바보한테는 입 다물고 있는 게 낫다는 뜻? 그렇게 생각하고 있었던 거야?" 하면서 조용하지만 곧 톤이 올라갈 징조가 보였으므로 호시노 호노오와 도모우라 노노는 서둘러 말렸다.

이 소설의 '호시노 호노오'는 1인칭이다. 호시노는 남자이긴 하지만, 일본어에는 호시노에게 걸맞는 1인칭이 없다. '와다시私'는 공식적이고 격식 차린 점잔빼는 말로, 본심을 감추는 듯한 인상이 있다. 원래 프라이빗하게 '와타시'를 1인칭으로 쓰지는 않는다. '보쿠僕(동등하거나 손아래인 상대를 향해 사용하는 남성 1인칭 대명사-옮긴이)'는 알면서 모르는 척 책임을 회피하는 느낌이다. 가장 번거로운 것이 '오레俺(상대와 대등한 느낌으로 사용하는 남성 1인칭 대명사지만, '보쿠'에 비해 거친 느낌이 있다-옮긴이)'인데, 지금 호시노 호노오가 사석에서 구어체로 사용하는 1인칭은 분명히 '오레'지만 '오레'에는 본심을 너무 숨김없이 말한다는 느낌이 있어서 그렇게 하면 실수도 너그럽게 봐줄 것 같은, 어머니의 비호 아래 용서받는 '나님'에 기울어진 냄새를 뿜뿜 뿜어낸다. '오이라', '와시', '아치키', '요余', '와레我', '지분自分', '코기토', 어느 것도 너무나 색채가 뚜렷하다. '짐朕'은 무리고.

어쩔 수가 없어서 고유명을 쓰기로 했다. 스스로 이름만 부르면 어린 여자아이같이 느껴질 수 있기 때문에 풀네임으로 '호시노 호노오'. 위화감을 느끼는 사람은 '호시노 호노오' 자리에 '오레'든 '보쿠'든 '와타시'든 마음에 드는 말을 넣어서 읽어주기 바란다.

가전제품 회사에 근무하는 도모우라 노노가 서울 지사로 전근하게 되었을 때 르포작가인 호시노 호노오도 3개월 한정으로 따라나섰다. 임미영은 도모우라 노노의 부서 동료로, 번역과 통역을 맡고 있었다. 두 사람은 벌써 20년 가까이 일을 같이 해온 친구이다.

도모우라와 달리 전혀 말을 못하는 호시노 호노오는 '한국말학원'에 다녔다. 클래스 구성원은 9명이었고 일본에서 온 학생이 6명이었다. 한국어를 배우러 온 재일동포도 있었다. 빅토리

아라고 하는 젊은 콜롬비아 여성도 있었다. 호시노 호노오는 페루에 산 적이 있어서 스페인어를 조금 할 줄 알았고 라틴아메리카에 친근감도 가지고 있었기 때문에 그녀에게 말을 건넸다. 빅토리아는 한국에서 일본인이 스페인어로 말을 걸으니 어리둥절해했다.

빅토리아는 한류 스타 팬이고 최근에 '한국사람 남자친구'가 생긴 것을 자랑하고 싶어 못 견디겠다는 듯 이야기해 주었다.

"초멋져요. 이 세상 사람이 아닌 것 같아."

하고 말했다. 콜롬비아에서도 한류 열풍이 이는지 묻자, 이 세상의 섭리를 알지 못하는 인간을 쳐다보듯 호시노 호노오를 바라보며 "한류가 존재하기 때문에 나는 살아갈 수 있어요." 하고 말했다. 수업은 오후 한 시면 끝나기 때문에 이따금 임미영과 점심을 먹었다. 호시노 호노오가 처음 배운 한국어의 멋진 문구, '세계에소 제이루 마신눈 콥피루루 마시고 십포요(세계에서 제일 맛있는 커피를 마시고 싶어요)'는 점심 후 카페에서 이렇게 주문하고자 임미영에게 배운 것이다.

"수업은 어때?"

하고 임미영이 묻자, 호시노 호노오는 빅토리아 이야기를 했다. 임미영은 '흥!' 하고 콧방귀를 뀌며 "금방 알게 될걸." 하고 말했다.

"한 달이나 석 달? 괜찮은 남자라고 해도 1년 지나면 콩깍지가 벗겨질 거야. 세계가 한국 남자의 마법에 걸려 있지만, 그 넘치는 서비스 정신도, 있을 것 같지 않은 서프라이즈를 해대는 관심도, 소소한 배려도, 기간 한정이야. 한국 남자가 정말로 관심을 가지는 것은 자기 자신이니까."

호시노 호노오가 그 말을 정말 실감하게 된 것은 축구를 시작하고부터였다.

오후는 한가했기 때문에 호시노 호노오는 학원이 있는 동네 홍대를 기웃거렸다. 새빨간 조끼와 모자를 쓴 '아죠시(아저씨)'가 길에서 'BIG ISSUE'라는 제목이 붙은 잡지를 팔고 있었다.

《빅이슈》다! 하고 호시노 호노오는 익숙한 얼굴을 만난 듯 친근감을 느꼈다. 홈리스 상태에 있는 사람들이 팔아서 생계를 보충하는 잡지 《빅이슈》는 일본에도 있다. 호시노 호노오는 가끔 그걸 샀다. 가격의 대략 절반이 파는 사람의 수입이 된다. 한국에서도 팔고 있구나!

"안뇽하세요." 하면서 최신호를 샀다. '아죠시'는 '빗구이슈'를 '비기슈'라고 발음했다. 표지는 축구선수 이동국이었고 호시노 호노오는 "이동구쿠, 쵸아요(이동국 좋아요)!" 하면서 알고 있는 축구선수 이름을, 파쿠추용(박주용), 차두리(차두리) 하고 늘어놓았다. 그러자 '아죠시'가 발로 볼을 차는 시늉을 하며 "홈리스 축구 안넨데." 하고 말했다. '안넨데?' 그것은 일본의 간사이 사투리가 아닌가 싶었다. 호시노 호노오에게는 그렇게 들렸다. '아죠시'는 계속해서 '홈리스 축구'라고 되풀이했다.

"아아, 알았다, 홈리스 사카! 홈리스 사카 안넨(홈리스 축구 있어)?"

호시노 호노오는 그렇게 소리를 높였다.

"네, 네. 홈리스 축구 안넨데."

하고 '아죠시'가 말했다.

"온제 오디예요(언제 어디예요)?"

하고 호시노 호노오는 짧은 한국어로 묻고, 노트와 펜을 내밀었다.

'아죠시'는 뭔가 말하면서 한글을 써주었다. 호시노 호노오는 "아르겠스무니다(알겠습니다)."를 되풀이하고 "토 망나요(또 만나요)." 인사를 하고 떠났다.

아저씨가 써준 장소와 일시를 도모우라 노노에게 읽어달라고 했더니, 이번 주 일요일 아침 9시부터 영등포 공원이라는 것이었다.

오월 중순인데도 장마 끝처럼 더웠다. 서대문 아파트에서 축구복 차림으로 나섰다. 영등포역에서 내린 뒤, 호시노 호노오는 방향을 잘못 잡아 근처를 배회하는 덫에 빠졌다. 그리고 그 부근이 노숙자들이 자는 장소인 것을 알았다. 재개발 공사로 온통 뒤집어진 현장에는 군데군데 남아 쓸 수 없는 좁은 공터가 있고, 창고 같은 베니어합판으로 지은 집이 가득 줄지어 있었다. 그뿐 아니라 나중에 알게 된 일이지만, 거대하고 번쩍번쩍하는 새 쇼핑몰 골짜기 사이에 섬처럼 떠 있는 구간이 있었다. 1층에 유리창으로 막아 늘어선 ㄴ점 같은 비좁은 가게는 낮에는 커튼이 쳐져 있지만, 밤이 되면 노출도 높은 여성들이 그 안에서 나타나는 사창가였다.

엄청나게 걷고 나서야 영등포 공원에 닿았다. 축구장을 찾지 못해 헤매는 동안에 드문드문 노숙자로 보이는 '아죠시'들을 만났다.

축구장에는 벌써 참가자들이 모여 있었고 킥오프가 시작되었다. 둥글둥글 살찐 중년의 아저씨가 있는가 하면, 조금 거칠어 보이는 이십대 초반 정도의 젊은이가 날카로운 슛을 찔러넣고 있다. 발을 저는 사람도 있고 지적 장애가 있어 보이는 '아죠시'도 고개를 한쪽으로 기울이고 천천히 달리고 있다. 홍대에서 《빅이슈》를 팔던 '아죠시'가 호시노 호노오를 보고 손짓으로 불러서 주최 측으로 보이는 젊은이를 소개했다. 호시노 호노오는 영어로 자기소개를 하고, 이 연습에 참가하고 싶다고 말했다. 젊은이도 호시노 호노오와 비슷한 수준의 영어로 홈리스 축구 코치 조재준이다, 홈리스 축구를 아는가, 하고 물었다. 이름만이 아니라 용모도 한국 대표 포워드 조재준을 닮았다. 호시노 호노오가 아니요, 하고 말하자 이것은 세계에서 1년에 한 번 열리는 홈리스 월드컵에 한국 대표로 나가기 위한 연습이다, 참가자는 모두 현역 홈리스이거나 전 홈리스들이다, 일본에도 팀이 있다, 하고 가르쳐주었다.

평소에도 좀 축구를 하는 편인지라, 연습 수준은 적당히 조절을 해야겠군, 하고 호시노 호노오는 위에서 내려다보는 시선으로 생각했지만, 천만에였다. 킥오프가 끝나자, 근육 트레이닝을 비롯하여 동아리 같은 트레이닝 메뉴가 이어지고 게임 형식의 연습으로 들어가기 전에 호시노 호노오의 다리는 덜덜 떨릴 정도가 되었다. 한국의 노숙자들이라니, 이 무슨 체력이란 말인가! 몸을 부딪쳐 볼을 다투는 연습을 할 때는 볼 따위는 잊은 채 희희낙락 몸싸움을 하며 탄성을 올리고 있다. 게다가 인공 잔디 베이스는 새까만 고무로 만든 것이었고, 한여름 같은 햇살에 화상을 입을 듯 뜨거워서, 호시노 호노오의 트레이닝 슈즈 바닥일랑 녹아 벗겨져 버렸다! 어쩔 수 없이 끈으로 둘둘 말아 묶고 축구를 계속한다.

그리고 팀을 갈라 게임이 시작되었을 때 호시노 호노오는 '한국 남자'의 문화를 알게 되었다. 호시노 호노오와 같은 팀이 된 코치는 계속되는 드리블로 상대를 피해가며 강렬한 슛을 날리더니 셔츠를 벗어 상반신을 내보였다. 아마도 매일처럼 연습을 하느라 볕에 그을린 것이겠지, 단련된 블론드 빛 멋진 몸매가 드러났다. 그러자 다른 사람들도 모두 너도나도 셔츠를 벗어던져 반수가 알몸이 되었다. 그 대부분은 뒤룩뒤룩하거나 삐쩍 마른 몸이었지만.

물론, 더운 탓도 있었을 것 같다. 하지만 그 후 연습에 참가하면서 보니 덥거나 시원하거나 맑거나 흐리거나, 무조건 게임이 끝나면 웃통을 벗는 것이었다.

"무조건 웃통 벗은 남자가 되고 싶어 한다니까."

저녁에 프라이드 치킨을 매콤달콤하게 구운 교동치킨과 떡볶이, 거기에 맥주를 곁들여 마시면서 텔레비전 중계로 한국대 에콰도르 친선게임을 보았다. 축구를 TV로 관전할 때는 '치맥'이라고 해서 치킨과 맥주를 먹어줘야 한다.

"축구 좋아하는 남자는 다들 웃통 벗는 걸 좋아하나? 골 뒤에 있는 서포터도."

하고 호시노 호노오는 골 뒤에서 나신이 되어 주먹을 휘두르
는 남자들을 보며 고찰했다.

"얼마 전에 거래처 한국 여성한테 들었는데 '나이스 바디'
라는 말, 한국에서는 남자한테 쓴대. 한국어로 하면 '모미 쵸
아요'고."

"몸을 좋아한다고?"

"그 번역은 좀 이상한데, '모미 쵸아요'에 해당하는 남자는
그럴지도 모르겠네."

바로 그 타이밍에 실황중계 하는 아나운서가 말했다.

"오오, 이구노 모미 쵸아요!(오오, 이근호는 나이스 바디군요!)"

호시노 호노오와 도모우라 노노는 얼굴을 마주보았다. 아나
운서가 분명히 그렇게 말했다. 텔레비전 화면에는 상대편 디펜
더를 따돌려 슛을 날리고는, 그 골이 실패하자 '칫!' 하는 표정을
짓는 한국 포워드, 이근호 선수가 클로즈업되어 있다. 어깨와
가슴 근육이 솟아올라 딱 달라붙는 유니폼은 터질 듯하다.

"진짜, 아주 좋아요."

해설자도 동의하는 모양이다.

"진짜 그렇게 말을 하네."

호시노 호노오는 감동하고 있었다.

"그러게."

도모우라 노노가 말했다.

"알아챘는지 모르겠지만, 치킨 살 때도 왜, 젊은 남자들이

우리 앞에서 기다리고 있었잖아.”

“아아, 그 학생 같은 애들. 모두 헬멧 같은 헤어스타일에 검은 테 안경을 쓰고 있어서 구분이 잘 안 갔어.”

“게다가 전원 대단한 근육질에 딱 달라붙는 티셔츠를 입고 있는데 보면서 기분 나빴어.”

“모미 쵸아요 군단인가?”

“그러고 보니까 한류스타들도 곧잘 벗잖아. 전신이 나오는 장면, 지나치게 많지 않아?”

“응, 친짜(진짜)다. 서비스 씬, 많이 있는 거지.”

호시노 호노오가 대답했다.

“군대 문화인 걸까?”

“그런 것도 있을 테지만.”

“단련해서 보여준다?”

“있잖아, 한류는 남자의 몸이 상품이라는 생각이 들어.”

“그럴지도!”

“한류로서 세계에 파는 것은 남자 얼굴이나 몸인지도.”

“그래서 야단맞는 것도 남자 쪽이 된 건가!”

“기간 한정인 것 같지만 말이야.”

“그래도 오렌지색 매콤달콤한 음식, 진짜 맛있네.”

호시노 호노오는 그 뒤로도 제대로 된 한국어를 말하지 못한 채 매주 축구 연습을 나갔다. 날이 맑을 때가 많아서 서로 “더워요~” 하고 말했다. 호시노 호노오가 쓰고 있던 아디다스 모자를 뚱뚱하고 호탕한 ‘아죠시’가 장난을 치며 자기 머리에 쓰더니, "이 모자, 시오네요(시원해요)." 하고는 자기가 쓰고 있던 《빅이슈》 판매자용 빨간 캡을 호시노 호노오의 머리에 씌우더니 "체인지." 하고 말했다. 뭐, 그러지 싶어서, 그대로 빨간 모자가 호시노 호노오의 것이 되었다.

변함없이 연습은 힘들었고, 팔굽혀펴기로 복근 스쿼트를 하며 반복해서 옆으로 뛰기를 몇 세트나 한다. 게임 때가 되면, 코치는 같은 팀이 된 이를 한 사람 한 사람 호명하며 전력으로 달리지 않으면 따라잡을 수 없는 '패스'를 준다. 호시노 호노오도 빈번히 "호시노!" 하고 호출되는 것이 좋기도 하고 해서, 프리스비를 캐치하는 강아지처럼 달렸다.

한 달쯤 지나자, 연습한 다음 날에도 근육통이 없었다. 그리고 두 달째 알게 되었다.

"노노, 이것 좀 봐!"

하고 호시노 호노오는 상반신을 벗었다. 인생에서 처음으로 호시노 호노오의 배는 식스팩으로 갈라져 있었다. "오레, 모미 쵸아요다제(나, 이제 '모미 쵸아요'야)." 하고 싫다고 할 수 없는 기분으로 호시노 호노오는 말했다.

도모우라 노노는 "뭐야, 물든 거야?" 하고 크게 웃고는 "축구할 때 벗지 그래." 하고 놀렸다.

"싫어. 옷을 벗으면 나를 모든 사람 앞에서 야단칠 테지?"

"그러니까, 해보라고."

홈리스 축구로 생긴 인연은 한국 사람의 친구 문화 덕에 순식간에 거미줄처럼 넓어졌다. '하자센터'라는 대안학교에서 무슨 이유에선지 저널리즘에 대한 특별강연을 요청하기도 했다. 일본 이상으로 헤어스타일이나 화장법이 획일화된 측면이 있는 사회에서, 튀는 아이들이 다니는 학교였다. 베트남이나 필리핀계 아이들도 있었다. 굉장히 재미있는 교육을 하고 있어서 마음 편한 장소였지만, 문제는 졸업한 뒤 한국 사회에 맞추기 어렵다는 점이라고 들었다.

생활보호를 받고 있는 '아죠시' 한 사람이, 우리 집에 와, 불고기 먹여줄게, 하고 초대해서 찾아간 일도 있었다. 녀석, 분명히 무리했다. 허세인 것이다. 그래서 더욱 거절하지 않고 맛있게 먹었다.

갑자기 안 오는 '아죠시'도 있었다. 호시노 호노오를 초대해주고 홍대에서 《빅이슈》를 팔던 '아죠시'는 7월이 될 무렵 오지 않게 되었다. 누구에게 물어도 행방을 몰랐다. 하지만 언젠가 갑자기 돌아올지도 모르니 여유 있게 기다려 보라고들 했다. 그땐 내가 이미 귀국한 다음일지도 모른다고 생각하니, 영혼의 일부를 두고 가는 기분이 들었다.

서대문의 아파트 가까이에는 공사가 중단되어 그대로 폐허가 된 거대한 공터가 있었다. 높은 담장에 둘러싸여 있지만, 한 귀퉁이가 무너진 상태였다. 들어가 보니 한쪽 풀숲 건너편에 짐승들이 다녀 생긴 좁은 길이 있었다. 건너편 담도 무너져 실이 나 있었다.

그 덤불 속을 걷는 것이 좋았다. 이윽고 공사현장 사무소였던 땅 한쪽 프리패브의 잔해에 사람이 살고 있다는 데 신경이

미쳤다. 그 앞 지면에 작은 밭이 있었기 때문이다. 발길을 멈추고 서 있자니 안에서 고령의 '아죠시'가 나와 밭에 물을 주기 시작했다. 호시노 호노오는 "안놓하세요." 하고 인사를 했지만 이쪽을 힐끗 보고 고개를 끄덕일 뿐이어서, 호시노 호노오는 그 자리에 없는 사람이 되었다.

그런 장소만을 찾아 호시노 호노오는 서성거렸다. 대규모 맨션들이 콘크리트 숲처럼 여기저기 웃자라고 있었지만, 그 땅은 엄중히 둘러싸여 있어 외부 사람이 들어갈 수 없다. 서울은 지형의 기복이 심해서 많은 경우에 뒤쪽이 언덕으로 되어 있다. 호시노 호노오는 공터 벽을 따라 언덕으로 걸어 올라가 막다른 골목에 이르면 반드시 올라갔다. 언덕 위쪽은 바위투성이이고 주택가의 폐허가 있거나 그랬다. 주택가, 별 대단할 것도 없이 좁고 가난한 단층 연립주택 덩어리가 풍화되고 있는 것이다.

언덕에서 시가지를 내려다보며 단층 연립주택이 아직 살아 숨 쉴 무렵의 풍경을 상상한다. '아주모니(아주머니)'들을 향해, 취한 '아죠시'나 '하라보지(할아버지)'가 소리 지르거나 때리거나, 밖에 여자를 만들고 집에 돌아오지 않는다거나 하면서 정치를 조롱했는지도 모른다.

서대문 독립문 공원에도 다녔다. 대일본제국이 조선인 정치범을 수감했던 형무소 유적인 그 공원에서 호시노 호노오는 동네사람들과 마찬가지로 조깅을 하고 기초 트레이닝을 했다. 호시노 호노오의 몸은 점점 더 '쵸아요'가 되어 갔다.

그리고 3개월 후, 호시노 호노오가 귀국할 날이 다가왔다. 서울 주재가 길어지는 도모우라 노노와는 한동안 별거다.

호시노 호노오는 신세진 홈리스 축구 동료들에게 선물을 하고 싶은데 뭐가 좋을지 몰라 코치와 의논했다. 코치는 한국어로 번역된 일본 소설 중에서 호시노가 추천하는 책을 사인해서 선물해 달라고 말했다.

"에? 내가 쓴 소설도 아닌데 사인을 하라고요! 뭔가 이상하지 않아요?"

"호시노가 주는 선물이라는 표시가 없으면 의미가 없잖아. 그걸로 족해, 걱정하지 말라고."

난처하게 생각하면서도 서점에서 책을 물색하여 자신이 읽은 책 중, 자신과 성이 같은 '호시노'라는 작가의 책을 골랐다. 이 책을 열여섯 권이나 조달하는 것은 상당히 힘든 일이었다.

마지막 연습날, 호시노 호노오는 게임이 한창일 때 우라와 레드 다이아몬드(J리그의 프로팀 이름)의 레프리카 셔츠를 벗어던지고 상반신을 드러내었다. 통역을 위해 와준 도모우라 노노와 임미영은 반한 듯이 얼굴을 돌렸다.

연습이 끝나자 코치가 모두에게 알렸다.

"호시노는 이걸로 마지막 연습이다. 호시노가 홈리스 월드컵에 함께 나가지 못하는 것은 아쉽지만 호시노의 마음은 우리 팀과 함께할 것이다. 우리는 호시노 몫까지 피 흘려 싸우자."

모두 박수를 치고 호시노 호노오는 한 사람 한 사람의 이름을 적은 책을 건넸다. 마지막 한 권을 코치에게 건네자 코치는 호시노 호노오의 눈을 보며 말했다.

"나는 처음 호시노가 가벼운 호기심에 바람 쐬는 마음으로 견학 온 것이겠지 생각했어. 하지만 호시노는 매주 나타나서 팀의 일원이 되어갔고, 그래서 진심이구나, 호시노는 진심으로 살고 있구나, 생각했어. 나는 언젠가 손자에게 호시노라는 이름을 붙여줄 생각이야. 가무사하무니다. 시유 어게인."

에? 아들이 아니라 손주? 더구나 호시노는 성이야, 싶었지만, 코치 나름의 감상을 농담 속에 감추고 있다는 것을 알고, 호시노 호노오는 겉으로 웃고 마음으로 울었다.

"흉니무(형님)!"

하고 한국식 발성으로 외치고 서로 맨몸으로 부둥켜안았다. 그리고 "코치, 모미 쵸아요!" 하고 말했다. 코치는 기쁘면서도 수줍음과 곤혹스러움이 담긴 얼굴로 웃었다.

셋이서 돌아오는 길에 호시노 호노오는 "코치, 좋은 녀석이야. 감동했어." 하고 반복해서 말했다. 도모우라 노노는 화가 난 듯 입을 다물고 있었다. 호시노 호노오는 기분이 좋았던 오늘에 대해 인색한 대우를 받는 것 같아서 "그래도 웃겼지? 벌거숭이 맨의 허그." 하고 말했다. 그 말이 비위를 거슬릴 줄 알면서도.

"호시노 호노옷!"

갑자기 도모우라 노노가 소리를 질렀다. 보통 때의 배 이상 되는 풍부한 음량의 목소리가 역 내에 울리고, 투명한 발성과 호응하며 구석구석까지 전달된다.

"이 땡볕에 몇 시간이나 네 통역을 위해 서 있었는지 알아? 게다가 여자들이 있는데 알몸을 드러내? 벌로 노량진 시장에서 '사시미' 쏴!"

"아루겠스무니다(분부대로 하겠습니다)."

호시노 호노오는 고개를 떨구고 기어 들어가는 소리로 순순히 따랐다. 임미영이 "진차 한구쿠나무자(진짜 한국 남자)."라고 중얼거리며 웃음을 참았다.

핑크

아흐레간 40도를 웃도는 날씨가 계속된 것은 그 해 8월 6일 부터였다. 오후 한 시 지나 관측사상 처음으로 도쿄가 40도를 기록한 뒤에도 기온은 계속해서 상승했고, 두 시간 후에는 42.7 도에 달했다. 습도도 80퍼센트를 밑도는 일이 없고, 하늘은 맑은데도 하얗게 흐려 있었다. 다음 주로 다가온 추석에는 조상님들도 맞이해야 할 텐데 이렇게 더워서야 바로 저세상으로 돌아가버릴지 모르겠네, 하는 인사가 고령자들 사이에 유행했다. 그렇게 말하는 고령자들은 나이 탓에 더위도 추위도 느끼기 어려워진 것일까? 다나카 병원 건너편의 가키노이케 공원 양지바른 곳에 태연히 서서 언제까지나 수다를 떨고 있다.

공원 모래밭에서 노는 언니 딸을 지켜보던 나오미는, 할머니들의 수다를 들으면서 죽은 자를 걱정하기보다 자기 걱정부터 하시지? 사실은 이미 죽어서 추석이라 돌아온 것도 깨닫지 못하고, 완전히 살아 있다는 착각으로 쓸데없는 이야기를 하고 있는 거 아니야? 아무리 추석이라지만 감옥 같은 이 세상에 굳이 돌아오는 사자의 기분을 알 수가 없네, 난 얼른 수명이 다해 이 세상에서 퇴장하고 싶어, 해가며 맘속으로 독설을 뿜어댔다. 아무 상관 없는 할머니들에게 맥락 없이 분풀이를 해대는 것은, 물론 이놈의 더위 탓이기도 하지만, 몸에 독이 될 게 틀림없는 이런 더위 속에서 아이 건강을 위한답시고 반드시 하루 한 번은 밖에서 놀게 하라고 정해둔 언니의 멍청함 때문이기도 했다. 언니, 네가 가면 되잖아, 하고 생각하면서도 부탁받은 대로 조카를 데리고 나오는 것은 천 엔이라는 보수 때문이었다.

　두 살 반이 되는 조카 아이 핑크(이 이름부터가 바보스럽다)가 친구들과 모래밭 토목공사에 열중해 있었다. 친구 엄마들이 옆에 붙어 있는 것을 확인한 나오미는 놀이터를 벗어나 연못 가장자리에서 담배를 피웠다. 근처에는 햇빛을 막는 나무들이 없고 노란색 태양이 유황가스를 지상으로 쏟아붓는 것 같았다. 보통은 둔탁한 소리의 막으로 둘러싸여 공원을 덮치고 있을 파리의 윙윙대는 소리조차도 이날은 전혀 들리지 않았다. 뜨거운 공기는 습기를 흠뻑 머금어 질긴 날것들의 무리처럼 피부를 감싼다. 땀을 흘리는 것이 아니라 육체가 녹이 흐르는 것 같다. 풍경 역시 액체로 만들어져 방치된 모둠 아이스크림처럼 하나의 색으로 뭉쳐 방울지며 떨어질 듯했다. 기온이 너무 높아지니 풍경도 녹는구나, 하고 나오미는 생각했다.

위쪽에서 후드득후드득 생물체가 내려왔다. 작은 새가 멱을 감으러 온 것이었다. 참새나 동박새, 직박구리나 찌르레기가 연못가에서 자신의 몸에 물을 뿌리고 있다. 새들은 끊임없이 내려온다. 몇 마리는 아예 물에 들어갔다. 오리 아니면 뭔가 물새 종류려니 생각했지만, 정작 수면에서 빠져나온 것은 참새였다. 상공에서 또 몇 마리인가 참새가 물속으로 다이빙했다. 나오미가 한 호흡, 두 호흡 숨을 쉬는 사이, 그들 참새는 공중으로 날아오르더니 그대로 날아간다.

참새뿐만이 아니다. 동박새도 직박구리도 찌르레기도 참새를 따라 하듯이 물로 뛰어들기 시작했다. 급기야는 커다란 몸집의 까마귀까지 날아들자, 역시나 다른 새들은 도망갔다. 비둘기만은 뛰어드는 것이 힘든지, 연못가에서 우왕좌왕하면서 다른 새들을 바라보고 있다.

까마귀가 날아오른 뒤 또 참새가 돌아왔다. 참새는 몸을 나선으로 회전시키면서 물속을 들락날락하고 있다. 눈에 익숙해진 탓인지, 옛날부터 참새는 물속을 헤엄치는 새였던 것 같은 기분이 들기 시작한다. 물에 젖은 참새는 수면에서 뛰어오를 때 햇빛에 반짝이며 물보라를 흩뿌린다. 무리 가운데 언제까지나 빛나는 개체가 있다. 눈을 가늘게 뜨고 보니, 그것은 참새가 아니라 물고기였다. 색깔도 무늬도 크기도 얼핏 참새같이 보이는 물고기가 참새와 함께 수면을 날거나 뛰거나 하고 있는 것이었다.

나오미는 쭈그리고 앉아 연못에 손을 넣어 보았다. 짐작대로 미지근한 물이 되어 있다. 물고기도 견디기 어려운 것이다. 새가 물에 뛰어들 듯이, 물고기는 수면에서 공기 중으로 뛰어드는 것일 터이다. 참새를 따라 날아오르면 반드시 몸을 회전시키거나 공중제비를 돌거나 한다. 아마도 자기 스스로를 부채질하는 것이겠다. 새는 날개를 푸득푸득하면서 부채질을 하고 인간도 손으로 부채질을 한다. 물고기는 공중에서 스스로 회전하여 바람을 만든다.

물고기들이 수면 여기저기에서 점프와 회전을 되풀이하고 있었다. 연못 한쪽에서 격하게 물보라를 날리며 은색 안개가 되고, 그것이 열풍을 타고 나오미의 얼굴에 닿는다. 물방울에 끌려 사람들도 다가온다.

나오미는 갑자기 유쾌해졌다. 여기는 살아 있는 지옥이다. 아직 죽지는 않았지만, 실제로 죽은 것 이상으로 죽음에 가까운 상태에 놓여 있다. 모두 고통을 받아들이고 스스로에게서 도망치고 싶은 것이다. 새는 새이기를 그만두고 물고기가 되고 싶으며, 물고기는 물고기이기를 포기해 새를 동경하고, 고양이는 사람을, 사람은 사람 이외의 무언가가 되고 싶은 것이다. 그래서 시시덕거리며 허우적거리며 저런 식으로 빙글빙글 돌고 있다. 하지만 즐겁잖아, 빙글빙글 돈다는 건.

날아오르는 물고기들을 보며 사람들이 무리를 이루는 가운데, 나오미는 연못을 빠져나와 천천히 회전해 보았다. 몸을 축으로 위에서 볼 때 시계 방향으로. 자신이 만들어내는 느긋한 바람이 땀으로 젖은 피부에 닿아 시원하다. 발레리나처럼 팔이 지면과 평행이 되도록 링을 만들고 그 링을 돌리듯 회전한다. 현기증이 나지 않을 속도로 부드럽고 느긋하게. 돌면서 핑크가 있는 모래밭 쪽으로 간다.

얼굴을 위로 향해 하늘을 본다. 하늘이 가까워지는 것 같은 착각이 든다. 마치, 돌다 보면 우주로 붕 뜰 거 같다. 태엽이나 배드민턴 셔틀콕의 날개처럼 선회하면서 공기층으로 빨려 들어가서 상승하는 것이다. 회전하면서 바람이 되어 이동하다니 토네이도 같지 않은가! 아니, 토네이도만큼 강렬하지 않으니까 회오리바람. 나는 회오리바람. 자신이 회오리바람이 되어버리면 시원하지, 가볍지, 하늘도 날 수 있어.

어디를 걷고 있는 것인지 알 수 없게 돼서야 머리를 내리고 회전을 멈추었다. 모래사장까지는 이제 지척, 눈앞에는 철봉이 있어 부딪힐 참이었다. 멈춘 순간 열기가 쇄도하여 나오미를 몇 겹으로 묶어버리며 땀이 물 솟듯 온몸에 흘러넘친다. 몸이 휘청거리고 가벼운 두통도 인다. 이것은 금단의 수단이었던 것임을 깨닫는다. 한번 돌기 시작하면 두 번 다시 멈춰서는 안 된다. 멈추면 돌기 전보다 괴로워진다. 편하고 싶다면 계속 돌 수밖에 없다.

핑크가 있는 곳까지 걸어가서 "자, 집에 가자." 하고 말하며 양손을 잡았다. 그 순간, 나오미는 미묘한 위화감을 느꼈다. 주변을 주의 깊게 돌아보고, 핑크도 머리끝에서 발끝까지 빈틈없이 살펴보았지만 아무것도 달라진 건 없었다. 그런데도 나오미가 알지 못하는 무엇인가가 그곳에 섞여 있는 듯한, 도저히 처리할 수 없는 불협화음 같은 것을 지울 수 없다. 장소 전체가 정교한 모조품으로 바뀌어버린 듯 감도는 이물감.

기분을 바꾸고, 나오미는 핑크와 양손을 마주잡고 커다란 원을 만들어 "가고메, 가고메." 하고 흥얼거리면서 돌았다. 핑크는 기쁨에 들떠서 발이 얽혀가면서도 돌았다. 눈이 너무 돌지 않도록 조금 돌다가 손을 놓고 걷다가, 곧바로 "핑크, 가고메(일본의 전통노래, 또는 그 율동의 하나. 눈을 가리고 쪼그려 앉은 술래 주위를 여러 명이 손을 잡고 노래하며 돌다가, 노래가 끝나면 술래가 등 뒤에 누가 있는지 맞추는 놀이—옮긴이) 할 거야." 하고 조르는 통에, 또 손을 잡고 원을 만들어 돌거나, 그런 짓을 반복하면서 집으로 돌아왔다. 더위에 지나친 흥분까지 겹쳐 피곤해졌는지 핑크는 곧바로 잠이 들어버렸다. 나오미도 그 잠에 이끌렸다.

저녁을 먹으며 보는 뉴스는 혹독한 더위로 가득 차 있었다. 도쿄뿐 아니라 일본 열도 전체가 40도를 넘는 바람에 주로 고령자들이었지만 392명이 호송되었고, 56명의 사망자가 나왔다. 더욱 놀라운 것은, 후쿠이현 현립고등학교에 다니는 17세의 여고생이 뙤약볕 아래서 빙글빙글 자전하던 끝에 열사병에 걸려 사망한 사건이었다. 함께 있던 친구들의 증언에 따르면 스스로 선풍기가 돼버리면 시원해질 거 아니야? 하고는 돌기 시작하더니, 아, 시원하다 시원해, 한번 해봐, 친구들에게도 권했고 친구들도 따라 했다. 취한 기분이 들고 토할 것 같아 땅바닥에 누워 쉬자 그 친구 역시 옆에 뒹굴러 와서 한동안 그 자세로 있었다. 한참을 지나도 움직이지 않기에 불러보니, 이미 숨이 끊어졌더라는 것이다. 전문가는 고층빌딩에서 화재를 만나 불에 타죽기보다 뛰어내리기를 선택하는 것과 다를 바 없고, 본인 나름의 합리적인 판단에 근거하여 살아남으려 한 것으로서, 결코 이상한 행위가 아니라고 분석했다. 결국은 어떻게 굴러도 죽을 수밖에 없는 똥 같은 상황인 거잖아! 점잔 빼지 말고 그렇게 말하면 될 것을, 나오미는 중얼중얼 트집을 잡다가 "핑크 앞에서 그렇게 거친 말은 그만둘래?"라는 주의를 언니한테 들었다. "그렇지 않아도 핑크는 니 흉내만 내고 있으니까."

"맞았어. 나는 아버지 역할이니까. 핑크는 아빠를 닮은 거지."

"내가 너한테 아빠 역할 해달란 적은 없는데? 아빠 따위는 전혀 필요 없으니까 말이야. 너는 언니 역할을 해줬으면 좋겠다고 말했지?"

언니는 사귀던 남자가 어떻게 해볼 수 없이 어리다는 데 질려서, 스낵에 딸려 온 보너스 카드만 남기고 스낵을 버리듯이, 아이만 남기고 남자를 버렸다. 간호 시설 직원으로 생계를 꾸리는 언니는 대학을 나와 취직도 못하는 나오미에게 방을 제공하는 대신 핑크의 양육을 도와달라는 솔깃한 제안을 했다. 어딘지 냉담한 친구들의 반응을 보며 그들 집을 전전하는 생활에 한계를 느끼던 무렵이었다. 이렇게 된 바에야 군대에나 들어가자고 생각하던 나오미는 언니의 제안을 두말없이 받아들였다.

언니에게 버려진 남자는 자신을 단련한다며 시민 우익 데모에 참가하고, 1년쯤 지나자 그나마 유일한 장점이었던 센스 넘치는 힙합구제 차림을 벗어던졌다. 보기 좋게 살집 있는 체형 위에 싸구려 낡은 전통 옷을 두르고 언니 집에 나타나서는 자신은 어른이 되었으니 이제야말로 다시 시작하자고 말했다. 어떻게 어른이 되었냐고 묻자, 어떤 역풍에도 의연하게 되었다고, 몸을 던져야 할 때는 몸을 던져 가족을 지킬 각오도 단단히 다졌다고 대답했다. 언니는 어이없어하며 이제 소용없으니 돌아가라고 일렀다. 그러나 남자는 언니가 가란다고 갈 만큼 약한 남자는 더 이상 아니라며 꿈쩍도 하지 않았다.

때마침 핑크를 데리고 공원에 갔던 나오미가 돌아왔다. "자기 찾기 우익이 뭘 하러 온 거야? 여기 와봤자 자신은 찾을 수 없을걸?" 하고 나오미는 남자를 보자마자 말했다. 남자가 가두에서 오족협화를 주장하는 데모를 하는 것을 본 적이 있었던 것이다. 나오미의 야유에 남자는 격앙되어 뭐라고 과격하게 외쳤지만, 나오미가 "어디가 어른이 됐다는 거야. 큰 목소리 내는 것밖에 달라진 거 없네, 자기 이야기만 들어줘, 들어줘 하면서 엄마한테 조르는 꼬맹이 모습 그대로잖아. 어른이 됐다면 언니가 지금 뭘 필요로 하는지부터 배려하는 게 상식 아냐?" 하고 말하자, 복수를 맹세하는 듯한 말을 내뱉으며 돌아갔다. 언니는 저렇게 도발해 놓으면 무슨 복수를 할시 모른다며 불안해하는 듯했지만, 핑크는 이 사건 이래 나오미에게 착 달라붙어 다니게 되었다.

"이모 연기 뱉었어."

"이르는 거 아니야."

나오미는 핑크의 뺨을 꼬집어 잡아당겼다. 핑크는 재미있어하면서 "연기를 뱉었다고!" 하고 외치고는 뺨을 더 꼬집어 달라고 요구했다. 그때 핑크의 상처가 흔적도 없이 나은 것을 깨달았다. 산책 나가기 전, 뛰어다니느라 문고리에 관자놀이를 부딪쳐 난 상처였다.

다음 날 이후에도 언니는 핑크가 있으면 일에 집중할 수 없다며 40도가 안 되는 오전과 저녁에 핑크를 데리고 산책할 것을 나오미에게 요구했다. 핑크는 밖에 나가 '가고메'를 하고 싶어 했다. 나오미는 온몸에 보냉제를 붙이고 핑크를 끌어냈다.

뜨거워진 차체나 돌에 닿아 화상을 입는 사람이 끊임없이 나왔다. 모든 물체가 열을 모으고 습도 높은 공기도 열을 품었으며, 밤이 되어도 기온은 35도를 내려가지 않았고, 에어컨은 풀가동되어 실외기에서는 드라이어 같은 열풍이 계속해서 뿜어져 나왔다. 사망자가 연일 세 자릿수에 달하고, 가는 곳마다 동물의 사체가 즐비했다. 고후甲府(야마나시 현에 있는 도시명-옮긴이)에서 일본 관측사상 처음으로 50도를 기록했다. 나오미가 사는 지역도 정오에는 45도를 돌파했고, 오후 2시에 45.9도를 찍고 내려가기 시작해서 오후 4시 반, 40도까지 떨어진 시점에야 두 사람은 산책을 나갔다. 거리를 지나는 사람도 거의 없어서 고스트 타운 같았다. 만들어놓은 것처럼 텅 빈 길을 나오미와 핑크는 빙글빙글 돌면서 걸었다. 자신이 비구름이 되어 스콜을 내리기라도 하는 듯 땀을 흘리며, 그만큼의 수분을 보충하기 위해 포카리스웨트를 마셔댔다. 공원에 도착했을 때에는 온천에서 막 빠져나온 것 같은 모습이었다.

가키노이케 공원부터 한풀 꺾였고 연못에는 악취가 감돌았다. 수위가 내려가 기름막이 떠 있는 수면은 물고기의 시체로 울퉁불퉁하다. 물고기뿐이 아니다. 작은 새의 시체도 섞여 있다. 무엇인가 좀 더 커다란 호 모양으로 생긴 동물의 시체도 그 몸의 일부가 부풀어 있다. 그게 뭔지 알고 싶지 않아서, 나오미는 자세히 보지 않기로 했다.

나오미와 핑크는 거대한 느티나무 그늘에서 가고메 돌기를 했다. 지면이 거친 것은 말라서 갈라진 흙이 쌓인 탓이기도 하지만, 느티나무가 수분을 확보하려고 맹렬히 뿌리를 뻗치기 때문이었다. 뿌리에 힘을 너무 준 나머지 땅을 밀어올리는 것이었다.

건너편의 거대한 녹나무 아래서 누군가 도는 모습이 보였다. 똑같은 생각을 하는 사람이 있구나, 나오미는 공감하며 핑크를 데리고 가까이 다가갔다. 굵은 가지에 로프로 몸을 묶어 늘어뜨린 채 돌고 있었다.

"힘들지 않아?"

"시원해. 닭살이 돋을 만큼."

청년이 대답했다.

"이것도 물고기 흉내인가?"

"물고기? 텔레비전에서 봤어. 이렇게 돌면 시원하다고. 눈이 빙글빙글 돌아서 모든 걸 잊어버린대."

"저기 연못의 물고기가 날아올라 빙글빙글 돌면서 시원해하고 있었어."

"물고기, 죽었겠네."

청년은 로프를 잡더니 솜씨 좋게 쓱쓱 올라가 나무 위에서 로프를 풀며,

"그냥 시원함을 즐기고 있을 뿐인 거 아니야?"

하고 말했다.

"난 말이야, 집중해서 돌고 있는 동안 뭔가 순화되어 가는 자신을 느꼈어. 처음에는 우울했던 기분 같은 게, 도는 동안 날아가 버린 거 같아. 나 자신을 탈수기에 넣고 더러워진 기분을 날려 버린달까? 그러니까 맹 스피드로 돌았지. 한계에 도전하면서. 그러면 토도 나와. 땀도 나고. 디톡스라고 생각했어. 보기 싫은 사진과 안녕 하는 기분이야. 그러는 동안 더러움이 털려 나가면, 기분도 나쁘지 않고 얼마든지 돌 수가 있게 되지. 그러면 이상한 감각이 싹터. 스스로 돌고 있는 게 아니라 뭔가 커다란 힘이 나를 돌리고 있는 기분이랄까? 지금까지 몰랐던 큰 힘에 몸을 맡기는 것같이 아주 기분이 좋아. 뭐라고 할까, 생명의 흐름을 거스르지 않고 자연으로 존재한다고 해야 할지, 무념무상이 실현되어 편안함을 알게 된다고 해야 할지."

청년은 어느새 녹나무를 내려와 나오미와 핑크 앞에 서 있었다.

"흐음, 나는 계속 돌았는데, 그런 경지에는 아직 이르지 못했네."

"나쁜 아니야. 지금 그런 기분으로 돌고 있는 사람은 많아. 모두 돌고 있는 동안에 스스로 눈 떴던 거야. 그리고 깨달았지, 이것은 기도의 일종이라는걸."

순간적으로 나오미는 초조함이 들끓는 것을 느끼며 목소리를 높여 "기도?" 하고 되물었다.

"누구에게? 뭘 빌어? 무슨 뜻인지 모르겠어."

"그건 어떤 커다란 힘을 향해, 뭐랄 수 없이, 진정시켜 달라고. 이 더위라든가. 다음은 가뭄."

"그런데 그 큰 힘의 주인은 귀를 기울이지 않는 거네."

"아직 비는 힘이 부족한 거야. 좀 더 많은 사람의 기분을 하나로 모으면, 뭔가 일어날 것 같은 예감이 들어."

"기도 다음은 예감인가?"

"내 개인의 바람을 말하는 게 아니야. 피부에 와닿는 응답이 있어. 나쁜이 아니라. 돌고 있으면 뭐랄까, 자신이 강해진다고 해야 할까? 모두 그렇게 느끼고 있으니, 이 힘이 모아지면 뭔가 일어날 거라고 믿기 시작하는 거야."

"나는 그런 거 안 느껴."

"이렇게 말하면 실례인 줄 알지만, 아직 도는 게 부족한 거 아닌가 생각해, 좀 더 좀 더, 하루의 대부분을 바친다는 생각으로 돌아보면 좋을 거야. 분명히 응답이 있을 거야"

"하루 송일은 아니지만, 나도 요 닷새 동안 제법 돌았는데 돌면서 느낀 건, 돌 때는 기분이 좋은데 멈추면 굉장히 피곤해질 뿐이라는 거야. 보통 그렇지 않나?"

"닷새나! 나보다 선배네. 극심한 더위가 시작된 첫날이었어. 선구자 한 사람, 이라고 해도 좋겠지. 이봐, 이상하다고 생각하지 않아? 그 날 돌기 시작한 사람은 그쪽 말고도 전국에 깔렸어. 누군가의 흉내를 낸 것이 아니라 자연히 돌기 시작한 거야."

"그 죽은 애들처럼?"

"그래. 처음 순교자야. 나 같은 사람은 그 뉴스를 듣고 흉내 내어 돌게 된 경우니까 큰소리 칠 입장은 아니지만 말이야. 그쪽 같은 경우는 자연히 돌기 시작한 거지? 어떻게 된 거라고 생각해?"

"아까도 말한 것처럼, 물고기가 돌고 있는 걸 보고 흉내를 냈을 뿐, 돌고 싶다는 충동이 하늘에서 내려왔다든가 그런 게 아니야."

"물고기가 도는 걸 봤다고 해서 누구나 돌지는 않아. 그때 물고기를 보고 있던 사람들이 모두 돌기 시작했어?"

나오미는 고개를 흔들었다. 그때 자신은 구경꾼들을 피해서 홀로 돌기 시작했던 것이다. 자신이 구경꾼과 다른 행동을 취한다는 것을 알고 있었으므로 무리에서 떨어져 나간 것이었다.

"그렇지? 계기는 물고기였을지 몰라도, 움직인 것은 그 커다란 힘인 거야."

나오미는 동요했다. 자신의 의사로 돌았는지 어땠는지 자신이 없어졌다. 하지만 청년이 말한 대로 커다란 힘이 자신에게 내려왔다든가 하는 말 따위는 믿고 싶지도 않았다. 그런 감각은 없었다. 그저 극심한 더위였으므로 보통 때라면 생각도 못할 행동을 취하지 않고는 견딜 수 없었을 뿐이라고 생각했다.

"그럼, 토네이도나 회오리바람도 그 큰 힘이 돌리고 있는 거야? 그 힘이란 중력이라든가 대기라든가 그런 자연현상이지? 중력이나 대기에 빈다고 해서 더위를 식혀 주냐고."

"그쪽도 중력이나 대기의 힘으로 돌았어?"

"아니, 그런 거 아니야."

"그날 돌았던 사람들은 모두 중력이나 대기의 힘으로, 토네이도와 같은 원리로 돌았다고 생각해?"

"다른 사람들 일은 몰라. 나는 내 자신이 토네이도가 되면 시원해지려나, 생각했을 뿐이야."

"그날 돌았던 사람들 중 대다수가 같은 말을 했어. 자신이 토네이도가 되면, 바람이 되면, 선풍기가 되면, 시원해질지도 모른다고."

"그런 이상한 열기 속에서라면, 같은 생각을 하는 사람이 있다 해도 이상하지 않은 거지."

"뭐, 여기서 아무리 얘기해 봐도 의미 없는 일이니까, 모두가 모여 있는 곳으로 가보자. 그걸 체험하면 납득은 못하더라도 조금은 내 말이 실감날 거라고 생각해."

"모두가 모여 있는 곳이라니, 어디 말이야?"

"저기 있는 구마노신사熊野神社."

물론, 구마노신사까지 가는 길에도 청년은 돌았고, 나오미와 핑크도 돌았다. 청년은 도중에 두 사람의 동그라미 안에 들어와 셋이서 커다란 원을 만들어 돌았다. 처음에는 몸을 움츠리고 있던 핑크도 도는 동안 점점 친해져서 청년의 미소에 응답하게 되었다.

구마노신사의 부지에 들어가기 전부터 아무래도 정신이 풀린 것 같은 느낌이 들었다. 도리이(신사 앞에 세운 기둥 문-옮긴이) 안쪽은 사람들로 꽉 차 있어서, 몸에서 발산되는 열과 온기가 내연기관의 증기처럼 분출되었다. 모두가 도취된 듯한 표정으로 돌고 있다. 모두 같이 오른쪽으로 돈다. 소리는 신사 안으로 빨려 들어갈 만큼 고요한데, 도는 사람들로부터 바라보는 사람을 장풍으로 날려 버릴 듯한 요기가 뿜어져 나온다.

처음 돌기 시작한 것은 핑크였다. 어설프고 발놀림도 불안정하여 금방이라도 누군가에게 부딪혀 버린다. 끌려가듯 나오미도 움직이기 시작한다. 청년이 신사를 떠나가는 것이 시야의 끝자락에 들어온다.

나오미는 완전히 눈을 감고, 자신이 만들어낸 웨이브를 오로지 몸으로 느꼈다. 그 물결을 타고 있자니 언제까지라도 돌 수 있을 것 같은 기분이 든다. 몸의 힘이 빠져서 날갯짓하는 새처럼 자연히 팔이 올라간다. 좀 속도를 내려고 하니 몸에 브레이크가 걸리는 감각이 솟는다. 바람을 거슬러 걷는 것 같은 그 저항이, 주변 사람들이 만들어내는 파도의 힘이라는 생각을 하는데 그리 긴 시간이 걸리지는 않았다. 나오미가 타고 있는 물결은, 스스로 만들어낸 회전의 웨이브만이 아니었던 것이다. 사람들 각각의 회전이 만들어내는 파동이 복잡하게 서로 얽히고, 경내 안쪽의 공기를 휘저어 파도를 만들면, 나오미는 익숙하게 그

파도에 올라탔다. 모두가 그런 식으로 파도를 거스르지 않고 흔들리는 일에 도취된 것이다. 그것은 음악과도 닮았다. 음악을 타고 춤을 추는 것 같았다. 마침내 나오미의 의식은 날아갈 것처럼 가벼워졌다. 여기서 기절하면 한 차원 넘어서겠네, 그래서 의식을 잃은 채 담담히 계속해서 돌 수 있을 테지? 하는 예감에 휩싸였다. 자신의 내면이 투명해져서 그야말로 무아의 경지에서 회전하는 것이다. 어쩌면, 여기에 있는 사람들의 대부분이 그런 상태로 돌고 있는지도 모른다.

이제 의식 같은 건 날아가 버려도 괜찮다고 생각했을 때, 사람이 확 줄면서 도는 사람들이 흩어지는 기분에 빠졌다. 파도는 약해지고, 나오미는 원동력을 잃어 회전을 멈추었다. 곧바로 열기 덩어리가 헬멧처럼 머리를 덮으며 땀이 분출하자 참을 수 없어진 나오미는 핑크를 데리고 신사 밖으로 나왔다.

"아프다고 하잖아. 왜 못 들은 척하는 거야?"

하고 핑크가 외치며 나오미의 손에서 자신의 손을 뺐다. 나오미는 자신도 모르게 힘을 주고 있었다는 것을 깨달았다.

"이모는 내 의사를 존중하지 않는군."

나오미는 핑크의 얼굴을 찬찬히 보았다. 뭐지, 이 말투는. 물론 나오미를 흉내낸 것이다. 나오미가 입버릇처럼 '내 의사를 존중하지 않는군.' 하고 언니에게 말하는 탓이다. 하지만 핑크는 자신을 언제나 '핑크'라고 부르지 '나'라고 말한 적은 없었다.

"미안, 미안. 몸이 안 좋아지거나 한 건 아니고?"

"발이 아파."

"너무 돌았던 거지. 녀석에게 너무 휘둘렸어."

나중에 한 말은 혼잣말이었는데, 핑크가 "녀석은 매력이 없어." 하고 응했다.

핑크가 자꾸 무릎 통증을 호소했기 때문에 쉬엄쉬엄 걷게 되어, 집에 도착했을 때는 완전히 날이 저물어 있었다. 언니는 돌아온 핑크를 한번 보더니 눈을 크게 뜨고, "핑크, 그 옷 벌써 깡뚱하다. 새 옷을 사야겠네."라고 말하며 한숨을 쉬었다. "가끔은 성장도 좀 쉬어주면 좋겠네." 하고 고개를 가로젓는다. 오늘 아침, 옷을 입힐 때 그런 느낌이 없었던 나오미는 의아스러워서 핑크의 옷을 당겨보았다. 확실히, 꼭 끼었다.

다음 날 저녁, 가키노이케 공원에 갔더니, 청년은 전날과 마찬가지로 녹나무 가지에 매달려 돌고 있었다. 두 사람을 보자, "오늘은 여기 안 올 줄 알았더니." 하고 놀란다.

"이 아이는 신사에 가고 싶다며 고집을 부리고 있는데."

나오미는 핑크를 가리켰다.

"왜 안 가?"

"혼자서 돌고 싶어."

나오미는 화난 듯이 대답했다.

청년은 매달린 채로 나오미를 물끄러미 바라보았다.

"날마다 사람이 늘어나고, 이제 구마노신사는 사람이 다 들어갈 수 없으니까, 이번엔 좀 경내가 큰 산본지三品寺로 가볼까?"

"혼자 돌고 싶다고 말했지? 넌 왜 혼자서 도는 거야?"

"집단이 익숙하지 않아."

"뭐? 많은 사람이 뜻을 모으면 기도가 통한다든가 뭐라든가 떠든 건 너잖아! 말하는 거랑 행동하는 게 다르네!"

"여기서 혼자 빌면서, 빌고 있는 모든 사람과 마음을 모으는 것도 가능하거든."

"그런 걸 '멋대로 해석'이라고 하는 거야."

"어제랑 똑같아. 느낄 수 있다니까 그러네. 그래서 나는 이걸로 족한 거야. 하지만 너희들은 달라. 나는 정말로 집단하고는 안 맞아서 말이야, 혼자가 아니면 안 되는 사람에 대해서는 누구보다 잘 알아. 너희는 달라. 내가 보기에는 정말이지 집단 속에 녹아들고 싶어서 어쩔 줄 모르는 기분이 훤히 보여. 다음 날의 모습을 보면 말이야."

그것은 부정하기 힘들었다. 오히려 그런 자신이 무서워서 신사에 가지 않고 여기로 왔던 것이다. 이 남자는 그런 것도 알고 있는가 보다. 그러니 산본지로 가자는 둥 하는 것이다.

"난 됐어. 그보다 왜 너는 혼자서밖에 못하는 거지?"

청년은 또 쓱쓱 로프를 타고 올라가더니 가지 위에 서서 몸의 로프를 풀고 가지에 묶인 로프를 지면을 향해 던졌다.

"동아친목회라는 단체 알아?"

"흥, 알아. 오족협화주의잖아."

언니에게 버림받은 남자가 참가하던 시민우익단체였다. 동아시아의 여러 나라가 서로 대립하는 현재의 상태에 안절부절 못하며, EU를 모방한 동아공동체 EAU를 창설하고 일정 지역을 단위 자유경제권 단위로 하며, 기타큐슈北九州에 본부를 두고, 규슈나 오키나와나 홋카이도에 자유무역지대를 설치하여, 그곳만큼은 사람의 이동도 자유롭게 한다는 비전을 호소하고 있었다. 기축통화를 엔, 공용어를 일본어로 할 심산에 참가 예정이고 일본어 교육의 보급에 힘쓰며, 이를 위해 정부가 근린 제국과의 융화에 힘쓸 것, 각국이 수용 가능한 내용인 오족협화 이념을 제창해 갈 것, 더하여 강력한 국군을 창설할 것. 그런 주장을 들고 나와 매달 데모를 하는 것이었다.

"내 경우는 필사적으로 공부를 해도, 고향의 공업고등학교밖에 못 가는 머리였던 데다가, 반항아도 아니어서 인기도 없었어. 운동은 체조부에 들어갔으니 철봉이나 링 정도를 약간 하지만, 누구라도 연습하면 될 정도. 즉 보통 이하의 평범한 남자야. 물론 졸업하고도 취직할 수 있을 거라고 생각되지 않았고, 실제로 안 됐어. 뭐, 객관적으로 보면 쓰레기야. 그래서 조금이라도 자기 가치를 높이려고 역사 공부를 했어. 그쪽 서클에 들어갔지. 그런 일본의 역사 공부 서클이라는 게 나 같은 인간의 집합체야. 머리가 평균에 미치지 못하고 처세나 인간관계도 서툴러서 설 곳이 없는 사람들의 모임. 그 흐름에서 자연히 동아친목회에도 입회했어. 같은 서클 사이 좋았던 친구와 함께."

청년의 설명은 언니의 옛 남친을 보았던 터라 나오미도 십분 이해되었다. 삼류대학을 나와 수많은 기업을 기웃거렸지만 취직할 수 없었던 자신도 크게 다르지 않다.

"분명하게 말해서 활동할 당시에는 우월감에 젖어 있었어. 아무것도 생각하지 않는 위기의식 제로의 일반인에 비해, 능력도 열등한 우리 쪽이 진지하게 공부해서 생각하고 언론 활동을 하고 있었으니까. 스스로를 존경하는 마음이 커졌던 건 사실이야. 그것이 거만할지언정 과신으로 부푸는 것도 스무살 전후인데 어쩌겠어. 나는 그 나이에 데모 소대장을 맡아서 데모 신청 때 경찰대응 같은 걸 맡았어. 스스로가 일본을 위해 일하고 있다는 실감으로 충만했었지."

"소대장?"

"맞아. 동아친목회 조직은 계층화되어 있어서 각각의 계급에는 대령이라든가 소위라든가 군대 직급이 붙어 있었지. 나는 조장으로 소대를 인솔했어. 모임의 호소대로 국군이 창설돼서, 회원에겐 일정 기간 입대하는 것이 의무가 되었으니까."

"왜?"

"내 몸을 스스로 지킬 정도의 기술은 몸에 익히고 있었기 때문에. '자립'이 모임의 표어이기도 했고, '의지하기보다는 의지가 되어라'라는 말도 입버릇처럼 했었지. 그래서 내가 이끄는 데모가 어느 순간 배타주의 무리와 충돌한 적이 있었어. 녀석들은 바보라서 근린 제국과 싸우면 나라가 번영할 거라 생각하더라니까. 가장 하바리 양아치 같은 발상이지. 동아친목회는 훨씬 높은 레벨에서 동아시아의 주도권 장악을 목표로 하고 쓸데없는 분쟁은 피해가거든. 그걸 모르는 거야. 그래서 녀석들은 우리를 적시했고, 그때도 집중공격을 받아서 동아친목회는 매국노 집단이다, 사실은 반도인이다, 하고 조롱당했지. 도발의 분위기를 타려는 녀석도 있었지만, 나는 공안과 연동하여 녀석들을 무시했어. 나와의 신뢰관계가 있었으니까 경찰도 심정적으로 이쪽에 가담해 주었던 거 같아. 그러자 내 대응에 불만을 가진 우리 모임의 신입회원이 우리 중에 관헌의 개가 있다고 부추기기 시작했어. 그 바람에 배타주의 녀석들도 거기에 편승해서 대혼란이 일어난 거야. 나중에 모임에서 이 문제를 총체적으로 다루게 되었을 때 나는 내 입장을 냉정히 설명했어. 양아치 이론보다 큰 국면을 볼 줄 아는 성숙한 이론이 모임에서는 인정받을 거라고 생각했으니까, 설마 그런 전개가 되다니 믿을 수가 없었지. 관헌의 개라든가, 매국노 정부에 들어간 배신자, 모임을 내부 붕괴시키는 공작원, 머지않아 쳐들어올 일본의 적, 궁극의 비국민, 그렇게 철저하게 단죄당하고 회원 자격을 박탈당했지. 그걸 주도했던 것이 고등학교 서클에서부터 함께했던 친구였다니까. 바로 그 순간까지 친구였던 사람들이 눈앞에서 적으로 변하여, 그것도 몇백 명이나 되는 사람들 앞에 매다는 거야. 그때 나는 한 번 죽었던 거야."

"그래서 집단이 트라우마가 된 거구나!"

"자립을 외치던 사람들이 그런 식으로 눈사태처럼 몰려들었으니 말이야. 하지만 지금은 알아. 이성적으로 사회개혁운동을 할 생각이었지만 실제로는 개인적인 삶의 보람이랄까, 가치랄까, 그런 것을 느끼고 싶었을 뿐이고, 말하자면 집단적인 자기 찾기에 불과했기에, 이끌어낸 것은 '자기'가 아니라 '자기들'이었던 거지. 그러니까 말하는 거나 행동하는 것의 내용 따위, 얼마든지 바꿀 수가 있었던 거지. 자신들의 가치를 느낄 수 있다는 게 그들에겐 더 중요한 거야."

"아까, 나에 대해서도 정말은 집단 속에 녹아들고 싶어 어쩔 줄 모르는 마음이 고스란히 드러난다고 말했지? 나에게는 동아친목회 같은 장소가 필요하다고 말하고 싶은 거야?"

"예전의 나라면 그리 말했을지도 모르지. 하지만 지금은 달라. 왜냐하면 이 통칭 '회오리춤'은 순수하니까. 자신들의 상황에 맞추어 돈다는 행위를 바꾼다거나 그렇게는 못하지. 돌다 보면 쓸데없는 자신이 사라지고 도는 것 그 자체의 기쁨으로 넘치는 거야. 거기에는 다른 사람과의 엇갈림 같은 건 존재하지 않아. 그래서 기도라고 하는 거야. 주의主義나 주장과는 달라. 이 괴로움을 공유하고 함께 극복하고 싶다고 하는 깊은 곳에 존재하는 바람. 거기에 차이 같은 것은 없어. 물론 공유하지 않는 사람도 있겠지. 하지만 그건 소수고 대부분의 사람은 편안해지고 싶다는 충동에 사로잡혀 있다고 생각해."

나오미가 처음 물고기가 튀어 올라 선회하는 것을 보며 유쾌한 기분이 작렬하던 때를 생각해 냈다. 이 세상은 살아 있는 지옥이므로 누구나가 자신을 빠져나가고 싶어 하고, 다른 동물이 되길 갈망하며, 마치 돌다 보면 다시 태어날 수 있기라노 한 것처럼 돌고 있다. 이 청년이 말하는 '순수'가 그 유쾌한 감각을 의미하는 것이라면, 나오미도 잘 이해할 수 있었다.

"회오리춤이라고 했어?"

"응, 어제 뉴스에서 그러더라."

"누가 처음 말한 거지?"

"북부 관동지역 마을에 그런 이름을 가진 전통 춤이 있었던 모양이야. 몇 년 만인가 한 번씩 토네이도가 덮쳐와 사망자가 나오거나 작물이 타격을 받아 괴멸하던 마을에서 토네이도의 신을 진정시키기 위해 토네이도의 역방향인 오른쪽으로 마을 사람 모두가 함께 돌았대. 하지만 인구 과소화로 마을이 폐허가 되고, 그 탓에 지금 관동 전체에서 토네이도가 맹위를 떨치게 되었다고 그 마을에서는 믿고 있다는 설명이었어."

"흐음, 그러면 그 회오리춤을 추러 갈까, 산본지에? 아, 너는 어차피 바로 없어질 테니까 여기서 해도 좋아. 나랑 이 아이 둘이서 갈 테니까."

"그럼 그렇게 할까?"

청년은 또 로프를 타고 나무에 오른다.

"너처럼 혼자 있기를 바라는 사람도 여기저기 꽤 있을까?"

"꽤 있을 거라고 생각해. 나 같은 체험을 했던 사람일랑, 썩 어나갈 만큼 많을 테니까."

그렇게 말하고 청년은 진심으로 기쁜 듯이 미소 지었다.

"무서워." 하고 말한 것은 핑크였다. 나오미는 다시 청년을 바라보았다. 나오미들 따위는 이미 안중에 없다는 양, 자신을 매다는 일에 집중하고 있다. 가자, 하고 핑크에게 중얼거리듯 말하며 나오미는 손을 잡아끌었다.

산본지도 이미 도는 사람들로 넘쳐나고 있었다. 매미조차

울지 않는 고요함 속에서 오로지 춤추는 사람들의 체취만이 무럭무럭 올라온다. 핑크가 이끌지 않았다면 나오미 혼자서는 들어갈 수 없었을지 모른다. 하지만 돌기 시작하면, 망설임도 불안감도 떨쳐진다. 놀라운 것은 핑크가 더 이상 휘청거리는 일도 없이 혼자서 회전할 수 있게 되었다는 것이다. 쉬엄쉬엄이기는 했지만, 야무지게 돌고 분명한 도취 상태에 들어가 있었다. 날숨을 참고 있는 것도 아니다. 한 시간을 돌고 난 나오미는 확신할 수밖에 없었다. 핑크는 성장이 빨라지고 있다. 몸도 커지고 있고, 멘탈도 단단해진 것을 눈매로 알 수 있었다. 그렇다면 자기도 빨리 늙어가고 있다는 뜻이 된다. 빨리 나이를 먹고 싶지 않으면 돌기를 멈추면 되는 걸까? 하지만 돌고 있지 않을 때 시간이 느리다고 느껴지지는 않는다. 오히려 돌고 있는 쪽이 느리게 느껴진다. 그렇기 때문에 돌고 싶어질 정도다.

나오미는 좀 춥다는 기분이 들었다. 커다란 힘이라고 했지만 뭔가 실체를 모르는 것에 조종당하여 어처구니없는 일에 손을 댄 것이 아닐까? 뭔가, 시간을 빨리 써버리는 행동을. 그렇다고 생각도 못한 채 말이다. 이것은 음모? 사실 저 매달린 남자의 부추김질에 모두 여기 와서 회오리춤에 열중한다든가. 그런 녀석이 여기저기 있다고 했다. 조직적으로 우리는 동원되고 있는 것이 아닐까? 집단에 삼켜지고 싶어 하는 자들을, 부지불식중에 예속시키려고 한다든가.

무슨 바보 같은 소리를. 나는 혼자서 멋대로 돌기 시작했었다. 며칠이나 돈 뒤에 그 남자를 만났으니, 음모에 걸려들었을 리가 없다. 음모론이라고 하는 것은 대체로, 이런 불안한 마음이 만들어내는 환영이다. 돌고 있는 나는 극히 차분하다. 불안이 생겨나면 털어버릴 때까지 좀 더, 좀 더 돌면 된다. 돌다 보면 환영 따위 털어버릴 수 있다. 돌고 있어도 사라지지 않는 것만이 현실이다. 진실이다. 예를 들면 핑크의 성장이 빨라지고 있는 것.

나오미는 가속도를 냈다. 주위의 풍경이 녹아, 색의 혼재로 보일 정도로 빨리 돌았다. 자신의 심신을 손상시키지 않고 돌 수 있는 기술을 이미 체득해서 아무리 속도를 올려 장시간 돌아도 토할 것 같은 기분이 들거나 하지는 않았다. 나오미의 파도에 고무되어 주변 사람의 회전도 속도가 빨라졌다. 이 정도로 고속 회전을 하면, 정말로 승천해 버릴 것 같았다. 의식이 이륙하려는 감각이 후두부 주변에서 시작되었다. 이번에야말로 날아도 좋다고 생각했다.

돌았다. 날았다. 일순간 동력이 사라지며 공중에 뜨고, 또 중력이 돌아와 천천히 하강해 간다. 몸은 그대로 가벼운 채였다. 잿빛 유동체였던 시야가 어렴풋이 형태를 띠기 시작한다. 가만히 초점을 모은다. 형태가 나타나기 시작하고 잿빛은 배경이 되더니 점점 투명해져 간다. 떠오른 형태는 핑크였다. 이미 십대의 요염함을 갖춘 나이가 되어 있었다. 핑크는 고속 회전하는 동안에도 정지했을 때의 모습을 띠고 나오미를 바라보는 것이었다. 핑크만이 아니었다. 주변에 있는 사람들 모두가 고속 회전하고 있지만 너무나 빨라서 그 실체는 보이지 않고, 평소 그 사람의 모습이 형태를 이루었다. 고속 회전하면 상이 보인다는 의미에서는 조이트롭이나 영화 필름 같았다. 하지만 그것은 그저 영상이 아니라 만질 수 있는 것이었다. 핑크는 나오미에게 "슬슬 돌아가지 않으면 해가 저물겠어."라고 말했고, 나오미가 고개를 끄덕이고는 손을 잡으려고 하자, "어린애가 아니야."라며 손을 털어버렸다.

돌아가는 동안에도 두 사람은 고속 회전을 계속하면서 평소처럼 걷고, 지금까지와 변함없는 일상을 보내는 듯하였다. 그러나 집에 돌아가 보니 언니가 자랑스러운 얼굴로 "왔다, 드디어." 하며 벚꽃 잎이 투명하게 비치는 봉투를 내밀었다. 뒷면을 보니 '방위성'이라고 씌어 있었고, 모병기간이자 휴가철 끝물에 마침내 징병이 결정되었고, "그럼, 다녀올게." 하고 말하자마자 나오미는 상륙함 '사키모리'의 사람이 되어 있었다. 섬의 확보를 둘러싼 분쟁이었으므로 해전뿐이었고, 정해진 것처럼 서로 위협 사격을 계속했지만 나오미의 부대는 그 총격전을 핑계로 일인용 잠수정을 타고 섬에 상륙하는 임무를 맡았다. 나오미는 성공할 줄 알았지만 상대방의 전술에 말려들어 좁은 만으로 들어갔다가 후방의 삼면에서 어뢰를 쏘아대는 통에 탈출을 시도했으나 잠수함의 파편이 빠른 속도로 나오미의 등을 강타했다. 몸이 마비되어 움직일 수 없게 되었고, 바닷물에 떠내려가기 직전에 순양함에 구조되어 영예의 귀환이라는 치하를 받으며 귀국, 한동안 입원 생활을 한 후에 재활치료를 받았지만 팔과 다리에 가벼운 마비가 남았다. 언니의 간병을 받으면서도 그저 살아갈 뿐인 무위한 나날에 절망하여 언니를 향해 파멸했으면 좋겠다는 비아냥조의 말을 입버릇처럼 쏟아냈다. 섬은 모조리 빼앗겼으며, 의지했던 동맹국은 불개입을 선언, 동맹을 파기하는 바람에 아군은 고립되었다. 식량 사정이 급속도로 악화되었지만 외국에 식량 시장을 거의 전면 개방해온 탓에 질 낮은 국내 농업기술로는 생산량이 부족했고, 나오미네 집도 토란죽 같은 식사를 하루 두 끼밖에 못 먹게 되었다. 나오미의 영향을 크게 받았으나 나오미의 추태에 실망했던 핑크가 집을 나가 기숙제 공업고등학교에 진학하고 졸업 후에는 지원병이 되어 규슈 연안의 전선에 부임, 무인 스텔스 전투기의 제물이 되어 전사한 것이 열아홉 살 때였다. 나오미는 자신이 조카를 죽인 것 같은 죄책감에 사로잡혀 그 마음의 무게로 몸조차 움직일 수 없었다. 몇 번이나 스스로의 종언을 꿈꿨지만, 비탄에 젖었다가 폐인이 될 위기를 겨우 딛고 일어난 언니를 두고 먼저 죽을 수도 없었다. 결국 적군이 혼슈에도 상륙했다는 소문이 퍼지던 8월 초하루, 태양은 미친 듯이 열을 내뿜고, 도쿄의 기온은 19년 만에 40도를 넘었다. 극심한 식량 부족으로 체력이 쇠약해진 열도 사람들은 아지랑이처럼 숨이 끊어져 갔다. 너무나 더워서 참을 수 없었던 언니가 다다미 위에서 딩굴딩굴 구르는 것을 보았다. 나오미는 자신이 선풍기가 되어 언니를 시원하게 해주려고, 양손에 부채를 쥐고 움직이지 않는 몸을 억지로 회전시키려는데, 19년 전에도 이렇게 더워를 피하기 위해 돌았던 것이 생각났다. 그때는 아직 어린아이였던 핑크가 '가고메 하고 싶어.' 하며 회전하고 싶어 했다는 이야기를 하자, 그 얘기에 제정신을 차린 언니가 함께 돌기 시작했다. 어쩐지 기운이 나서 먹을 것을 구하러 저녁 무렵에 밖으로 나갔다. 공원을 지나려는데 연못 주변을 채운 사람들이 천천히 자전하는 것이 눈에 들어왔고, 나오미도 이끌려 돌기 시작했다. 하늘을 올려다보니 하늘에서 떨어지는 것 같았다. 드디어 그것이 왼쪽으로 회전하고 있는 탓임을 깨달았을 때 19년 전의 시계 방향과는 반대 방향이라, 이렇게 하면 시간도 역전하여 19년에 걸쳐 얽히고설켜 굳어진 과오도 풀어지고 핑크도 다시 돌아올 것이며, 이상한 기도에 몸을 맡기거나 하지 않고도 그 살아 있는 지옥에서 자신을 구해내는 방법이 달리 있을 것이라는 데 생각이 미쳤다. 지난 19년을 다 풀어내고, 이 세상을 자신들의 손으로 되돌리겠다고 맹세하면서 기도의 역회전을 계속하는 것이었다.

선배 전설

거리에는 하늘 끝자락에서 비치는 오렌지빛 광선이 대량으로 흘러든다. 스크램블 교차로(도쿄 시부야에 소재한 대각선 횡단보도. 정식 명칭은 시부야 역전 교차점. 영화 〈사랑도 통역이 되나요?〉 등 많은 영화의 배경이 된 바 있다-옮긴이)를 지나는 사람들은 오렌지색 액체 공기 속을 유영하고 있다. 숨을 깊이 들이마시면 엷은 감귤향이 날 것 같다.

하지만 실제로 감도는 것은 고기 굽는 냄새, 스파이스 냄새, 찐빵에 김 올리는 냄새, 라면 스프 냄새, 열기를 띤 올리브 오일과 마늘 냄새, 스크램블 교차로 정면에 버티고 있는 메가 스타벅스의 커피 향이다. 시부야 구 시가지의 골목 골목마다 노점이 빼곡하고, 그곳의 냄새들이 거리로 넘쳐 나온다. 안 그래도 좁은 보도가 노점 때문에 반쪽이 되어가지고 최근엔 시간만 되면 차도까지 사람이 삐져나온다.

냄새뿐 아니다. 노점 홍보를 하는 아이들마다 노래하듯 떠들어댄다. 마치 기도문을 일제히 낭독하는 것 같군, 경이라든가 코란이라든가…… 나나코는 언제나 생각한다.

"역시 나 같은 건 환영받지 못할 거야."

뮤가 또 소심한 말을 하자 나나코는 횡단보도 한가운데 멈춰서서 차갑게 쏘아붙인다.

"아직은 기회가 있어. 돌아갈래?"

스크램블 교차로의 보행자 신호가 빨간색으로 변하자 뮤는 어쩔 수 없이 "가요, 가." 하면서 나나코를 교차로 건너편 109플라자 쪽으로 끌어당겼다.

그 광활한 광장은 언덕에 있었다. 이미 109라는 이름으로 친근한 빌딩 자리에는 '폭탄성인爆彈成人'이라고 불리는, 해골을 사이키델릭한 색으로 칠한 거대한 조각상이 우뚝 서 있었다. 시부야역 구내에 전시되어 있는 벽화 '내일의 신화' 중앙에 그려진 도깨비를 3차원으로 만든 오브제다. 폭탄성인을 입구로 해서 광장은 계단밭처럼 점차 높아지며 가늘고 길게 안으로 이어져 있다. 광장을 에워싼 벽을 따라 문이 붙은 작은 방이 코인 로커처럼 정연히 늘어서 있다. 하늘에는 아케이드 지붕이 덮여 있어서 하늘이 살짝 보이는 것은 중앙부뿐이다. 테이블이 붙은 벤치가 엄청나게 흩어져 있는 모양은 공공 오픈 카페라고 해도 좋을 것 같다.

폭탄성인 바로 아래에 서서,

"빅, 빅, 빅, 빅 이슈는 어떠십니까? 머리에 좋고, 마음에 좋고, 몸에 좋은 빅, 빅, 빅 이슈 어떠세요?"

하며 잡지를 한 손에 들고 소리 높여 외치는 아저씨에게 나나
코가 다가갔다.

"무나카타 선배님?"

"오오, 왔냐?"

"이 친구가 내가 말했던 뮤."

하며 나나코는 뮤를 그 앞으로 밀었다. 뮤는 얼굴이 굳은 채 아
래쪽을 향해 들릴 듯 말 듯한 소리로 중얼거렸다.

"첨 뵙겠습니다."

가볍게 머리를 조아린다.

"아, 첨 뵙겠습니다."

무나카타도 머리를 조아렸으므로 뮤는 당황했다. 부모님보
다도 연배가 있어 보이는 '전설의 선배'라 불리는 사람이 홈네
스homeness(저자가 조어措語한 단어로, 이 소설 안에서 집을 가진
자를 의미하며, 홈리스와 대칭을 이루는 개념이다-옮긴이)인 자
기한테 머리를 조아리다니.

"선배 뮤는 모이 먹었나?"

무나카타가 묻는다. 그러자 뮤는 얼굴이 새빨개져서 손사래
를 친다.

"선배 아닌데요. 선배라고 부르지 말아주세요."

"아니, 오늘 밤은 여기서 자고 갈 거 아닌가? 나는 나나코한
테 그리 들었는데? 그럼 충분히 선배인 거야."

"아니, 그게 아니고 저는……."

하고 설명을 하려는 뮤의 말을 가로채며 무나카타가 말했다.

"됐어, 됐어. 뭐면 어때, 집이 있거나 말거나. 암튼 배고프지? 난 배고프네. 모이 먹자, 모이."

그러더니 재빨리 걷기 시작한다.

다시 한 번 스크램블 교차로를 건너 센터 거리로 들어간다. 즐비하게 선 낡은 주상복합 건물은 모두 폐허가 되어 철근 콘크리트 골격만 남았고, 노점이나 포장마차가 멋대로 들어서 영업을 하고 있다. 바깥쪽 거리에서부터 모이를 파는 포장마차가 즐비하기 때문에 냄새는 한층 농밀하다.

"저기 타코스 가게는 요즘 같은 겨울에 불을 내서 말이지, 나도 양동이 릴레이 했잖아."

무나카타는 그렇게 말하고 펜슬빌딩(가늘고 긴 형태의 건물. 오래 전부터 도쿄 건축의 트랜드였다-옮긴이) 1층의 포장마차에서 파스톨(멕시칸 요리의 일종)용 고기를 경쾌하게 깎고 있는 반다나 헤어밴드를 한 할머니에게 한 손을 들어보였다.

"선배 마리 게이코!"

심야 영업 중에 취객에게 잡혀서 한참 주거니 받거니 하던 중에 취객이 던진 신문지에 불이 붙어 순식간에 불이 퍼졌고, 그 폐허 빌딩 2층에서 자고 있던 샐러리맨들이 연기에 휩싸여 죽을 뻔했다고 한다. 겨울에는 반드시 그런 소규모 화재 소동이 몇 씩 발생하곤 한다.

"저 사람, 카리스마 선배 아닌가!"

뮤가 소리 높여 외쳤다. 손가락이 가리킨 곳에는 헬리콥터 날개를 머리에 붙인 아저씨가 때때로 날개를 회전시켜 살짝 떠올랐다 가라앉았다 하면서 잡지를 팔고 있다. 전설의 선배 중 한 사람, 카리스마 선배!

"자자, 이런 기회를 놓치는 바보는 없겠지? 오늘 발매한 시네마 빅, 최신호 블루레이 디스크는 무려 《캐리비안의 해적》 9탄, 마법의 바다에서 온 흑마술사! 우리나라 최초 공개 정도가 아니라, 세계 최초 공개! 아직 아메리카에서도 개봉 안 했어! 세계로 앞서가는 《빅이슈》 최초 공개! 해적 영화는 해적판으로, 갓 구워서 따끈따끈, 자아 자, 따끈따끈할 때 드시라!"

사람이 한 무리 모여들어 《시네마 빅이슈》는 날개 돋친 듯 팔려 나갔다. 젊은 남자아이가 조수 역할을 맡아 판매하고, 카리스마 선배는 사람들을 불러 모으며 리듬에 맞춰 위로 아래로 움직이고 있었다.

"대단한 박력이네."

뮤는 감격에 겨워서 눈물이 핑 돌았다.

"너 처음 봐?"

황당해하는 나나코를 향해 뮤는 고개를 흔든다.

"난 홈네스잖아. 자격지심 느껴져서 이런 데 못 와봤어."

"오오, 선배 시즈오카!"

무나카타가 카리스마 선배를 불러, 이쪽으로 오라는 듯이 손 신호를 보냈다. 시즈오카는 프로펠러를 세게 회전시키더니 붕 하고 날아올라 사람들의 무리를 넘어 무나카타 앞에 착지했다. 군중이 '오오!' 하며 술렁거린다.

"지금부터 모이 먹으러 갈 건데, 선배 시즈오카의 팬이야. 상담이 있다고 왔어. 좀 쉬었다가 같이 모이 먹으러 안 갈 테야?"

"이거 미안허구먼? 일을 놓을 수가 없어. 언제든 좋으니께 또 초대해 줘이?"

시즈오카는 뮤를 향해 말했지만, 뮤는 공벌레처럼 굳어져서 대답을 못한다.

"상담이라믄 선배 우쓰키에게 하믄 되니께."

하더니, 시즈오카는 다시 날아올랐다.

"그럴까?"

무나카타는 중얼거리고는 휴대폰을 꺼내 전화를 걸더니, "라홀에 있을 거니까." 하고 고한다.

"나는 시시깨밥에 빠졌단 말이야."

"선배, 시시깨밥이 아니구요, 쉽 케밥!"

"시끄러워, 아버지가 파키스탄 사람이라니깐."

무나카타가 고른 것은 센터 거리 가운데쯤에 있는 파키스탄 요리집 '라홀'이었다. '선배 겐타'로 불리는 젊은이는 짙은 보리색 얼굴을 하고 있었다. 그는 아이패드를 세운 채 반음계가 많아 독경처럼 들리는 노래를 틀어놓았는데, 반주는 풍금 비슷한 악기였다. 그는 거기에 맞추어 노래를 부르며 신나게 요리를 하고 있다. 나나코는 스파이시한 연기에 목이 칼칼했다. 뮤는 그때까지 절망했던 자신이 가공의 인물이며 실은 늘 이 생활을 계속해 온 것 같은 기분이 들어 흥분되었다.

무나카타가 자기가 팔던 잡지 《일간 빅이슈》를 한 부 뮤에게 건넨다.

"어머? 기사 거의 인터넷에서 읽은 내용들뿐이잖아요."

뮤는 페이지를 넘기면서 말한다.

"어어 뭐, 젊은 선배들이 인터넷 신문기사를 모아서 카피한 거니까 그렇지."

"그래도 괜찮아요?"

"안 된다고 하면 그만두겠지만, 지금까지 아무 말 없으니까."

"《빅이슈》는 월간지 아니었던가요?"

"그게 메인이지. 이건 반 장난이고. 그렇지만 꽤 팔리고 있어."

"판매자가 자기 아이디어로 여러 가지 '마이 빅이슈'를 만들어."

나나코가 보충설명을 한다.

"소문만 모은 《소문난 빅이슈》라든가, 노점이나 무료 배식 가이드 《빅이슈 맛집》이라든가, 수수께끼 같은 《뒷동네 빅이슈》라든가, 여러 가지 있어."

"《크리스털 빅이슈》도 있어."

그렇게 말하며 세 사람 사이에 끼어든 것은 눈썹이 거의 없고 핑크색 재킷을 걸친 몸집이 큰 아주머니, 선배 우쓰키였다.

"뭐야 또, '크리스털'이라니?"

"우라나이(점술) 잡지야. 하지만 '우라나이(안 팔리는) 빅이슈'여서야 어디, 부정 타잖아? 그래서 '크리스털'이라고 한 거야('우라나이うらない'는 '점술占い'과 '안팔린다売らない'의 두 가지 뜻으로 사용된다─옮긴이)."

무나카타의 설명을 들은 우쓰키는 "우라나이(점술) 아니야. 예언집이라니까." 하고 항의한다.

"라고, 본인은 말하지만 말이야."

"선배는 고민하고 있어."

우쓰키가 날카로운 눈빛으로 뮤를 응시하며 말하자, 뮤는 "역시 점쟁이는 다르네." 하고 쓴웃음을 지었다.

"점쟁이 아니지, 예언자지."

"선배 우쓰키도 '전설의 선배' 중 한 사람이야. 곧 알게 되겠지만, 중요한 역할을 했으니까."

나나코가 뮤에게 귓속말을 한다.

"홈네스라서 힘든 거지?"

무나카타가 입안 가득한 케밥을 우물거리며 말한다.

"그렇습니다."

현실로 돌아온 뮤는 약간 마음이 무거워진다. 나나코가 무릎을 꿇고 때는 바로 지금이라는 신호를 보냈다. 뮤는 자신의 고민을 말하기 시작했다.

고등학교까지는 홈네스만 다니는 사립학교를 다녔으니 집이 있는 생활이 표준이라고 생각했다. 집이 없다는 것은 극복해야 할 결함이며, 사람은 집을 손에 넣기 위해 일하는 거라고, 세상의 대부분을 이루는 홈리스들은 아직 집을 갖지 못한 '루저'인 거라고 배웠고, 그렇게 믿었다.

그런데 대학에 입학하니 홈리스 쪽이 압도적으로 많아서, 홈리스만 모이기에도 벅찰 정도였다. 풋살(유럽 및 남아메리카에서 성행하는 5인제 축구-옮긴이) 서클에 들어갔더니 멤버의 8할이 홈리스였으며, 그때까지 배우고 상상해 온 것과 달리 그들 모두가 즐거워 보였다. 오히려 홈네스 쪽이 부스럼 취급을 받지 않는가?

뮤는 동정받고 있다고 느꼈다. 뭔가 그 장소에 녹아들고 싶어서 홈리스들과 함께 생활하려고 했다. 하지만 집에는 통금이 있어 결코 외박은 허락되지 않고 합숙에도 참가할 수 없었다. 친구들은 불쌍한 눈으로 쳐다볼 뿐이었다. 자신을 긍정하고 싶은 마음에 홈네스인 남자와 사귀었지만, 홈네스로서의 우월감을 감추지 않는 그의 태도에 오히려 자신들의 비참함을 통감할 뿐이었고, 결국 졸업과 동시에 헤어졌다.

그 후 지금 다니는 회사에 입사했다. 그냥 포기하듯 3년을 보낸 시점에 드디어 홈리스 애인이 생겼다. 그러나 통금 시간이 장애물이 되었다. 애인은 홈네스의 한계를 이해해 주었지만, 자신도 참고 기다릴 테니까 뮤도 그 한계를 돌파하도록 노력했으면 좋겠다고, 그렇지 않으면 평생을 함께할 수 없다고 통보했다. 부모님과는 몇 번이나 충돌했고 그때마다 연을 끊고 뛰쳐나오고 싶었지만, 그래서는 부모님을 비참하게 만들 뿐, 단순한 책임 회피, 불효라는 죄악감을 떨쳐낼 수 없었다. 더구나 낮 시간에 '아오칸青姦(야외에서 하는 성행위를 의미하는 말-옮긴이) 지대'의 삼림공원이나 폐가에서 사랑을 나누고 있자니, 꼭꼭 눌러 두었던 노상생활에 대한 혐오감이 고개를 들어 그와 금방 싸우곤 했다.

어차피 자신은 홈네스. 집에서 같은 홈네스와 이불을 덮고 잘 수밖에 없는 것이다, 연인과는 헤어질 운명인 것이다, 그렇게 생각하면 괴로웠고, 홈리스 친구인 나나코에게 고민을 털어놓았다. 밑져야 본전이니 선배에게 상담을 해보자고 설득해서 여기까지 오게 된 것……

"선배 뮤는 몇 년생?"

무나카타가 묻는다.

"2028년입니다."

"그래? 그럼 집부수기를 모르는 세대인가? 좋은 시절에 태어났네 그려."

우쓰키의 눈이 먼 곳을 바라본다.

"맞아. 나하고 동갑이니까 역사를 잘 몰라. 그러니까 선배들이 그 이야기를 좀 해줬으면 해서."

"그 얘기 말이군."

무나카타의 눈이 빛난다.

"응, 그 얘기."

"그럼, 에너지가 필요하겠는데."

"알죠, 알아. 가와치야에서 뭣 좀 사가지고 갈까요?"

길가의 노점은 어느새 문 닫을 준비를 하고 있었다. 다 함께 센터 거리 안쪽 술집에서 탁주를 사서 109플라자로 돌아갔다. 저녁나절에 뮤와 나나코가 왔을 때는, 공원을 거쳐가는 통행인이 더 많았지만, 지금은 슈트 차림의 사람들이 벤치의 반 정도를 차지한 채 먹이나 반주를 즐기고 있다. 귀가 시간의 소란은 또 다른 의미의 번화함이다.

"자아, 자. 편히 앉아."

하고 무나카타가 권한 것은 폭탄성인 바로 아래 있는 벤치였다. 무나카타의 지정석인 것이다. 앉을까 말까 망설이며 뮤가 세 사람을 둘러보았다. 우쓰키가 웃는 얼굴로 보고 있었다. 눈이 마주치자 우쓰키는 엄지를 세웠다. 뮤의 가슴속에는 지금까지 알지 못했던 종류의 힘이 용솟음친다.

"그래서 길어진다, 이 얘기는."

무나카타가 뮤를 본다.

"네."

하고 뮤가 끄덕인다.

"종전終戰보다 오래되었을지도 몰라."

"알고 있습니다."

"밖에서 잠을 자기로 결정한 거지?"

"한 번은 모든 걸 포기했던 몸이니까요."

"멋지네, 이 녀석. 집부수기를 지금부터 체험하겠다는 거잖아. 대단한 녀석일세."

우쓰키가 진지한 얼굴로 끄덕인다.

"어차피 저는 집부수기를 모르는 어리광쟁이 세대예요."

나나코가 그렇게 말하고 술을 권한다. 어디서 나타났는지 살찐 줄무늬 고양이에게 무나카타는 "오우, 마루, 왔냐?" 하고 말을 걸며 주머니에서 신문지에 쌌던 케밥을 내주었다.

"뭐, 요는 외로웠다는 거네?"

"맞아요, 맞아. 외로웠어요."

"세상에는 그만큼 외로운 사람들이 있다는 이야기지."

"정말로 모두들 외로운 사람뿐이었어요, 우리를 포함해서."

"그래, 우리들도. 그렇지 않으면 집부수기 같은 일이 벌어지겠어?"

"선배는 아무것도 안 하신 거예요?"

"어어, 나는 아무것도 안 했어. 그저 매일 밤, 역 처마 밑에서 잤을 뿐이야. 언제나 똑같이. 몇 년 동안이나."

그러다가, 조금씩 젊은이들이 주변에 늘어나기에 묘하다고 생각했더니 그해 겨울부터 사단이 났어. 난 어디 지진이라도 난 줄 알았어. 거리를 걷고 있는 일반인들이 모두 그대로 도망쳐 나왔다는 느낌이었으니까. 안절부절못하고 있다가는 내 잘 자리도 없어질 거 같았지. 조심성이고 뭐고 없고. 새로 온 녀석은 아무것도 모르니까 주변 신경 안 쓰고 아무 때나 자빠져 있고. 양해도 구하지 않고 남의 자리에서 막 자는 거야. 일어나면 청소도 안 해. 모포가 없다고 아무렇지도 않게 철도에 뛰어들고. 이건 너무 험악하다 싶고, 겁나더라고.

"지금은 위세가 좋지만, 선배 무나카타도 그때는 내성적이었지. 입을 여는 건 먹이를 먹을 때나 담배를 피울 때 정도였어."

그러자 우쓰키가 놀리듯 말한다.

"선배, 사돈 남 말하네요."

배가 불러져서 배를 깔고 누운 줄무늬 고양이를 쓰다듬으며 무나카타가 대답한다.

폭탄성인 앞쪽은 여기 109플라자, 젊은 여자애들한테 인기 있는 빌딩이 있어서 우리는 밤에 그 빌딩의 셔터가 내려가면 처마 밑에서 자곤 했지. 2층의 작은 오픈 스페이스가 우리들의 침상이었는데, 그때는 콩나물시루 같아서, 나는 온 힘을 다해 끼어 들어가곤 했어. 몸을 뒤척일 수도 없어서 일어나면 몸이 시멘트처럼 굳어 있었지.

모두들 해 뜨기 전에 일어나서 일을 찾으러 나갔어. 하지만 일이 없으니 낮이 될 때까지는 슬슬 돌아오지. 처음에는 모두 우리에게 다가오려고 하지 않았어. 우리가 없는 것처럼 행동 했지. 자기들은 저런 녀석들과는 다르다, 하며 선을 긋고 싶었 던 거 같아. 우연히 일시적으로 일이 없을 뿐, 진짜 홈리스랑은 다르다, 자신은 홈리스가 아니며 홈리스가 되지는 않겠다고 생각한 거지. 그 기분은 알지. 나도 처음 길에서 자게 되었을 때 완전 똑같은 생각을 했었으니까.

"어쩐지 우리 부모님 이야기를 듣는 것같이 끌리네요."

뮤는 자기도 모르게 중얼거렸다.

하지만 며칠 지나자 녀석들도 그 선을 유지할 수 없었지. 매 일 매일의 생활은 우리들과 다를 것이 없고, 청결했던 옷도 더 러워지고, 머리는 착 달라붙어 몸에서는 냄새가 나기 시작하 고, 앞은 전혀 보이지 않고, 자신의 비참함을 응시할 수밖에 없 게 되는 거야. 그렇게 되면, 머뭇머뭇 우리들에게 말을 걸어오지. 처음에는 글썽글썽해서 푸념을 늘어놓거나 하지만, 익숙해지거나 하면 신변 이야기를 했지. 이런 일을 당하다니 굴욕적이지 않습니까, 이만큼 많이 있으니 연대해서 정당한 요구를 관철시킵시다, 여론도 우리 편이고 힘을 모으면 바뀔 겁니다, 갚아줍시다, 라든가 뭐라든가 이야기하기 시작했어. 쇼타라는 젊은 선배였지.

그런 그림 같은 이야기를 믿나, 우린 진즉에 포기했다고. 봐, 오래 전에 후원자들과 싸워서 기동대나 야쿠자에게 처참히 린치당하고, 그랬는데도 세상은 보고도 못 본 척했다고. 여론이 우리 편? 장난치나?

쇼타에게 그런 말을 했더니, 그럼 어떻게 하면 좋겠냐는 말을 하더라고. 대답이 궁해서 선배 우쓰키에게 도움을 청했더니, 엄숙한 얼굴로 한 마디 하는 거야.

"단번에 집을 모두 부숴버려."

"짜릿했었지."

"그래, 맞아. 그거야, 그거. 단번에 집을 부숴버리는 수밖에 없는 거야. 집 따위 없어지면, 모두 같이 평등하게 노상생활을 하게 되니까. 너도 굴욕이라고 느끼지 않게 될 거야. 우선은 네 녀석 집부터 부숴야지?"

그렇게 말했어. 젊은 무리들이 지나친 꿈을 꾸지 않도록 나로서는 김을 빼줄 생각이었는데.

"그런데 실은 가스에 불을 붙인 격이었겠지요?"

"대체 무슨 일이 일어나는 건지 알 수 없었지. 커다란 소용

돌이에 빨려들어 간 것처럼 몸을 맡길 수밖에 없었어."

다음 날 밤에는 이미 시부야역 주변에서 잠을 자고 있던 젊은이들 사이에서 '집부수기가 계획 중인 듯하다'는 흥분어린 소문이 돌았다. 실제로 무나카타가 집부수기에 대한 상담을 받은 것은 며칠 더 시간이 흐른 뒤였다. 설마하니 그것이 자신이 내뱉은 말이 변한 계획이라고는 생각도 못한 무나카타는 오오, 굉장해, 하며 적당히 응대했다.

"선배, 선배가 테이프 끊어주실 거죠?"
하고 확인을 하자,
"어어, 하지 뭐, 하고말고."
하면서 장단을 맞춰 주었다.

4월의 어느 맑은 밤이었다. 누군가 무나카타를 깨웠다. "선배, 집부수기, 가요." 하고 귓속말을 한다. 누군가 하고 보니, 쇼타가 엷은 웃음을 짓고 있다. 눈빛에 광기가 어렸다고 무나카타는 느꼈다. 일어나자 주위에서 자고 있던 전원이 일어섰다. 손마다 봉 같은 것을 들고 있었다. 쇼타의 옆구리에는 시즈오카라든지 이무라라든지 나카오 같은 무나카타의 친구들이 봉 같은 물체를 손에 들고 있다. 우쓰키까지 있다. 무나카타는 공포를 느꼈지만, 겉으로는 내색하지 않고 쇼타를 따라나섰다. 그리고 걸으면서 어디를 향해 가는지 물었다.

"뭐예요? 우리 집이죠, 당연히."
하고 쇼타는 기쁜 듯이 대답했다.

몇십 분, 몇 시간을 걸었을까. 무나카타는 도망가야 하나, 뭔가 설득해서 상황을 벗어나야 하나, 무책임한 태도로 얼버무릴까, 필사적으로 생각했지만, 결론을 내리지 못한 채 현장에 도착했다.

작은 집이었다. 쇼타가 무나카타의 얼굴을 보았다. 무나카타의 심장은 파열할 것 같았다. 입도 뻥끗 못하고 그저 아무 말 없이 무겁게 고개를 끄덕였다. 그러자 쇼타는 손에 들고 있던 봉을 빼들었다. 그것은 신문지나 그런 걸로 만든 메가폰이었다. 메가폰을 입에 대자, 쇼타는 큰 소리로 집을 향해 이야기를 시작했다.

"아버지, 내 편지 읽었어요? 나도 힘들지만, 아버지도 해고당한 거 알고 있어요. 나보다 먼저 해고당했으면서 감췄죠? 그래서 나는 집을 나왔어요. 주택론 갚을 돈이 없으니까 집 따위 팔아버리면 되잖아. 왜 나랑 어머니에게 밝히지 않는 거죠? 그렇게 못 믿겠어요? 내가 길바닥에서 지내는 게 부끄럽다고 했지? 내가 홈리스라고 말하니까 때렸죠? 홈리스는 누굴까요? 네? 홈이 없는 건 똑같잖아요! 중요한 사실을 밝힐 수 없다면 그건 가족이 아니죠! 가족보다 집이라는 건물 쪽이 중요하니까, 홈이 없어진 거지. 그러니까 나도 홈리스가 된 거야. 아버지가 사실은 무엇을 잃었는지, 내가 정말 무엇을 잃었는지, 길 위에 나와시 제로 상태가 돼서 비로소 깨달았어! 이런 무의미한 건물, 부숴버리면 돼. 이런 집, 무너뜨리고 아버지도 어머니도 길 위에 나와서 일단 제로부터 다시 시작하면 되는 거야. 길 위에서 나는 또 홈을 새롭게 만들고 싶다고, 마음속 저 깊은 곳에서부터 생각해! 부탁이니까 같이 나와주세요!"

쇼타의 외침은 울부짖듯이 끝났다. 집에 불이 들어왔지만, 쇼타의 부모님은 모습을 나타내지 않았다. 쇼타는 울상이 되어 "선배." 하며 무나카타의 얼굴을 보았다. 무나카타는 여전히 어쩌면 좋을지 모른 채 그저 묵묵히 끄덕이며 도움을 청할 생각으로 일동을 둘러보았다. 그러자 우쓰키가 하늘을 찢을 듯한 절규와 함께 묘한 주문을 외기 시작했다. 시즈오카가 프로펠러를 돌리며 집 주변을 선회했다. 이무라가 막노동으로 단련된 그 발목으로 지면을 꾹꾹 밟기 시작했다. 믿기 어려울 정도의 땅울림이 있었다. 크리스천인 나카오가 메가폰을 잡고 음정도 엉터리인 찬송가를 불러댔다.

무나카타에게는 견디기 어려운 공격이었지만, 그래도 쇼타의 부모님들은 모습을 나타내지 않았다. 막연히 자신의 역할을 알고 있던 무나카타는 주변을 향해 한층 더 묵직하게 끄덕였다. 집부수기에 참가했던 열일곱 명 전원이 손에 잡지를 들고 일제히 굵은 목소리로 합창했다.

"빅, 빅, 빅이슈 어떠십니까!"

"빅, 빅, 빅이슈 어떠십니까!"

"빅, 빅, 빅이슈 어떠십니까!"

그 리듬에 맞추어 현관을 향해 행진한다. 이 호객 문구는, 무나카타의 트레이드마크였다. 무나카타는 자연히 그 선두에 섰고, 합창을 리드했다. 이윽고 얼굴을 찌푸린 쇼타의 부모님이

"용서해라, 쇼타." 하고 신음하면서 나왔다. 일동은 두 사람을 흡수하여 시부야의 보금자리로 돌아갔다.

이 날을 계기로 각지에서 집부수기가 다발적으로 일어났다. 초기의 집부수기는 쇼타의 케이스처럼 젊은 선배가 자신의 집을 부수러 가는 경우가 많았다. 그렇게 해서 집을 버리고 노상으로 나온 가족들은 모두 하나같이 '이제 살았다'고 말했다. 쇼타의 집부수기 두 번째 날에는, 쇼타의 부모가 길 위에서 실로 부드러운 표정으로 말하는 영상이 인터넷으로 방송되었다.

"그 녀석이 집부수기를 해주지 않았으면 나 스스로를 부숴 버렸을지도 모릅니다."

하고 쇼타의 아버지는 말한다.

"괴로워요, 다른 사람들이 다니는 한데서 잔다는 거. 솔직히 잘 수가 없습니다. 하지만 그 집에서 잘 때의 저주받은 듯한 괴로움을 생각한다면 정말 살 만합니다."

라고 쇼타의 어머니도 말한다.

시킨 거 아니냐고 비난받던 그 영상도, 비슷한 증언이 뒤를 이어 나오자 평가가 높아졌다. 집부수기가 늘어나면 늘어날수록, 집부수기를 희망하여 부탁하는 사람도 급증했다. 가족뿐 아니라, 친구, 애인, 회사 동료, 상사, 일터의 관계자, 메일 친구 등 형식뿐인 관계에 쫓기던 사람들이 그 관계자의 집을 공격하고 고발하고, 노상으로의 해방을 촉구했다. 그 가운데는 실력행사로 집을 파괴하고 주인을 끌어내는 폭력도 없지는 않았다. 그러나 힘으로 하는 연행에 의미가 없다는 것은 막연하나

마 공유되고 있었기 때문에 폭력은 어디까지나 소수파에 해당하는 일이었다.

"믿을 사람이나 신뢰할 수 있는 사람이 없는 이, 영혼으로 통하는 친구가 없는 이, 마음의 기쁨을 공유할 애인이 없는 이, 같이 놀 사람은 많지만 도와줄 사람은 아무도 없는 이, 유지만 될 뿐 보답이 없는 인간관계에 지친 이, 그런 당신이 살고 있는 '집'은 홈이 아닙니다. 홈을 갖지 못한 당신은 홈리스homeless 입니다. 단지 집에 묶여 있는 것입니다. 그런 집이라면 일단 부숴보지 않겠습니까? 일단 한번, 그 집에서 나와 벽도 아무것도 없는 노상에서 안도의 숨을 쉬어봅시다. 정말 자신에게 중요한 것은 무엇인가, 무엇이 부족해서 길바닥에 있는가, 보일 것입니다. 길바닥에 나오는 것만으로 제로가 됩니다. 제로 상태에서 진정한 집 만들기를 시작하지 않겠습니까? 누군가와 서로 믿고 싶지만 지금은 남에게 지쳐 있는 당신, 일도 돈도 없이 도움을 구할 곳도 없는 당신, 꼭 길바닥으로 나와보십시오. 우리들은 당신을 환영하며, 따뜻이 맞을 것입니다."

이렇게 제안한 것은 집부수기 훨씬 전부터 좋아서 노숙을 했던 사람들의 서클 '노숙동호회'였다. 진지한 것으로부터 미심쩍은 것까지, 이런 종류의 제안이 무수히 나돌았다. 그러나 그런 제안도 이미 불필요했다. 임계점을 넘은 것은 최초의 집부수기로부터 열흘도 지나지 않아 대형 연휴 첫날인 4월 29일이었다. 스스로 노상으로 나온 젊은이들이 번화가에 쇄도, 길이라는 길, 광장이라는 광장은 자거나 앉은 사람들로 발 디딜

틈이 없었던 것이다.

"이제 일이 있거나 없거나, 주거가 있거나 없거나, 돈이 있거나 없거나 관계없지."

"말할 수 있는 것은, 누구나가 사람과의 관계에 지쳐 더 이상 지속할 수 없었다는 것."

"추락하고 싶었지요. 추락할 수 있어서 안심했어요."

"《빅이슈》를 파는 녀석이 많아져서 좀 걱정이야. 파는 녀석 투성이면 누가 사냐고."

잔잔한 웃음소리가 퍼져 나간다.

"히데 상도 전설의 선배들의 사진을 찍어서 꽤 벌었다고 하던데요."

"나나코, 부탁이니까 내 이름 끝 좀 올려 부르지 말아줄래?"

"하지만 덕분에 노상이 개방돼서 어떤 노점이든 오케이, 그렇게 되었잖아요?"

"뭔가, 마침 큰 선거도 있었고 집부수기의 물결에 쏠려 들어간 게 다행이었던 거지."

"그랬던 거 같아. 그래서 선배 무나카타가, 나는 공원에 다다미와 천장을 갖고 싶다고 했더니, 금방 그걸 실현시켰고, 그것이 이 플라자와 그 베드룸 로커였지?"

"그래서 선배는 전설이 된 거죠."

"나는 아무것도 안 했는데 말이지."

가벼운 웃음이 일었다.

"그러니까 아무도 진심으로 존경하고 있지는 않아요."

선배 전설

웃음소리가 커진다.

"내가 있는 곳도, 나도 홈네스입니다, 나도 홈네스입니다 하면서 울며 따라붙는 녀석들이 줄줄이 굴러 들어와서 당황스러웠었지. 난 말이야, 이렇게 말해 주고 싶었어. 진짜 홈네스는 나라고."

웃음소리가 물결친다.

"그렇잖아, 집이란 게 있다는 게 좋은 건 당연하니까!"

"선배, 선배, 그러니까 집부수기라는 건 그런 이야기랑은 달랐잖아요."

"덕분에 우린 구원받았지. 빈집이 된 집이 주변에 널려 있었잖아."

"정말, 집부수기 덕택에 우리는 집이 생겼지. 누가 어디에서 자도 좋은 시대가 순식간에 왔지."

"내 경우는 아주 큰 집에 들어가서 말이지, 어느 날 아침 경찰한테 발각된 거야. 잡힐 뻔했는데, '홈리스예요, 봐주세요.' 했더니 동전을 줬던가?"

일동, 빵 터진다. 뮤도 배에 경련이 나도록 웃으면서, 지금 얘기는 누구야? 하고 숨을 돌린다. 어느새 땅바닥에 원형으로 둘러들 앉아 있다. 열다섯 명 정도일까? 뮤는 서둘러 나나코의 모습을 찾았다.

없어, 안 보여!

어깨를 건드리는 손이 있었다. 흠칫 돌아보니, "이제 잘까?" 하고 나나코의 목소리가 났다. 입으로 튀어나올 것 같은 심장을 누르며 뮤는 끄덕인다.

"그럼 나도 자야지."

하고 나나코는 말하자마자 일어서서 둥글게 둘러앉은 무리를 향해 인사를 한다.

"그럼 선배, 안녕히 주무세요."

뮤도 그대로 따라 한다. 그러자 선배 우쓰키가 일어나 허리를 펴며 말했다.

"그럼 나도 돌아가 잘까?"

광장은 밖에서 자는 사람들로 가득했다. 그런 소란스러운 가운데 잘들도 자는구나, 무나카타들을 돌아보니, 둘러앉은 동그라미는 어느새 흔적도 없다. 불가해했지만, 뮤는 너무 피곤했기 때문에 더 생각하지 않기로 했다.

나나코는 광장 구석의 베드룸 로커의 문을 열었다.

"선배 뮤는 여기서 자."

그 안에는 이불과 베개만 있고 캡슐호텔처럼 머리를 앞으로 해서 자도록 되어 있다.

"문은 잘 잠그고 자. 안전에 절대라는 건 없으니까, 충분히 주의를 기울여야 해. 무슨 일 있으면 힘껏 벽을 찰 것. 나는 이쪽에서 잘 테니까."

하고 건너편 오른쪽 방을 가리킨다.

몽롱하여 이제 아무것도 생각할 수 없었지만 뮤의 마음은 평온했다. 이런 평온함은 처음이었다. 로커에 발을 넣으려고 하는데 나나코가 부른다.

"선배 뮤."

뮤는 돌아본다. 마음 저 바닥에서부터 즐거운 듯한 나나코의 웃는 얼굴이 있다.

"알겠어?"

뮤는 끄덕이고, 얼굴에 기쁨이 넘쳐흐르는 것을 감추지 못하고 말했다.

"잘 자, 선배 나나코."

내일부터는 또 집에 가서 자겠지만, 언젠가는 부모님을 이곳에 모셔야지, 하고 생각한다.

지구가 되고 싶었던 남자

비는 옆으로 눕듯 쏟아지고 있었다. 급류가 내려가듯이 거의 수평으로 오른쪽에서 왼쪽으로 흘렀다. 초등학교 건물 벽면에 떨어져 하얀 물보라를 일으키니 주변은 마치 안개가 낀 것 같다. 그걸 바라보던 모리세森瀬는 중력이 옆으로 움직이는 것처럼 자기 몸도 옆으로 기울어지는 기분이 들었다.

하지만 중력은 역시 아래로 향한다. 건물 벽면에 부딪힌 물은 지면으로 떨어져 보다 낮은 길을 찾아 모여들었다. 녹지 밑을 흐르던 배수관은 그렇게 넘쳐흘렀을 것이다. 계속 기침할 때나 나는 숨소리가 들린다 싶더니 눈앞에서 맨홀 뚜껑이 물과 함께 튀어 올라 튕겨져 나갔다. 해방된 물은 금방 녹지의 길섶을 채워버렸다. 어둠의 강이 본래의 모습을 드러낸 것이다.

물은 마치 살아 있는 체액처럼 울컥울컥 맥박 치며 넘쳐흘렀다. 상류 쪽에서 넘친 물이 굵직하게 솟아오르더니 강물 위를 달려온다. 물은 조금씩 불어나는 것이 아니라 몇 단계씩 건너뛰며 불어나는구나, 모리세는 혼자서 생각했다.

녹지 위의 도랑은 도로 폭만큼 가득히 불어 양 기슭에 늘어선 집들을 스치며 씻어 내렸다. 갓길 반대편에는 단독주택의 주인들이 서로 도와 흙을 쌓아 올리고 있었다. 하지만 흙을 쌓아 올리는 속도보다 물이 불어나는 속도 쪽이 빨라지자 초조하게 외쳐대는 목소리가 울린다. 그 말은 귀청을 울려대는 강우의 폭음에 묻혀 모리세에게까지 들려오지는 않았다.

모리세는 뒤를 돌아본다. 이웃 사와이케沢池의 집은 부재중인지 당장 녹지 길에서 흘러내릴 듯 무방비 상태였고, 입을 벌린 반지하 주차장에 눈사태처럼 물이 흘러들고 있었다. 셔터 하부는 이미 3할 정도 물에 잠겼다. 그것은 모리세의 집도 마찬가지였다. 주차장은 아니고 자신이 방으로 쓰는 곳이었는데, 직접 밖으로 출입하는 문의 틈으로 물이 침투해 소용돌이와 물거품의 움직임까지 확실히 보였다.

게릴라성 호우의 먹구름이 멀리 모습을 나타냈을 때부터 모리세는 단념하고 있었다. 언젠가 이런 날이 올 거라고 오랫동안 각오를 다져왔다. 올 여름은 그런 게릴라성 호우가 연일 여기저기 지역을 덮치고 있었다. 반지하 방에 있던 오디오의 비주얼을 한 기계 따위를 2층으로 피난시켰다. 고가의 기기니까 옥션에라도 내놓으면 비싸게 팔릴 거라 했더니 미즈키みずき가 맡아주었다. 남은 것은 중간중간 벗겨진 낡은 소파와 금이 간 유리 테이블뿐이다.

그래도 흙이 쌓이지는 않았다. 물은 그렇게 손쉬운 상대가 아니라고 모리세는 확신하고 있었다. 갓길에 넘칠 때까지 물이 급증했다고 하면 그것은 길이 물을 더 이상 흡수할 수 없기 때문이며, 마을 사람들의 손으로는 감당할 수 없을 만큼 거친 물이다. 빈약한 인력과 끈기 따위로 막을 수 있을 턱이 없다. 물에 대한 경외심을 안은 채 있는 그대로 따르는 수밖에 없다.

녹지라는 외견 때문에 보통은 잊고 지내지만, 이곳은 본래 강가였다. 뚜껑을 덮은 강인 것이다. 강가에 수면보다 낮은 방 따위를 만들어 두니까 침수는 운명과도 같은 것. 이 근처 일대에 늘어선 분양주택은 하나같이 반지하가 붙은 3층 건물이므로 모두 같은 운명을 맞고 있다.

원래부터 모리세는 땅의 고저에 연연했다. 길을 걸으면 어느 쪽으로 어떻게 낮게 기울어져 있는지가 신경 쓰여서 언제나 구슬을 가지고 다니며 굴려보았다. 집을 사려고 마음먹었을 때도 지명에 '水'나 고저를 나타내는 글자가 들어가 있지 않은지를 반드시 확인했다. 3층 이상의 공동주택을 조건으로 집을 찾았다.

그럼에도 불구하고, 가장 피하고 싶었던 배수관을 따라 세워진, 반지하 방이 있는, 3층이 안 되는 단독주택을 구입했다. 어쩌다 그리 되었는지 스스로도 모르겠다. 강요당한 것도 아닌데, 스스로 골랐다는 실감이 안 났다. 강요당한 것처럼 무슨 생각을 하고 있었는지 기억이 없다. 브랜드화되었던 이 지역의 시세로 본다면 분명히 이득이기는 했고, 주택론을 끼고 사려는 나기사渚는 대단히 마음이 동해 있었으며, 막 중학생이 된 미즈키도 가세했다. 그런 두 사람을 보고 가망이 있다고 생각한 부동산 개발업자가 강력하게 유도하기는 했지만, 맨 처음 이 물건을 제안한 것은 모리세 자신이었다. 자기 안에 가라앉은, 될 대로 되라 하는 파괴욕에 저항하지 못한 무력감만 남아 있다.

그리고 지금에 이르기까지 찜찜한 기분을 안고 생활해 왔다. 이 집도 생활도 어딘가 어긋나 있는 것이다, 진짜가 아닌 것이다, 자신은 현실을 살아내느라고 중요한 인식을 방치한 채 되는 대로 몸을 맡기고 일상에 안주하며 살아왔다. 하지만 그런 무방비한 생활은 사소한 탄력에도 간단히 무너지는 법, 그것을 알고 있으면서 자신의 파멸을 부를지도 모르는 환경을 건성건성 받아들이고 말았으니, 그 값을 치러야 한대도 거부할 자격은 없는 것이다. 그런 기분으로 주저주저 살아왔다.

아내인 나기사, 고등학생이 된 미즈키와는 가정 내 별거 상태이다. 모리세는 반지하 방을 빌린 세입자와 같은 존재로 지상으로 통하는 문은 위에서 자물쇠를 채워 열리지 않는다. 그래서 반지하 방에 샤워실과 화장실을 증설해야 했다.

온몸으로 행복감을 느끼며 새집 생활을 시작한 나기사나 미즈키와는 달리, 모리세는 내내 어두운 표정을 띤 채 쾌활함을 잃어갔다. 가족이 걱정해 준 것도 2년 정도까지였고 모리세의 편벽함에 질렸는지, 없는 사람 취급을 당하게 되었다. 생활의 부력을 잃게 만드는 다림추 같은 모리세를 아내와 딸은 보고도 못 본 척했다. 모리세 또한 아내와 딸의 풍선 같은 생활을 환영이라 여기며 보고도 못 본 척했다.

늦은 오후인데도 저녁놀이 질 때처럼 어두운 가운데 헤드라이트가 모리세를 비춘다. 사와이케의 자동차였다. 주차장에 차를 넣지 못하고 강으로 변한 차도에 차를 댄다. 금색 사슬 모양의 우산을 쓰고 운전석에서 중년 여성이 내린다. 사와이케는 당황한 나머지 힐이 높은 구두를 차 안에 벗어두고 맨발로 물길에 내려선다. 풀장이 된 차고에 시선을 두더니,

"세상에, 이게 뭔 일이야. 믿을 수 없어!"

하며 준비된 대사를 읽듯이 연극 같은 큰 목소리를 냈다. 그리고 우산을 쓰고 땅에 박힌 듯이 서서는 모리세를 향해 외쳤다.

"이게 뭐예요! 너무하잖아요."

마치 물에 잠긴 것이 모리세가 아무것도 하지 않았기 때문이라는 태도였다.

"그 댁은 괜찮은가요?"

사와이케가 다시 외친다. 모리세는 자조적인 웃음을 띠고 고개를 흔들며 대답했다.

"우리 집도 마찬가지예요."

사와이케는 격정에 내몰린 듯한 눈빛으로 무언가 말하려 했지만 소리 내어 말하지 못하고 집으로 들어갔다. 이 한가운데 그저 서서 아무것도 안 하는 녀석을 상대하고 있을 여유가 없는 것이려니, 모리세는 생각했다.

얼마 지나지 않아 사와이케는 반투명 레인코트를 입고 나타

나 나란히 선 이웃들이 작업하는 곳으로 갔다. 이윽고, 흙을 쌓은 손수레를 밀던 초로의 남자와 함께 이쪽으로 돌아온다. 다누마田沼가 말을 걸었다.

"댁에도 이거 필요하지 않아요?"

"아뇨, 저희 집은 됐어요."

모리세는 거절했다. 다누마는 움찔 모리세의 얼굴을 보았지만, 곧 내버려두고 사와이케의 흙 쌓기를 거들기 시작했다.

비는 일시적으로 그쳤다. 얼마 전부터 물의 흐름이 약해지더니 물길은 쫓아오던 자의 손을 벗어난 듯 다시 배수관 속으로 들어갔다.

물을 퍼내는 작업이 시작된다. 일반 침수와 달리 반지하는 물이 빠져도 자연스럽게 흘러나오지 않는다. 어디서 발전기와 전동 펌프를 가져왔는지 여기저기 전동기 소리가 요란스럽다. 정전까지 된 것이다. 물 붓는 소리와 뒤섞여 물을 퍼내느라 갖가지 그릇으로 바닥을 긁어대는 소리가 울린다. 게다가 침수된 가구나 집기류를 밖으로 끌어내는 소리도.

모리세도 플라스틱 양동이로 자기 방의 물을 퍼냈다. 물은 무릎 정도까지 차 있었다. 샤워실과 화장실 배수관에서 역류했는지 물에서 이상한 냄새가 났다. 퍼내도 퍼내도 물이 줄어들 줄 모르고 일은 끝날 기미도 보이지 않았지만, 해질 녘에는 바닥의 크림슨 카펫이 보이고 더 이상 양동이로 퍼낼 수는 없게 되었다. 소파와 테이블을 꺼내고 카펫을 적당히 잘라 쓰레기봉투에 넣고 밖에 내놓았다. 리놀륨 판이 벗겨진 바닥에 수

건을 있는 대로 다 깔아 물을 빨아들이고 짜냈다. 마지막에는 걸레로 훔쳐내어 침전되어 있던 흙을 닦아냈다.

괴로움은 이제부터 시작이었다. 반지하라서 벽이나 방바닥 밑의 흙이 물을 흡수했기 때문인지 아무리 훔쳐내도 어디선가 물이 배어나와 바닥과 벽을 적신다. 방은 습지처럼 되었다.

다행히 침상은 무사했다. 방 안쪽의 벽은 아래쪽 반이 앞으로 크게 튀어나와 있고, 그 책상처럼 생긴 곳에 침대 매트를 깔아 침대로 쓰고 있었다. 튀어나온 책상 아래쪽은 와인 저장실로 사용하고 있는데 벽 저쪽에서도 넣고 뺄 수 있게 되어 있다. 반지하를 이용하여 천연 냉장고를 사용한다는 것이 이 집의 노른자 같은 판매 조건이었다. 입주한 당시에는 와인 전문가가 되기 위한 입문서 같은 것을 사고, 와인을 조금씩 컬렉션해 보기도 했지만 무더위가 계속되자 천연 냉장고 기능은 저하되었다. 온도가 높아지면서 와인 맛이 떨어진 뒤로는 그냥 야채 저장실로 사용해 왔다.

작업 중에 미즈키가 먼저 학교에서 돌아왔다. 열어둔 문으로 안을 들여다보다가 물에 젖은 바닥을 보고는,

"헐!"

하고 한마디 하더니 모리세의 얼굴은 보지도 않고 가버렸다. 잠시 후 나기사로부터 괜찮냐고 묻는 문자가 왔다. 직장에서 돌아오자마자 미즈키에게서 사정을 들었을 것이다.

"괜찮아."

하고 답 문자를 보낸 것이 전부였다.

다음 날에는 직장에서도 사정을 알고 휴가를 주었다. 어쨌든 애써 방을 말리는 일에 하루를 들였다. 천장 부근에 붙은 창을 열어두고 선풍기를 바닥 쪽으로 돌려 최대 풍력으로 돌렸다. 신문지를 겹겹이 깔았다 벗기고 다시 겹겹이 깔기를 여러 번, 홈 센터에서 산 석탄을 뿌리고 닦아낸다. 물이 배어나오기 쉬운 지점에 드라이기를 댄다. 그래도 방은 자신이 수역에 속한 장소라는 것을 주장하는 듯이 습하고 비릿한 유기물 냄새를 계속 풍긴다. 이틀 사흘 지나는 동안에 그 유기물 냄새와 부패한 냄새는 더욱 강해져 갔다.

사흘째 아침에는 한참 출근 준비를 하는 중에 개미가 벽을 타고 기어다니고, 샤워실 세면대 거울에 민달팽이가 붙어 있는 것을 보았다. 밤에 돌아와 바닥의 수분을 걸레로 훔쳐내니 어린애 음경 정도 굵기의 지렁이가 리놀륨 바닥에서 지면으로 통하는 장소를 필사적으로 찾고 있었다. 밤 10시에는 침대 속으로 파고들어 갔지만, 방 안에 생명의 기운이 충만해 있는 느낌이 들어 안정을 취할 수가 없었다. 방이 땅이 되어 있는 느낌이다. 땅에 점령당하기 직전의 징조라는 느낌도 들었다.

깜빡 잠이 들려는 순간, 순찰차의 사이렌이 요란스럽게 울렸다. 밖을 내다보니 순찰차는 갓길 건너편에 서 있었다. 이미 사람들이 나와 있었고 모리세도 가세했다. 맞은편 대각선 방향의 신카이新海 씨 집 할아버지가 순찰차에 태워지려 하고 있었다. 자물쇠는 잠겨 있지 않았다. 그 옆집의 가와고에河越가 뺨을 수건으로 누르면서 경찰과 이야기하고 있었다. 아무래도 싸움이 있었던 것 같다. 모리세는 사람들을 헤치고 이동하면서 귀를 기울여 정보를 수집했다. 종합하자면, 다음과 같은 사건이었다.

신카이는, 홍수 때 가와고에가 방수판을 자기 집에만 세웠던 사실에 대해 따졌다고 한다. 물이 빠진 뒤 모두가 물을 퍼내느라 기를 쓰고 있을 때, 가와고에는 반 지하방 앞의 경사진 공간에서 고기를 굽고 있었다. 그래서 열이 받친 신카이가 방수판 탓에 자기 집에는 두 배로 물이 흘러들어 왔으며, 그러니 피해도 남보다 두 배로 심해졌다고 비난했다. '모두 피해를 피할 수 없다는 건 알고 있을 텐데 자기만 깨끗하려는 그 마음보를 용서할 수 없고, 적어도 방수판을 경사면 아래 방 입구에 세웠다면 거기에 물이 고여 우리 집으로 흘러들 물의 양도 줄었을 것이다. 피해를 분담할 마음이 있었다면 최소한의 대미지에 그쳤을 것인데, 자기네 집에 내릴 분량의 재난을 모두 이쪽으로 돌려버린 거다. 그렇다면 정리를 돕는 정도는 해야 하는 것 아닌가? 그런데 태평하게 고기나 구우면서 강 건너 불구경을 하고 있다. 대체 무슨 생각을 하고 있는 건가? 대체 너 뭐냐?' 하고 다그쳤다. 가와고에는 '고기를 굽는 건 계획되어 있던 일이고, 지장이 없으니 예정대로 구웠을 뿐이며 고기를 굽는 정도는 개인의 자유다. 자기는 그 때문에 평소부터 최악의 경우를 생각하여 대비해 왔다. 지나친 염려일 수도 있는 대책을 세워왔다. 일상적으로 그 정도의 노력을 해온 결과 피해를 피할 수 있었으니 일상의 노력을 게을리한 녀석이 재수 없는 소리를 할 자격 따위 없다.' 그렇게 답했다. '그때는 물의 배출이 우선이었으니 인근 지역의 흙 쌓기를 도왔다면 좋지 않았겠는가.' 하는 이야기를 신카이가 또다시 꺼냈고 가와고에는 '베짱이는 꼭 나중에 딴소리를 하지! 예측 능력이 없는 베짱이가 웃기는 비난을 한대도 나는 아무 관계없다!' 하고 대답하자 신카이가 분통을 터뜨리며 주먹을 휘둘렀던 것이다.

대충의 사정을 들은 모리세는 순찰차를 뒤로하고 방으로 돌아갔다. 모든 것이 귀찮게 생각됐다. 그 누구와도 결부되고 싶지 않았고 절망스러웠다.

방으로 들어서자마자 살아 있는 것들의 기척이 느껴진다. 모리세는 안도했다. 바닥을 빈틈없이 살피고 아까 본 지렁이를 찾았다. 그러나 지렁이는 없었다. 어딘가 흙으로 들어가는 입구를 찾은 거겠지. 이 방은 이미 대지의 연속이다. 그렇게 생각하자 지렁이가 나뭇잎이나 썩은 음식물쓰레기 같은 유기물을 먹고 흙으로 만들어 배설하는 소리가 들려왔다. 그것은 흙 속 구석구석에서 중얼거림처럼 들려온다. 아니, 중얼거림이라는 자기완결적 이미지의 언어는 어울리지 않는다, 이것은 서로가 속삭이는 소리다, 언어의 교환에 의한 의사소통과는 다르지만, 이 소리로 서로의 존재를 확인하고 있는 것이다. 모리세는 그 소리에 휩싸여 이 방을 거쳐 땅속으로 이어지는 구멍에서 스며나오는 습한 공기를 섬세히 느끼며 잠 속으로 빠져들었다.

다음 날 눈을 떴을 때는 이미 출근 시간이 훨씬 지난 시간이었다. 자명종을 세팅하지 않았기 때문에 확신범이었다. 그대로 다시 한잠을 자고 눈을 뜬 것은 점심 전이었다. 화장실에 가니 바닥에 흩뿌려진 채 말라가는 작은 물방울에 개미가 줄을 짓고 있다. 내 오줌에 그렇게나 당분이 많았나, 하며 쓴웃음을 웃는다. 회사에 전화를 걸어 몸이 안 좋은 참에 자다 보니 이 시간이 되었노라고, 연락이 늦었다고 기시가와岸川에게 변명했다. 쯧쯧, 혀 차는 소리가 들리더니 잠시 틈을 두고 나서, 천천히 쉬어, 언제까지나 말이야, 하고 말했다. 모리세는 몸속의 에너지가 모두 피로물질로 변해 버릴 것 같았다.

기시가와는 모든 것을 피로로 바꾸는 사나이였다. 일에 대해서도 격려 직후에 발목 잡는 한마디를 덧붙이거나 한다. 지지난주에 거래처에서 직장으로 티켓 몇 장을 보냈기에 모두 같이 일본 대 코스타리카 축구 대표팀의 친선시합을 보러 갔을 때였다. 사무라이 블루 모자이크를 위해 본부석에서 블루 패널을 받았고, 신호와 함께 일제히 들어올리라는 지시가 있었다. 신호가 떨어지자 모리세와 동료들은 패널을 들었는데, 젊은 다키가미瀧上 앞에 앉아 있던 관객은 아무것도 하지 않았다. 다키가미는 그 중년 남자 관객을 재촉했다.

"처져 있지 말고 패널을 듭시다!"

모리세들은 모두 쓸데없는 소릴 한다고 생각했지만, 다키가미가 이런 일에 적극적이고 냉담한 사람에 대해 화를 내는 타입인 것도 알고 있었다.

"아니, 대표팀 응원하러 온 거잖아요. 그럼 그 기분, 전면에 내세워 보여주자고요. 기분을 내야 전해지죠. 선수도 열심히 싸우고 있으니 우리도 전력을 다해요."

하고 다키가미가 말했다.

"나는 나 나름대로 싸우고 있는 거야. 싸우는 방식에 대해 참견하지 마."

불쾌해진 관객이 얼굴을 찡그리며 대답했다.

"어떻게 싸우고 있다는 거죠? 좀 가르쳐 주세요. 난 모르겠는데요?"

다키가미는 더욱 목소리 톤을 높였다.

"여기 있는 게 싸우는 거야. 애송이는 모르겠지만 말이야."

중년 남자가 말하며 더 이상 상대하지 않겠다는 태도로 앞을 보았다. 다키가미도 화를 누르면서, 시합 전에 이 이상 화나게 하는 건 어른답지 않다고 느끼기라도 했는지 날을 거두었다. 그때였다.

"존재 자체를 그만두든가."

기시가와가 중얼거렸다. 한 박자 사이를 두고 중년 남자가 그 모습으로는 상상할 수 없을 정도로 민첩하게 일어나더니 뒤로 돌아서 기시가와의 멱살을 잡았다. 하지만 남자가 다음 동작을 하기 전에 두 사람은 제복을 입은 남자들에게 붙잡혀 꼼짝할 수 없었다. 그리고 두 사람 모두 연행되어 갔다. 모리세에게는 그 사람들이 경기장의 경비원으로 보이지 않았다.

"경찰?"

옆자리의 토비시마에게 물었다.

"아니, 아닌 거 같아. 밀리터리. 최근에는 테러 대책 때문에 큰 스포츠 행사가 있으면 군이 경비를 선대……."

토비시마가 대답했다.

시합이 끝나도록 두 사람은 돌아오지 못하고 모리세들은 기시가와 없이 술을 마시러 갔다. 화제는 필연적으로 기시가와에 대한 이야기였다. 기시가와는 이걸로 전과자가 될 것인가? 또는 기시가와의 성격이 비뚤어져 있는 것은 비정규직이기 때문이다. 그런 이야기였다. 그런 말을 들었을 때 모리세도 어쩐지 수궁이 갔던 것이다. 그 녀석이 비정규직에게 엄격한 것은 자신이 그들과 다르다는 것을 증명하고 싶기 때문이며, 그 비열함이 너무나도 비정규직 출신 그 자체라는 느낌이라는 것이다.

"뒤가 켕기는 녀석일수록 마이너스가 될 만한 흔적을 지우고 싶어 하는 법이지. 그런 주제에 언제나 비정규직 출신이라고 무시하나 싶어 신경 쓰는 느낌도 들고. 하지만 그거 맞지 않아? 실제로 무시당하니까. 무시당하니까 신경 쓰는 건지 신경 쓰니까 무시당하는 건지 모르겠지만서도. 아무튼 비정규직 출신의 좀스러움이라는 건 내면에서 솟아나오는 거니까 감출 방법이 없는 거지."

술자리에서는 깊이 동의하고 납득했던 모리세지만, 돌아와 혼자가 되니 자신의 독에 자신의 뇌가 잠식당해 가는 것 같았다. 그런 무서운 증상을 그렇게 간단히 믿어버리는 자신은 병든 것이라고 생각했다. 누군가를 멸시하거나 조롱하는 건 이제 질렸다. 술자리에 안 가면 모리세는 기시가와에 대해서도,

그 관객에 대해서도, 다키가미에 대해서도 아무것도 생각하지 않고 잊었을 것이다. 직장이라는 단위의 집단이 있기 때문에 항상 자기 집단을 지키는 일에만 신경을 쓰고, 그러다 보니 집단을 어지럽히는 다른 분자를 멋대로 만들어 공격하고 배제하는 것이다. 그 집단만 없으면 대립 따위 없을 것이고 혼자 미움받는 사람도 없을 것이다. 성격 나쁜 녀석이 있더라도 원래 그런 녀석이라 치고 교류하면 그만이다.

예전에는 그런 이야기를 나기사와 나눌 수가 있었다. 원래 같은 직장에 있었던 두 사람이 서로 공감한 것은 중요한 지점에서 흔들리지 않는 자세였다. 화려하게 자기주장을 하는 것도 아니면서 필요 없는 부분에서 고집을 부리지도 않고, 부드럽지만 양보할 수 없는 선은 확실히 지키는 태도.

하지만 모리세가 중견 사원이 되어감에 따라 어느 입장에서더라도 모순이 생기는 국면이 늘어나고 조금씩 계속해서 동료들이 양보하는 일이 되풀이되자 나기사는 경멸을 감추지 못했다. 자신의 모습이 유지될 수 없다는 것을 알고 나기사는 전력을 다해 전직함으로써 일관성을 유지했다. 그 후 가정 내의 주도권은 나기사에게로 넘어갔다.

모리세는 모든 일에 피로감을 느꼈다. 누군가를 경멸하는 감정이 일상의 기본이 되고 있다는 것이 견딜 수 없었다. 비굴한 인간을 싫어하는 사람 같아 보여도 누군가를 폄하하지 않고는 직성이 풀리지 않는 건 네 녀석이 아니냐! 그렇게 안 보이겠지만 나는 사람을 좋아한다. 그 기분을 솔직히 표현하고 사람에게 좀 더 애정을 주고 싶은데, 그렇게 하면 싫어들 한다. 멀어지고 싶어 한다. 모두 사랑받기 위해 누군가를 싫어하는 척한다. 비굴한 것은 어느 쪽인가? 누군가를 질타함으로써 소속집단에 대한 충성을 증명하지 않으면 안 된다. 찜찜함을 공유하는 것으로밖에는 동지의식을 가질 수 없다. 그렇게까지 해서라도 소속집단에 묶여 있고 싶은 것이다.

이제 충분하지 않은가, 하고 모리세는 생각한다. 이 방을 보라. 이제 진정한 현실이 드러났다. 속임수는 통하지 않는다. 나는 진실과 함께 산다.

바닥의 리놀륨 판을 일부 벗겨 본다. 득, 득, 하고 폭력적으로 집이 망가지는 소리가 들린다. 마루 밑의 실상을 보자 모리세의 입가에서 웃음이 새어 나온다. 본래 마루 밑에는 콘크리트 기초 부분 사이에 공간이 있었는데, 그곳이 흙으로 메워져 있다. 홍수로 흙이 흘러 들어간 것인지, 조금씩 쌓인 것인지 알 수 없다. 다만, 지구의 역습이 시작되고 있다는 것은 알 수 있었다. 흙이 집을 침식시키고 있는 것이다. 물이 지하에서 표면으로 본래의 모습을 드러내려는 듯 인공적으로 비워둔 공간을 다시 흙으로 채우려 한다.

아니, 이런 식으로 보는 것은 틀렸다. 흙은 집의 적이 아니다. 지구는 인간의 적이 아니다. 그것을 배제하고 시계 밖으로 쫓아내어 없는 것처럼 만든 그 시점에서 이상해진 것이다. 안 보인다 해도, 사실은 거기에 있다. 거기에 존재한다. 흙의 존재를 거기에 있는 그대로 받아들여 함께 사는 것에서부터 시작해야 한다.

모리세는 리놀륨 패널을 방의 3분의 1만큼 걷어냈다. 이렇게 해두면 흙이 점점 넘쳐 올라올 수 있다. 그 흙으로부터는 물이 흠뻑 배어나올 것이다. 모리세는 그 흙을 손으로 팠다. 지렁이는 없었지만, 작은 풍뎅이 유충이 나왔다.

저녁의 어스름이 내려와 방 안에 엷은 어둠이 덮인다. 모리세는 역 앞의 '도큐 스토어'에 가서 적어도 열흘분의 식량을 사고 배달을 부탁했다. 집에 돌아가면 '서미트 넷 수퍼'에 가입할 것이다.

밥통에 밥을 안치고, 카세트 컨트롤만으로 간단히 고기와 야채를 넣은 볶음밥을 만든다. 된장국은 인스턴트. 샤워를 하고 파자마를 입자 바닥에 텐트 매트를 깔고 침낭을 얹은 뒤 침낭으로 파고든다. 크게 숨을 들이쉰다. 흙이 젖어 곰팡이 냄새가 난다. 오물이 섞인 유기물 냄새도 난다. 그 냄새를 계속 맡고 있는 동안, 방의 한 면이 흙으로 덮이는 기분이 든다. 모리세는 지금 흙 위에서 자고 있는 것이다.

허리를 좌우로 움직여 본다. 침낭의 형태는 여왕개미의 배를 닮았을 거라고 생각한다. 침낭에서 팔과 목을 빼낸 모리세는 거대한 여왕개미다. 이 방을 돌아다니는 개미들은 이 배로 낳은 것이다. 좀 더 많이 영양을 섭취하고 개미를 계속 낳아야 하는 사명이 그에게는 있다. 모리세는 계속 먹고 방이 비좁을 정도로 팽창해 간다. 항문 대신 열린 산도로부터 이미 알에서 깨어난 유충들이, 이미 성충이 된 개미들이 펑펑 솟아나온다.

개미뿐 아니다. 풍뎅이 성충이나 지렁이, 민달팽이, 달팽이, 공벌레에 노래기, 삼백초, 질경이, 괭이밥, 개여뀌 같은 풀들까지 자라나 방 안 여기저기에 뿌리를 내린다. 모리세의 뱃속에서는 그 벌레들이 식물을 먹고 서로의 시체를 먹고, 똥을 배설하여, 풍부한 땅을 만들어갔다. 그 흙이 처음에는 부슬부슬했지만 결국 토석류가 되어 모리세의 엉덩이로 분출되었다. 방은 모리세가 낳은 흙으로 메워져 창을 깨고 문을 부수고 집 밖으로 넘쳐난다. 호응하듯이 배수관의 물이 맨홀 뚜껑을 차고 밖으로 튀어나온다. 물과 섞여 진흙은 흐름을 타고 다른 집의 반지하 방으로 밀고 들어간다. 반지하 방이나 차고가 메워지자, 이번에는 2층, 3층으로 쌓여 올라간다. 지붕까지 차면 창문으로 삐져나와 떨어진다. 흙이 차서 무게를 버틸 수 없게 된 집은 천천히 붕괴되어 간다.

눈을 뜬 것은 정오를 지나서였다. 한 번도 눈을 뜨지 않고 열다섯 시간 이상 잤다는 사실이 스스로도 놀랍다. 방이 흙으로 메워져 있지도 않을 뿐 아니라 침낭이 자기 배로 동화되어 있지도 않다. 그래도 모리세는 지면에 침식되는 방이 자신과 흙의 연장이라는 실감에 빠졌다. 그것이 착실히 진행되어 갈 것이라 생각하니 만족감으로 가슴이 부풀어 오른다.

결근 연락 같은 건 하지도 않고 브런치를 먹은 뒤 커튼만 열어놓은 채 방을 관찰했다. 방은 어젯밤보다 높이 부풀어 올라 있었고 리놀륨의 수평면을 넘었다. 거기에서 기어나온 벌레나 지렁이 몇 마리가 바닥을 기어다니고 있다. 씨앗을 심고 싶은 생각도 들었지만 그것은 아직 미래의 이야기라 생각하며 참는다.

침대를 구르며 적당히 책을 읽는다. 종이가 눅눅하게 습기를 머금고 있는 것을 페이지 넘길 때마다 느낀다. 읽으면서 머리는 다른 생각을 하기 시작한다.

이제부터 나는 책을 읽듯이 가족이나 회사의 동료나 이웃 사람들을 생각하는 거야, 하고 깨닫는다. 책 속의 인물들에게 일희일비 공감하고 반발하고 사랑하듯이 그들의 일을 이해하는 것이다. 생각하는 만큼 거리를 두지 말고 애정을 쏟자. 나는 누군가를 배제하지 않기 위해 어디에도 속하지 않는다. 누구와도 이해관계를 맺지 않는다. 여기서 어떤 인간과도 대등하게 존재한다. 이것이야말로 진정 박애의 길이다. 결국은 전 인류를 사랑하게 될 것이다. 아직 태어나지도 않은, 혹은 이미 죽은 이들까지 포함하여, 지상에 존재할 수 있는 모든 인간을 있는 그대로 전심전력을 다해 차별 없이, 똑같이 사랑하는 것은 그저 자신처럼 고독하게 견뎌내는 인간뿐. 특정한 자들과 무리를 이루기 위해 누군가를 버리는 것이 아니라 모두를 받아들이기 위해 혼자가 된다.

얼마나 인간적인가! 인간적인 나머지 인간의 경지를 넘어선 일인지도 모른다.

모리세는 그런 예감에 떨며 저절로 닭살이 돋는 걸 느낀다. 눈물까지 고였기 때문에 심호흡을 한다. 이번에는 폐가 떨린다. 나를 이제 내 안에 담아둘 수 없다고 느낀다. 해가 지자 배에서 목 근처가 간질간질하다. 진공상태와 같은 공복을 느꼈다. 불고기와 밥을 먹었지만, 배고픔은 누를 수 없다. 라면을 끓여 먹고 과자와 빵을 먹고, 새우깡을 펼치고, 오이를 베어 물고, 토마토를 빨고, 계란을 먹고, 드디어 안정되었다. 괴로워서 움직일 수가 없다. 모리세는 서둘러 침낭에 들어가 불을 끈다. 곧 의식까지 어둠 속으로 녹아들어 간다.

깨어 있을 때면 기아감에 쫓겨 계속 먹어대던 모리세는 머지않아 뚱뚱해졌다. 먹는 대로 세포에 축적되면서 몸 전체가 붓는 것을 실감한다. 생각지 않게 자신의 몸이 존재하고 있다는 데 대해 깜짝 놀랄 때도 가끔 있었다. 몸은 부드러움을 더하고 물을 담은 풍선처럼 흔들흔들 흔들린다. 모리세는 점점 움직이는 것이 부자유스러워져서 흙에 구멍을 파고 배설한다. 자신에게서 나온 것이라고는 생각할 수 없는 놀라운 양의 배설물에 의해 밀려난 흙은 점점 양이 늘어나 바닥 전체를 메우고 있었다. 흙은 마치 액체와 같았다. 표면이 솟아오르면서 침낭도, 바닥에 널린 먹을 것도, 모리세의 몸도 삼켜버린다. 모리세는 흙에 섞여 들어간 식량을 찾아 흙 속을 꿈틀꿈틀 기어나가서 식량을 찾아 먹고 먹으면서 배설한다. 그것은 배설이 아니라 항문 대신에 빈 산도로 흙을 낳는 것이었다. 물속에서는 중력이 약해지듯이, 땅속에서도 무게가 줄어, 모리세는 마치 헤엄치듯이 땅속을 돌아다닌다. 흙과 혼연일체가 된 영양물을 섭취하고 돌아다니면서 엉덩이로 흙을 뿌린다. 모리세는 자신이 낳은 흙 속을 헤엄치고 있는 것이다. 이미 모리세가 흙이었다. 아니, 흙이 모리세였다. 모리세는 윤곽을 잃어갔다. 방을 다 메운 흙이 그저 격렬하게 스스로를 섞으며 그 움직임의 압력으로 바닥을 지탱하던 기초 콘크리트마저 가르고, 모리세 자신인 흙은 집 아래 토양으로 새어나와 지구와 섞여갔다.

모리세는 커다란 해방감을 맛보았다. 인간다움에 넘쳐 너무나 인간적이어서, 결국 인간을 먹어버렸다. 그 후에도 멈출 줄 모르고, 흙인 모리세는 흙을 먹으며 흙을 낳고 살쪄갔다. 흙과의 경계는 이미 없어졌지만, 모리세는 둥글게 살쪄 있었다. 적색 거성처럼 비대하게 팽창되어 갔다. 지구의 모든 흙을 삼키고 암반을 삼키며, 그 아래 마그마와 맨틀을 삼킨다. 이윽고 금속 덩어리인 핵까지 삼키고 모리세는 지구 그 자체와 일체가 되었다. 모리세는 지구였다.

갈 수 있는 곳까지 가서 모리세는 드디어 안정을 찾았다. 온화한 경지에서 자신의 피부 위를 다니는 생물들을 사랑스럽게 바라본다. 벌레도 동물도 생선도 식물도 사람도 모두 모리세의 표피 위에서 삶을 영위하는 것들이었다. 군데군데 피부 위 어디선가 사람들은 서로를 죽인다. 죽은 이는 모리세의 표면을 덮은 흙으로 돌아와 다른 생명의 양분이 된다. 사람들은 달리거나 울거나 짝을 짓거나 날거나 외치거나 하고 있었다. 모두가 모리세에게는 사랑스럽게 느껴졌다. 눈에 넣어도 아프지 않다고 생각했다. 모리세는 깊이 숨을 들이마시고 크게 내뱉었다. 몸의 바닥에서 솟아나는 한없는 애정을 모든 생명과 살아 있는 것들에게 불어넣어 줄 생각이었다. 거친 바람이 불어

기압이 불안정해지고 호우가 되어 가는 곳마다 강이 범람하고, 때로는 집으로 물이 들어가 집 자체를 떠내려 보냈다. 배관이 넘쳐 맨홀 뚜껑을 튕겨내고 지표면에 강의 모습을 드러냈다. 물은 그 강가에서 우산을 쓰고 우뚝 선 남자의 발을 씻어주며 남자의 등 뒤, 입구가 경사진 반지하 방으로 밀고 들어갔다. 그 물은 모리세의 체액이었기 때문에 침수를 바라보는 모리세는 너무나 친근한 감정으로 넘쳐 있었다. 모리세는 나중에 그 물속에서 헤엄쳐 보아야겠다고 생각했다.

눈알 물고기

고로가 주변 시선에 아랑곳없이 울게 된 건, 세상 사람 모두가 하루 종일 울어대기 불과 몇 주 전의 일이었다. 직장의 젊은 친구 카피가 수해로 죽고, 마음 한쪽이 떨어져 나간 듯하던 장례식을 다녀와 그는 멍하니 오키미즈대학역 앞 광장 벤치에 앉아 있었다. 고로는 바로 앞 꽃집에 늘어선 핑크색 잔꽃이 가득 핀 화분과 눈이 마주쳤다. 그것은 '눈이 마주쳤다'고밖에 형용할 수 없는 사건이었다. 핑크색의 작은 초롱처럼 생긴 꽃잎 중앙에 검고 커다란 수술이 있었는데, 고로가 '꼭 눈동자같이 생겼네. 그것도 생선 눈. 물고기 떼 같아.' 하고 생각하자, 여러 개의 화분 중 하나가 고로를 쳐다본 것이다. 고로가 눈동자라고 생각했던 꽃들이 일제히 이쪽을 보고 있었다. 고로는 눈을 피할 수가 없었다. 벤치에서 일어나서 그 꽃을 향해 걸어갔다. 가지 한 면에 가득 피어난 눈 모양의 꽃들은 고로를 향해 눈알을 굴리는 듯이 보였다.

화분 옆에 쪼그리고 앉아 꽃 이름을 보았다. '에리카(히드)'라고 적혀 있었다.

"이 히드가 그 히드인가요?"

하고 고로는 점원에게 물었다. 아오이 후미요葵芙美世라는 명찰을 단 중년 여성은 부드럽게 웃으며 대답했다.

"그러게요. 그 히드입니다, 『폭풍의 언덕』에 나오는."

이 눈알 떼가 황량한 언덕 전면에 피어 있고 하늘은 잔뜩 찌푸린 날에 강풍이 그렇게 끊임없이 불었던 것일까 상상한다.

"지금은 에리카라고 하나요?"

점원은 웃으며 대답했다.

"살다 보면 여러 가지 일이 있지 않겠어요?"

고로는 에리카를 샀다.

다음 날 아침, 고로는 거실 서쪽 창 바깥에 둔 에리카에 물을 주려다가 에리카의 꽃잎이 모두 젖어 있다는 것을 알게 되었다.

"사쓰키! 어젯밤에 비가 왔어?"

고로는 출근 준비를 하는 사쓰키에게 물었다.

"아니."

일기예보에 밝은 사쓰키는 확신을 가지고 대답했다.

그럼 이건 꿀인가, 하고 고로는 혼잣말로 중얼거리다가 눈가를 닦듯이 초롱꽃 모양의 꽃잎 끝에 부풀어 있던 이슬을 털어내며 핥았다.

짰다. 진한 단맛을 기대했던 고로는 당황하여 에리카의 눈동자를 물끄러미 바라보았다.

설마, 우는 거야?

설마.

비도 꿀도 아니라고 생각하자, 뭐야, 새가 오줌 쌌나? 새 오줌은 똥이랑 섞여서 색이 있는데, 이렇게 투명한 크리스털처럼 방울질 리가 없어.

이렇게 저렇게 골똘히 생각한 끝에 '이것들은 정말 물고기고, 눈 주변에는 보이지 않은 눈이 붙어 있어서 밤이 되면 바다를 향해 헤엄치는 거야. 그리고 해가 뜨면 이 보금자리 나무에 돌아오는 거지. 그래서 바닷물이 방울져 남아 있는 거야.' 그리 생각하기로 했다. 사쓰키에게 말해 본들 그럴지도 모르지, 하고 적당히 흘려들을 게 뻔하니 말하지 않기로 했다. 고로가 시도 때도 없이 눈물을 흘리게 된 것은 그때부터다. 아침 식사 때 홍차를 마시기만 해도 눈물이 났다. 같은 아파트에 사는 사람과 인사를 나누어도 눈물이 났다. 신문을 읽으면 기사 하나하나마다 일일이 울게 돼서 지하철 안에선 읽을 수가 없었다. 냉장고가 멋대로 열린다고 훌쩍이고, 고베에서 혼자 대학에 다니는 아들 호크가 메일로 도쿄의 날씨를 맞춘 정도 가지고도 얼굴은 온통 눈물범벅이다. 구름 한 점 없는 하늘을 바라보면 5분 안에 눈물을 글썽이고, 흐린 하늘에 구름이 움직이는 것을 쫓다 보면 10분 안에 뺨이 젖었다. 까마귀가 울어도 고양이가 울어도 따라 울었고, 공벌레가 굴러도 무당벌레가 날아도 눈물이 났다. 퇴근이 늦어 아무도 없는 밤 구두 소리 내며 주택가를 걸어도 눈물이 솟았다.

눈물이 나는 이유는 모른다. 슬플 때도 있지만 기쁠 때도 있다. 외롭거나 즐겁거나 화가 나거나 지루하거나 그럴 때도 있다. 그렇다고 뭔가를 느껴서 그런 것도 아니다. 감정과도 의지와도 상관없이 기후의 일부인 양 눈물이 흐른다. 안구건조증일지도 모른다 싶어서 안약을 자주 넣는 습관이 생겼다. 우는 걸 안약으로 커버할 수 있으니까.

에리카는 계절을 가리지 않고 1년 내내 피어 있었다. 고로는 점점 더 에리카의 본질은 물고기라고 확신하게 되었다. 가지에 조개무늬 벌레가 앉았을 때는 이거야말로 매일처럼 바다로 가니까 조개껍데기를 달고 온다는 거지, 하고 이해했다.

에리카 꽃은 매일 아침 반드시 짭조름한 이슬을 머금고 있었다.

고로가 울기만 하고 있다는 걸 사쓰키가 알아챘을 때는 이미 세상 어디에나 우는 사람이 급증하고 있다는 신문기사가 보도된 다음이었다. 사쓰키는 고로의 마음이 약한 것을 걱정했고, 신경정신과에 가기를 권했다.

"우리 회사에도 그런 사람 많아서 알아. 너무 심각하게 생각하시 말고 가벼운 마음으로 진료를 받는 게 빨리 낫는 방법이고, 그게 약이야. 밤에도 못 자는 거 같던데."

사쓰키에게 그런 지적을 받고 고로는 놀랐다.

"그런 걸까? 잔다고 생각했는데."

"하지만 밤중에 일어나 거실에서 중얼중얼하잖아. 잠이 안 와서 술이라도 마시는구나 했지만. 당신이 말 안 하니까 나도 추궁하지 않는 게 낫지 싶어서 지금까지 가만 있었던 거야."

"나는 깨어 있다는 자각이 없었는데. 몽유병인가?"

"무호흡증후군일지도. 그것도 포함해서 의사한테 진료를 받아보는 게 좋아. 확실한 진단을 받으면 도움이 될 테니까. 마음의 문제란 스스로는 아무 문제가 없다고 생각할 때 증세가 나타나는 거야. 그러니까 우선은 자각하는 것이 중요해."

당신은 스스로가 모르는 당신인 거야, 하고 지적당한 기분이 들어서 고로야말로 사쓰키가 낯선 사람처럼 느껴졌다. 하지만 진심으로 걱정해 주는 것은 알고 있다. 여기서 내 병은 물고기 에리카가 밤바다를 헤엄치기 때문이라는 둥, 그런 말을 했다가는 사쓰키의 마음이 동요할지도 모른다.

틈 봐서 의사한테 다녀올게, 하고 적당히 말해 두었지만, 고로는 자신이 밤중에 일어나 움직인다는 것이 이상했다. 그것은 정말 나일까?

방범용 카메라는 시에서 보조금도 주므로, 사쓰키와 의논한 뒤 온 집 안에 감시 카메라를 설치했다. 외출해도 스마트폰으로 카메라를 움직여 실내를 체크할 수 있고 녹화된 영상은 클라우드를 통해 컴퓨터에 송신된다. 구체적인 몽유 행동이 확인된다면 의사가 정확한 진단을 내리기도 쉬워질 것이다.

'패러노멀 액티비티' 같은 일이 일어나는 거 아니야, 하는 생각 따위를 하면서 그 날 밤은 잠이 들었다.

　두 사람이 모두 쉬는 주말에, 녹화된 영상을 빨리 돌리기로 보았다.

　타임 카운터가 3시 43분을 가리킬 때, 침실 문이 열리며 거실에 나타난 것은 사쓰키였다. 화장실에 가나 보다 생각했지만 사쓰키는 소파에 앉아 또 잠을 자는지 한동안 움직이지 않았다.

　고로는 영상을 보고 있는 사쓰키를 보았다. 사쓰키는 두려워하고 있었다.

　"기억해?"

하고 물어도 움직이지 않는다. 눈도 모니터에서 떼지 못한다. 영상 속의 사쓰키가 또 소파에서 일어나 주방으로 가더니 싱크대 옆에 말려둔 식기를 컵 보드 위에 정리하기 시작했다. 정리가 끝나자 냉장고에 냄비째 넣어둔 먹다 남은 된장국을 꺼내 레인지에 올려 데우더니 냄비에 숟가락을 넣어 떠먹으려다 말고 얼굴을 감싸며 훌쩍이기 시작했다.

　"잘됐네, 자각했던 거 아닐까? 같이 의사한테 가자." 하고 고로가 말하자 고개를 끄덕이며 소리 높여 울었다. 고로는 울지 않았다. 참은 것도 아니고 그저 눈물이 나오지 않았다.

　"옆에서 자면서 어쩌면 저렇게 눈치를 못 챈 거야?"

　사쓰키는 목에서 울리는 낮은 소리로 원망했다.

　"그러게 말이야, 내가 생각해도 이상해."

　"이상한 정도야? 분명히 잠꼬대 같은 것도 했을 건데, 알아채지 못한 거잖아."

"사쓰키는 왜 그게 내 몽유병이라고 생각한 걸까?"

"박정한 인간."

"나 혼자만 깊이 자서 미안해. 자면서도 언제든 사쓰키의 변화에 민감했어야 했는데."

"내일부터 제대로 몽유해."

"그렇지, 그래야겠다."

고로는 확실히 좋은 아이디어라고 생각했다. 녹화한 화면 속에 얼핏얼핏 눈을 깜빡이는 듯한 물체가 여기저기 비쳤는데 에리카가 헤엄을 치고 있는 것이 아닌가 싶었다. 나도 사쓰키와 함께 일어나 된장국 같은 걸 후루룩거리며 그 순간을 확인했어야 했다.

다음 날 아침부터 사쓰키도 울게 됐다. 식탁에서 둘이 눈물을 줄줄 흘리고 코를 풀어가며 아침식사를 하고, 사쓰키로부터 오늘의 일기예보를 듣는 것이 일상 풍경이 되었다. 모두가 울고 있자니 빈번히 우는 일도 자연스러운 보통의 행위로 느껴졌다. 꽃가루 알레르기의 계절과 다름이 없구나, 하고 고로는 생각했다. 사실 이미 세 사람에 한 사람 꼴로 급성낙루증후군이 발병했고, 네 사람에 한 사람이라는 꽃가루 알레르기보다 많다는 발표가 있었다. 찔찔 우는 모습을 보이는 게 싫어서 선글라스와 마스크를 쓰는 사람도 늘었다. 거리에는 투명인간 같은 모습의 사람들이 줄줄이 걷고 있었다.

그날 밤, 고로는 심야 3시에 스마트폰의 진동에 깨어나서 사쓰키가 몽유하기 시작하는 것을 기다렸다. 30분 정도 지나자 사쓰키가 거실에 나타났다. 고로의 모습을 보자 반쯤 감은 졸린 눈으로 미소 지으며 말했다.

"어머, 벌써 준비된 거야? 좀 기다리라기에 계속 기다렸더니."

"미안, 미안."

고로는 사과했다.

소파에 나란히 앉자, 사쓰키는 "기분 좋아!" 하더니 바로 잠들었다. 사쓰키의 머리를 쓰다듬다가 고로도 꾸벅꾸벅 졸았다. 졸려서 또 사쓰키 혼자 몽유하게 두면 안 된다는 생각에 필사적으로 깨려고 했다. 그래도 눈꺼풀이 무거워졌다. 얼굴 전체의 근육을 써서 눈을 열었다. 눈앞에서 에리카 눈알 두 개가 공중을 헤엄치며 이쪽을 보고 있다. 고로는 눈을 번쩍 뜨고 그 눈을 응시했다. 그러자 눈알은 몸을 펄럭이며 고로는 따를 수 없는 스피드로 에리카 가지로 돌아갔다. 고로는 일어서서 에리카를 확인했다. 어느 눈인지 알 수 없었다. 몇 개인가의 꽃을 손가락으로 톡톡 찔러 보기도 했지만 헤엄칠 기미는 없었다.

소파로 돌아왔다. 사쓰키의 온기를 느끼고 있자니, 정수리에서 무겁고도 기분 좋은 오로라 같은 것이 나타나 일렁거렸다. 사쓰키도 방 안을 흘러 다니기 시작했다. 자신의 몸 사각지대에 에리카의 눈들이 다가와 피부를 쪼아 먹는 것을 느꼈다. 1초 정도 눈 깜빡할 사이에 평생 치의 대화를, 침묵한 채로 사쓰키와 나눈 듯이 느꼈다. 몇십 년이나 여기에서 헤엄치고 있었던 듯한 기분이 들었다. 용궁이란 게 이런 기분일까?

어느새 아침이 되고, 두 사람 모두 침대에서 눈을 떴다. 놀랍게도 거실의 테이블 위에는 빈 맥주 캔이 두 개 놓여 있었다. 나중에 녹화를 확인해 보니 분명히 두 사람은 맥주를 마셨다. 음성은 녹음되지 않기 때문에 확실한 것은 알 수 없지만, 듬성듬성 대화를 나누는 것 같았다.

고로는 자기 자신이 아닌 무언가가 되어가는 건지도 모른다고 생각했다. 하지만 불쾌하지는 않았다. 함께 녹화를 체크하고 나서 사쓰키는 눈물을 훔치며 "저 두 사람, 즐거워 보이네." 하고 말했다. 고로는 고개를 끄덕이고 "그러게 놔두자." 하고 대답했다. 사쓰키도 끄덕였다.

아들 호크가 예정을 바꾸어 내년 봄에 군대를 간다고 전화를 한 것은 그해 겨울 첫눈이 내리던 날이었다.

"무슨 바람이 분 거야?"

고로의 어조에 비아냥이 섞였다. 고로는 직장의 젊은 동료 카피에게 감화를 받아서, 호크가 고등학교를 졸업하기 전부터 스무 살이 되면 곧장 군대에 가라고 말했었다.

군에서 가정을 꾸린 카피는 '극한 상황 속에서 한솥밥을 먹은 사이'가 얼마나 깊은 신뢰를 주는지, 서로의 나쁜 점도 다 알기에 결혼생활의 실패 확률이 얼마나 적은지, 고로의 가족에게 깨달음을 얻은 듯 차분한 어조로 말했다.

"빨리 아기를 낳으면 부부가 모두 병역 기간이 짧아지고, 취직도 유리해져. 좋은 일뿐이잖아."

고로가 그렇게 권했지만 호크는 여직 "난, 가족 필요 없어."
하고 우겼다.

"취직 활동이라도 제대로 안 하는 이상, 내년에 대학 졸업하
면 군대 가는 거지?"
하고 못을 박아도 필요 없다며 완고하게 굴었다. 그런 녀석이
갑자기 스스로 말을 꺼낸 것이다.

"그러니까 나도 낙루증후군에 걸렸어요. 군대에 가면 낫는
다고 하니까."

호크는 훌쩍이며 떨리는 목소리로 말했다.

"누가 그런 소리를 해?"

"군대 다녀온 애들이 다들 그래요."

"낙루증후군은 치료할 필요 없잖아. 나도 네 엄마도 낙루증
후군이지만 매일 즐겁게 지내고 있어."

호크의 코에서 흥, 하고 무시하는 듯한 숨소리가 흘러나왔다.

"난 우울해서 싫어요. 이미 정했어요."

"뭐, 상관없지만 말이야. 너무 가볍게 가는 거 같아서 그래.
인간성이 전부 드러나고 판단되고 그러니까 말이야. 인생을
거는 마음으로 전력을 다해서 임해야지."

"또 카피 아저씨 얘기잖아. 얘기 안 해도 알아요. 나도 카피
아저씨한테 직접 들었으니까."

고로는 입을 다물어버렸다. 카피가 죽은 사실을 호크에게는
알리지 않았다.

"카피처럼 좋은 반려자 찾아서 빨리 애기 만들어라……."

눈알 물고기　　　　　　　　　　　　　　　　189

드디어 말을 섞기 시작하자 호크는 갑자기 끓어올랐다.

"그런 소리 마세요. 그 말 지금 카피 아저씨가 있는 앞에서도 나한테 할 수 있어요?"

"그렇게야 말 못하겠지만, 카피는 너의 모델이잖아. 카피 아저씨처럼 다른 사람의 마음을 아는 인간이 되고 싶은 거 아냐?"

"카피 아저씨 기분 같은 건 알지도 못하면서, 뻔뻔하게."

"아버지한테 그게 무슨 말버릇이야?"

고로는 호크가 울부짖는 이유를 알 수 없었다.

"아버지가 바닷물 넘쳤을 때 인정머리 없는 얘기를 했잖아!"

1년 반쯤 전에 고로는 해변이 가라앉는 중계 영상을 텔레비전으로 보면서 '도망쳐! 도망쳐…….' 하고 빌었다. 그 기분과 영상은 바로 한 시간 전에 일어난 일처럼 선명하게 기억하고 있다. 그러자 호크는 "간사하네요. 속 편하게 잊어버리고 도망쳤으면서." 하고 분노를 억누르듯 소침함을 감추듯 기운 없는 목소리로 말했다. 그리고 이렇게 덧붙였다.

"'너무 많아진 인구를 지구가 조절하기 시작한 건지도 모른다는 얘기야, 그러니까 희생된 사람에게 감사해야 하고, 우리가 바닷가에 사는 것도 일종의 배려지. 그때가 오면 희생될 각오도 해둬야겠지.' 나는 아버지의 그 말을 듣고 내 귀를 의심했어요. 잘도 그런 잔혹한 얘기를 아무렇지 않게 한다고 화를 냈더니, 아버지는 이제 어째 볼 수가 없다고 외치며 갑자기 집을 나갔죠? 정말 기억 안 나요?"

고로는 여기도 위험하니 이사를 가자고 말하는 사쓰키와 말싸움했던 걸 기억했다. 분명히 그 말싸움 가운데 튀어나온 말일 것이다.

"그러니까 그렇게 깊이 생각하고 한 말이 아니야. 나도 무력감으로, 절망적이어서 그런 거지."

"아니죠. 아버지가 왜 잊었는지 그것조차 아버지는 잊었어요. 그도 그렇죠, 너무 재수 없으니까요."

"왜 잊었다고 하는 거지?"

"바로 그다음에, 카피 아저씨의 가족이 바다에 휩쓸렸다는 소식이 있었기 때문이죠! 그래서 그런 말을 했던 자신이 견딜 수 없어서 잊어버린 거겠죠. 그렇지 않으면 카피 아저씨를 대할 면목이 없었던 거겠지."

바다가 넘쳤을 때, 카피는 가족과 함께 도망치던 중, 혼자 파도에 쓸려 들어갔다. 정신을 차리고 보니 흠뻑 젖은 채 온몸이 상처투성이였고 산비탈에 달라붙어 있었다. 물이 빠졌지만 가족들은 어디에도 없었다. 자신의 일가족은 사실 바다의 포유류였는데 자기만 잘못해서 육지에 남겨진 것 같은 기분이었다. 카피바라(현생 설치류 중 가장 크다는 동물-옮긴이)를 닮아서 카피라 불렀지만 본인은 스스로 돌고래라 생각했고, 가족 단위로 서핑을 했다. 그러니 바다가 삼켜도 무섭지 않았다. 오히려 바다로 돌아가야 한다고 생각했다. 하지만 가족과 길이 엇갈려선 안 되니 뭍에서 기다리는 동안은 기다릴 수밖에 없으므로 걱정 말라고, 고로에게 말했었다.

호크는 계속했다.

"'어째서 내가 아니고 카피였을까, 뭐가 달랐던 걸까?' 아버지는 분명히 그렇게 말했죠? 나랑 엄마는 차이 같은 거 없다고 말해도, 우연이라는 이유로 이렇게 운명이 갈리는 건 받아들일 수 없다고 우겼어요. 다음은 아버지 순서라고 생각해서 계속 거기 살고 있는 거잖아요. 어머니가 싫은 소리를 하면, 정말로 그렇게 생각해야만 마음이 편해진다고 했죠. 어떻게 된 거 아니에요? 자신의 죄를 씻으려고 나랑 엄마를 끌어들인 거예요!"

"카피는 이윽고 바다로 돌아간 거야."

호크는 에효, 하고 숨을 내쉬고는 그대로 입을 다물어버렸다.

"호크가 말하는 것처럼, 나는 자책감으로 뭔가 잊은 거야. 짐작이 가고도 남아."

이제 자신은 자신이 아닌 것이다. 그것은 아주 잘 알고 있다. 카피와 나기, 모와 구라게 일가족은 한 몸이 되어 온몸에 많은 눈이 있는, 고로가 알지 못하는 바다생물로 변신하여 줄곧 지켜보고 있었다. 고로 주변을 헤엄치면서 눈으로 말을 걸고 있다. 하지만 들리지 않는다.

호크가 무슨 말인가 했다. "뭐라고?" 하고 되물었는데 호크의 목소리는 물에 잠긴 듯 꾸룩거려 알아들을 수가 없었다. 호크는 큰 목소리로 외쳤지만 고로에게는 그냥 소리로만 들리고 의미를 파악할 수 없었다. 고로는 "또 전화할게." 하고는 일방적으로 전화를 끊었다. 자신의 그 목소리가 두개골에 기묘하게 울렸다. 마치, 자신이 자신의 머릿속에 있는 동굴에 갇힌 것 같은 기분이었다.

귀가한 사쓰키에게 호크와 통화한 내용을 전하려다, 고로는 아직 귀가 이상하다는 것을 깨달았다. 손으로 귀를 감싸고 떠드는 것처럼 자기 목소리가 이상하도록 크게 울렸고, 사쓰키의 목소리는 웅얼웅얼해서 들을 수가 없었다. 귀에 물이 들어온 것 같은 느낌이었다. 머리를 기울여 한쪽 발로 콩콩 뛰어봤지만, 물이 들어간 것은 아니어서 꽉 막힌 느낌을 털어버릴 수 없었다.

"그거, 돌발성 난청 아니야?"

사쓰키가 종이에 써서 보여주었다.

다음 날 이비인후과에서 돌발성 난청이라는 진단을 받았다.

"너무 많이 울고 코를 풀어서 귀가 이상해진 걸까요?" 하고 물었지만, "계기가 될 수는 있어도 근본적인 원인은 아니에요." 라는 대답을 들었다. 원인을 알 수 없는 병인지만, 스트레스 탓이겠죠. 다나카 의원의 의사 선생님은 이런 거에 익숙하다는 듯 큰 목소리로 이야기를 했기 때문에 알아들을 수 있었다.

평생 청각을 잃고 싶지 않다면 내일부터 일절 일하지 말고 사람도 만나지 말고, 귀마개를 하고 집에서 쉬라는 처방을 받고, 프레드닌, 아데호스, 메치코발이라는 약을 받았다. 스테로이드제와 혈류를 좋게 하는 약이라고 했다.

들리지 않는 주제에 야외에서 공사하는 소리, 높은 금속음, 비행기 소리 등은 귀청을 빠져나가가며 고막을 찌르고 뇌를 파괴하려고 한다.

화이트 노이즈 같은 이명도 시작되었다. '삐―' 하는 가느다란 소리가 통주저음basso continuo처럼 끊임없이 울리는데, 점점 신음하듯 변해갔다. 리듬을 타며 커졌다 다시 작아졌다. 바다 우는 소리네, 하고 고로는 납득했다. 밀려왔다 밀려가는 파도 소리가 들리는 것이다. 어쩌면 내 귓속에 바다가 있는 것일까?

막혀버린 귓속에서는 희미한 맥박도 느껴진다. 들리는 것이 아니라 두근두근 뛰는 것이 촉각으로 인지된다. 귀의 혈관인지 뇌의 혈관인지, 아니면 심장이 울리는 것일까?

바다 우는 소리 같은 이명은 그 맥박과 리듬이 맞아떨어졌다. 맥박에 맞춰 소리가 가까워졌다 멀어졌다 하는 것이다.

고로는 자기 집 거실에 있어도 바다에 있는 기분이었다. 연안 지구에 있는 집 베란다에서는 다른 집에 가려져 파도치는 풍경이 보이지 않지만, 그 보이지 않는 벼랑가의 파도와 자신의 맥박이 싱크로되는지도 모른다. 아니면 여기는 이미 바닷속일까?

어디에 있는 것인지 애매한 느낌인 채로 낮 시간에 누워 선잠을 잔 탓에 밤중에는 눈이 말똥말똥해져 버렸다. 거실에서 전자책으로 만화를 보고 있는데 사쓰키가 꿈꾸는 채 걸어 나왔다. 예의 반쯤 뜬 눈으로 반갑다는 듯 고로를 보더니, "역시 사마귀 탓이었어." 하고는 고개를 끄덕였다. 작은 목소리였지만, 평소처럼 들렸다. 일부러 "그래? 나는 귀뚜라미 탓인가 했어." 하고 대답해 보았다. 내 목소리는 변함없이 두개골 속에서 울린다.

"하지만 새가 이야기하고 있는 거잖아."

사쓰키는 소파에 몸을 기대며 말했다.

고로는 사쓰키 옆에 앉았다. 사쓰키는 몸을 기댔다. 고로도 그 무게를 받아들이며 함께 소파에 누웠다. 고로의 양쪽 귀는 사쓰키의 두 팔과 소파 가죽으로 완전히 봉쇄되었다.

"무슨 새 얘기?"

하고 고로가 계속한다.

"원숭이."

"새라며?"

"그래서 말이야, 낙타는 자연히 녹아들어 갔잖아. 김이 올라왔어."

사쓰키가 말하는 것은 명료하게 들렸다. 목소리가 들리는 것은 아니었다. 사쓰키의 말은 사쓰키의 눈을 통해 들려오는 것이었다.

시험 삼아 눈을 감아본다. 사쓰키는 아직 뭔가 이야기를 하고 있지만, 말은 들리지 않았다. 다시 눈을 뜬다. 사쓰키의 눈에서 나온 이야기가 고로의 눈으로 건너 들어온다. 금방 사쓰키의 눈도 그 안에 섞여 잠시 분간이 안 되었는데, 사쓰키의 말은 구분이 되었다.

에리카의 눈들이 고로를 보고 있다. 고로가 미소 짓자 눈들은 수런거리며 우왕좌왕하다가 일제히 고로 앞으로 헤엄쳐 온다.

눈들은 소란스러웠다. 일제히 이야기를 해대기 때문에 사쓰키의 말 외에는 모두 읽을 수가 없었다. 의미는 끊임없이 고로의 눈으로 쏟아져 들어온다. 너무나 진하게 고인 그 의미 덩어리를 고로는 평소 사용하는 말로 바꿀 수가 없다. 전신으로 느낄 뿐이다.

그것은 파도였다. 소파에 누우면서 자신도 파도에 씻겨 사쓰키와 마찬가지로 에리카 눈의 일부가 되어 사쓰키들과 함께 쓸려가서 바다를 떠다니는 것이었다.

침실의 하얀 리넨 시트 위에서 눈을 떴을 때, 평소와 다른 점이라면 아침의 투명한 빛 속에 에리카의 눈이 두세 개 떠서 흔들흔들 표류하고 있다는 것이다. 고로가 보고 있다는 것을 깨닫자 그들은 육안으로는 따라잡을 수 없는 스피드로 도망쳤다.

깨어 있는 동안 내내 그랬다. 에리카의 눈이 시계의 끝, 사각지대 아슬아슬한 부분까지 얼쩡거리고 있다. 똑바로 보려고 하면 순식간에 사라지는데 정신을 차리고 보면 반드시 옆에 있다. 분명히 지금까지도 있었던 것이 고로의 눈에 보이게 된 것이리라.

이미 사쓰키는 출근한 뒤라 한가로웠다. 텔레비전을 켰지만, 뉴스쇼 소리는 띄엄띄엄 들릴 뿐 의미가 되지 못했다. 벌레가 먹어버린 문자를 읽고 싶은 기분이었다. 음량을 아무리 올려도 마찬가지였다. 눈을 보면 의미를 알 수 있을 것 같아 말하는 사람의 눈을 응시하지만, 그것이 설령 카메라의 시선이라 할지라도 고로에겐 아무것도 전해져 오지 않는다. 직접 보지 않으면 안 되는 건가?

텔레비전을 끄는 순간, 화면 상부에 '세이칸터널青函トンネル(아오모리와 홋카이도를 연결하는 해저터널-옮긴이)에서 폭탄

테러. 훈련 중이던 병사 26명 사망'이라는 자막이 순식간에 흘렀다. 하지만 고로의 눈에는 그것이 그저 낙서 같은 선처럼 보일 뿐이어서 한자인지 히라가나인지 가타카나인지 판별할 수 없었다. 호크가 입대한 곳은 서쪽이니 상관없겠지 생각하고는 금방 잊어버렸다.

성가실 정도로 에리카의 눈길이 고로의 얼굴에 들러붙어 있었다. 숫자도 늘어났다. 정면으로 보이지 않도록 절묘하게 헤엄치고 있지만 얼굴 주변에서 멀어지는 법은 없다. 고로는 저도 모르게 손을 뻗어 잡으려고 했지만 물론 불가능했다.

벨이 울리자 인터폰으로 대답한다. 상대가 무슨 말을 하고 있는지 전혀 알 수 없다. 무작정 문을 열었다. 택배를 받아 둔다. 사쓰키가 통신판매로 주문한 화장품이었다. 택배원은 고로의 얼굴을 보고도 특별히 이상한 표정을 짓지는 않았다. 최근까지 고로의 눈이 그랬던 것처럼 택배원의 눈에 에리카의 눈이 들어가지는 않은 것이다.

이비인후과에 갔지만, 이번에는 목소리 큰 선생님의 소리가 들리지 않았다. 어쩔 수 없이 필담으로 이야기를 나누었다. 하지만 쓰여진 문자를 보아도 고로는 의미를 알 수 없었다. 겨우겨우 '병원'이라고 쓴 문자 정도를 이해할 수 있었다. 제일 큰 병원에 소개장을 써주는 것이겠지. 선생님도 눈물 때문에 세속해서 안약을 넣고 있었다.

숫자도 머리에 들어오지 않고 계산도 힘들었다. 적당히 돈을 내고 거스름을 받았다. 약국에는 들르지 않았다.

귀가한 사쓰키에게 의사가 써준 소개장을 보여주었더니 필담용 메모지에 사쓰키가 뭔가 적었다. 이때 고로는 확실히 목격했다. 에리카의 눈알 물고기가 몇 마리 스윽 다가오더니 그 문자를 먹어버리는 것이었다. 그리고 의미 없는 선의 잔해로 바꾸어버렸다.

지금 거, 봤어? 하고 묻고 싶어서 고로는 눈을 크게 뜨고 사쓰키를 보았다. 사쓰키에게는 보이지 않았던 모양인지 무표정한 채다. 그 눈물투성이 눈을 들여다보아도 몽유병 환자처럼 의사 표현이 전해지지 않는다. 서로 눈앞에서 꼭두각시놀이를 하고 있는 것 같다.

사쓰키는 손짓 발짓을 해가며 설명한다. 아무래도 사쓰키도 돌발성 난청이 된 듯하다. 사쓰키에게 들리는지 어떤지 모르지만, 고로는 "훈련 중이던 군인들이 테러를 당해서 죽었대." 하고 말해 보았다. 그러자 에리카의 눈알 물고기들이 또 다가와서 그 말을 먹어버렸다. 고로는 다시 한 번 말했지만 말이 나오지 않는다. 말이 나오기는커녕 무슨 말을 하려고 했는지도 머리에서 사라졌다. 사쓰키는 무표정한 채 눈물을 흘리며 이쪽을 본다.

저녁 먹을 때는 침묵하고 눈도 마주치지 않았다. 고로는 텔레비전을 버리려고 생각했다. 밥을 먹고 난 뒤에 사쓰키는 SNS를 체크하고 뭔가 혼잣말로 중얼거렸다. 에리카의 눈알 물고기들에게는 근사한 먹이였다. 눈알 물고기들은 계속 사쓰키의 입 주변에 무리 지어 다니며 입에서 흘러나오는 말이라는 말을 모조리 먹어치운다. 결국 사쓰키는 중얼거리던 말을 모조리 잃었다. 입을 다물었다.

고로는 답답한 마음에 집을 나와 역 근처를 얼쩡거렸다. 차와 전철 다니는 소리만 들려온다. 슈퍼에 들어가도 음악이 틀어져 있을 뿐 목소리 방송은 없다. 그리고 사람이 있는 곳엔 반드시 에리카의 눈알 물고기가 무리를 지어 언어를 쪼아 먹고 있는 것이다.

선술집에도 들어가 보았다. 피아니스트가 연주하기 직전의 콘서트홀인가 생각할 정도로 조용했다. 점원은 멍하니 우뚝 서 있고, 손님은 아무 말 없이 맥주를 마시거나 요리를 먹고 있을 뿐이었다. 손님보다 눈알 물고기가 더 많았다.

고로는 소리 없이 웃었다. 눈으로만 웃는다. 역시, 여기는 이미 바닷속이구나.

안도하여 집으로 돌아와 문을 여는 순간, 소란스러울 정도의 수다가 고로를 압도했다. 놀라서 눈을 크게 뜨니 에리카의 눈들이 엄청나게 떠들고 있다. 사쓰키의 모습은 보이지 않았지만 사쓰키의 눈이 어딘가에서 다른 에리카의 눈과 이야기를 하느라 정신없다는 것은 눈 끝에서 지각할 수 있었다.

그 상대는 카피였다. 카피의 말이 고로의 눈에 들어온다. 감개무량하도록 풍부한 감정이 고로의 눈에서 쏟아졌다. 곧바로 그것을 받아든 카피의 눈이 반응했다. 따라오는 것은 호크의 눈이다. 뭐야, 호크도 있었어? 지금까지 사용했던 언어가 아닌, 뭐라 부를지 알 수 없는 존재 방식으로 응축되고 농밀해진 의미의 덩어리가, 눈뿐인 전신을 통해 교환된다. 순간 각각의 인생 전체가 공유된다.

이런 좁은 곳에 있지 말고 좀 더 넓은 곳으로 나가자 하는 기분이 고조된다. 그곳에 고로와 함께 있던 에리카의 눈 전신이 고양된다.

이미 신체를 가지지 않은 바다생물, 눈이 된 고로와 사쓰키와 카피와 그 가족과 호크, 만난 적도 없었던 호크의 남자친구, 몇 년이나 전에 암으로 죽은 고로의 삼촌, 사쓰키의 할아버지 할머니, 그 밖에 고로의 인생에 관계했던 모든 사람이, 아니 고로만이 아니라 모든 사람들의 인생에 관계했던 사람들, 탄생 이후의 인류 모두가, 눈의 형태를 한 바다생물이 되어 그 하나하나가 개체인지, 점균처럼 개個도 전체도 아닌 것인지 알 수 없는 애매한 상태로 집을 나와 바다에 흩어지며 지구의 구석구석까지 펴져나간다.

이미 인간은 없다.

쿠엘보

알록달록한 비니를 쓴 멋진 청년의 손에 그 하얀 소형견이 끌려가고 있었다. 토요일 이른 아침의 산책로에는 마라톤을 하는 사람들이 하얀 입김을 내뿜으며 스쳐간다. 부드러운 털을 가진 테리어 종의 그 개는 나이가 들었는지 비칠비칠 걷는다. 산책로에 있는 나무마다 밑동에 코를 대고 한 그루 한 그루 꼼꼼히 냄새를 맡느라 좀처럼 앞으로 나아가지 못한다. 줄을 쥔 청년은 스마트폰을 만지작거리며 천천히 따라간다.

내 쪽으로 10미터 정도 앞에 왔을 때 하얀 개가 멈추어 몸을 웅크렸다. 뒷다리를 앞다리에 붙이고 엉덩이를 내리더니 떨기 시작한다. 마침 내 쪽으로 엉덩이를 돌리고 있었기 때문에 똥이 고개 내미는 걸 보고 말았다.

스마트폰을 보고 있던 청년은 개의 배변에 대처가 늦어지자, '아아!' 하고 뭔가 중얼거리더니 손에 든 작은 백을 뒤져 엉덩이 밑에 까는 티슈를 꺼내려고 했다. 그 순간 무심코 줄을 놓치고 말았다. 늘었다 줄었다 하는 개 끈은 스르륵 말려버려 개의 목걸이를 향해 짧아져 간다. 그리고 무방비한 항문을 찰싹 때리고 말았다.

가장 중요한 볼일을 치르려던 하얀 개로서는 놀랄 수밖에 없다. 부르르 몸을 떨더니 서둘러 일어나 등 뒤를 본다. 중간까지 나오다 만 똥이 반쯤 잘려 떨어지고 나머지는 쏙 들어가 버리는 순간을, 나는 보았다. 하얀 개는 유감스럽다는 표정으로 청년을 올려다보며 안절부절 발을 내딛고 있다.

"미안, 정말 미안."

청년은 개에게 사과하면서 떨어진 똥을 티슈로 줍고, 놓쳤던 줄을 잡으며 되풀이해서 말한다.

"내가 나빴어. 미안해, 용서해 줘!"

소리 죽여 웃자니 괴롭고, 웃고 있는 모습을 보이자니 개한테 미안해서 나는 딴 데를 보았다. 시선이 닿은 곳은 단독주택 2층의 창이었다. 창가에 밀크티 빛깔의 고양이가 앉았다가 유리창에 얼굴을 착 붙였다. 코끝의 유리가 날숨으로 둥글게 흐려졌다. 이 고양이도 지금 그 개의 똥 싸기 중단극을 시청하고 있었나 생각하니 또 웃음이 나오는 바람에 나는 돌아서서 땅을 보고 숨죽여 웃었다. 그런 내 옆을 청년과 하얀 개가 지나간다. 곁눈으로 보니 청년은 또 스마트폰에 정신을 뺏겼다.

그 개는 이 산책이 끝나기 전에 똥을 다 눌 수 있을까? 나이 들고 대사가 원활치 않은 탓인지 근년 들어 변비도 잘 걸리고 때때로 잔변감 때문에 괴로움도 겪는다. 나는 하얀 개의 답답한 직장이 마음에 걸려 견딜 수가 없었다.

웃음이 잦아든 얼굴을 들고 보니, 산책길을 따라 난 좁은 길에 푸크시아 색깔의 조깅복을 입은 젊은 여자가 웅크리고 있다. 마음이 쓰여 다가갔더니, 참새가 땅바닥을 기고 있다.

"발을 다쳤나 보네요."

다가서는 나를 올려다보며 여자가 말했다. 나도 쭈그리고 앉는다. 참새는 발끝이 이상한 모양으로 굽어져, 제대로 걸을 수가 없는 것이다. 그런데도 사람에게서 도망치려 기고 있다.

"못 나는가 보네요."

"쉴 수가 없어서 계속 날다가 힘이 빠진 게 분명해요. 여기서 지쳐 쓰러진 거예요."

"어딘가 안전한 곳으로 옮겨주는 게 나을까요?"

"저게 신경이 쓰여서요."

여자는 비스듬히 올려다보았다. 이파리가 없는 벚나무 가지에 까마귀가 한 마리 앉아서 이쪽을 보고 있다. 머리털이 곤두서 있는 것을 보니 큰부리까마귀다.

"계속 저러고 있어요. 이 아이를 노리는 것 같아서."

"제가 쫓아 볼까요?"

나는 그렇게 말하고 일어서서, 벚나무에 다가가 ㅏ무 기둥을 두들기며 흔들었다. 까마귀는 움직이지 않는다. 작은 돌멩이를 주워 까마귀를 향해 던져 본다.

"저기, 그렇게까지는 안 하셔도⋯⋯."

쿠엘보

여자는 말하고 주변을 둘러보았다. 산책로에 있는 공원에서 아이 둘이 이쪽을 보고 있다.

"저, 이 녀석을 데리고 가서 수의사에게 진찰받게 해야겠어요."

여자가 축 늘어져 움직이지 않는 참새를 두 손으로 폭 감싸 안았다. 참새는 더 이상 도망치지 않고 순순히 손안에 들어갔다. 여자는 그렇게 잰걸음으로 그 자리를 떠났다.

나는 까마귀를 보았다. 까마귀는 여자를 쫓는 것이 아니라 그냥 응시하고 있다. 고양이가 있던 창을 확인했지만 고양이는 이미 없었다.

공원의 공중화장실에 들어갔다. 문 안쪽에는 '음식 금지!'라고 쓴 종이가 붙어 있었다. 누가 공원의 공중화장실에서 음식을 먹는다는 것일까? 설령 먹는다 한들 누구한테 불이익이라도 된다는 말인가?

볼일을 본 뒤, 나는 산책을 계속했다. 언제나처럼 산책로 끝까지 가는 코스를 밟았다.

가지를 흔드는 큰 소리가 내 바로 앞의 느티나무에서 울리는 바람에 나는 놀라고 만다. 눈을 휘둥그레 뜨고 보니 까마귀가 앉아 있다.

감시당하고 있다, 고 직감했다. 우연히 다른 까마귀가 앉은 게 아니야, 아까 그 까마귀가 나를 따라오고 있는 거야, 하고 생각했다. 실제로 그 까마귀는 나와 동행하여 결국은 내가 집으로 들어갈 때까지 지켜보는 것이었다.

아야코와 둘이서 아침 식사를 마치고 거실 소파에서 신문을 읽고 있을 때였다. 누군가 소리 없이 나를 부르는 느낌이 들어서 베란다로 시선을 돌렸다.

3층에 있는 우리 집 베란다는 마침 전봇대와 높이가 같았다. 그 전봇대 머리에 까마귀가 앉아 이쪽을 바라보고 있었다.

전신주 뒤쪽으로는 송전용 철탑이 있어서, 이따금 철탑 꼭대기에 앉은 까마귀 두 마리가 곁눈질로 주변을 노려보는 걸 목격한 적이 있었다. 그 주변을 영역으로 삼고 있는 것이리라.

이 까마귀와 아까까지 나를 쫓던 까마귀가 같은 녀석인지 어떤지는 나도 분간이 안 된다. 하지만 이렇게까지 까마귀에게 감시를 당하는 것은 우연이 아닐 거라는 생각이 들었다. 나는 같은 까마귀에게 밀착 감시당하고 있는 것이라고 생각하기로 했다.

낯익은 까마귀가 자신의 영역에 있는 인간의 동향을 파악하고 싶어서 추적하고 있는 것이라고 상상해 본다. 나는 자유의지로 여기에서 살고 있는 듯이 생각하지만, 사실은 이 '나와바리'의 주인인 까마귀의 지배하에 있으며, 까마귀 덕분에 평온한 생활을 하고 있을 뿐이다. 그래서 까마귀는 오늘 삥을 뜯으러 나타났다.

나는 소파에서 일어나 베란다로 나갔다. 까마귀는 니에게서 눈을 돌렸다. 송전용 철탑 속에도 검은 종자의 모습이 보인다. 역시 언제나 망을 보는구나. 이 까마귀는 나를 감시하고 있는 것이지 상처 입은 참새를 노린 것이 아니었다. 나는 엄지손가락을 세워 까마귀에게 굿 잡 신호를 보냈다. 까마귀는 까악까악 응답했다.

통했구나! 싶어 두근두근했지만 철탑 안쪽에 있던 까마귀가 날아와 전신주 까마귀 옆에 앉자 '뭐야, 나한테 대답한 게 아니었군.' 싶어 조금 낙담했다.

전신주에 앉았던 까마귀는 등에 날개를 비비적비비적하더니 왼쪽 날개를 크게 펼쳐 날개 안쪽을 부리로 쪼고 있다. 이어서 반대편 오른쪽 날개를 폈을 때, 철탑에서 온 까마귀가 첫 번째 까마귀가 앉은 전신주 꼭대기로 옮기더니 털 다듬기 하는 날개 안으로 들어갔다. 첫 번째 까마귀는 날개를 오므릴 수가 없게 되었고, 그대로 다른 한 마리를 감싸 안은 모양새가 되었다. 서로 붙어서 어깨동무를 하고 있는 듯 보였다. 나는 휘파람을 불었다.

사진을 찍으려고 마음먹고는 아야코에게,

"까마귀랑 까마귀가 어깨동무하고 있어."

하고 알려주면서 서재에 앉아 망원렌즈를 장착했다. 싱글렌즈 리플렉스 카메라single-lens reflex를 집어들었다. 하지만 카메라가 준비된 순간, 까마귀 두 마리는 날아가 버렸다.

"그렇게 긴 렌즈를 보면 대포라고 의심할 거야."

"알면서도 말이야, 나도 모르게."

설거지를 마친 아야코가 텔레비전을 켠다. 나는 신문으로 돌아간다. 민영 방송의 와이드 쇼에서 어제 성립된 기밀보호법의 문제점을 재미있게 해설하는 게 귀에 들어온다. 여러분,

말하고 싶은 게 있으면 빨리 말해 둡시다, 이 틈에 공무원 여러분도 기밀을 폭로해 버리면 됩니다, 시행되기 전에는 죄가 아니니까요, 하고 토론자로 나온 탤런트 겸 작가가 말한다. 그렇지, 그렇지, 하며 아야코가 조그만 목소리로 TV 속 작가의 말에 찬동하는 소리가 들린다.

내 안에서 무언가 깨달음이 온다.

"까마귀는 말이야, 뭘 먹고 살았더라?"

나는 그렇게 묻고 냉장고를 뒤졌다.

"설마 먹이 주려고? 하지 마."

"녀석은 대단해. 약한 참새를 노리거나 하지 않는다니까."

"뭔 소리야?"

"이거 안 먹는 거지?"

며칠 전에 남긴 플라스틱 용기 속 고기야채볶음을 꺼냈다. 쓰레기를 뒤질 정도로 잡식성이니 딱 좋다.

"장난이지? 똥 같은 것도 직박구리 정도랑은 비교할 수 없어, 그만둬!"

우리 집 베란다는 봄이 되면 매일 블루베리를 노리는 직박구리에게 습격당한다. 블루베리 꽃이나 열매를 먹을 뿐 아니라, 뭔가 씨앗이 섞인 걸 떨어뜨리고 간다. 푸른 목걸이를 열매로 착각하여 먹고 갔을 때는 "계산을 잘 못하는길?" 하고 아야코와 둘이 웃었다.

"지저분하면 내가 치울게."

"무슨 생각을 하는 거야? 싫다고 말하잖아."

"왜 그렇게 까마귀를 싫어해?"

"싫을 건 없지만, 일부러 지저분하게 만드는 짓은 안 해도 되잖아."

"그러니까 내가 청소한다고 말하잖아."

"세탁물 같은 데다 똥 싸면 어쩔 거야? 내가 세탁물 널고 있을 때 가까이 오면 난 못 참아. 정말 할 거면 세탁도 이제부터는 쿠엘보가 해."

아야코는 벌써 40년 가까이 나를 쿠엘보라고 부른다. 이십대에 처음 만났을 무렵 데이트하면서 테킬라 '호세 쿠엘보 1800 아네호'를 쇼트로 마시는 게 나의 즐거움이었다.

"어어, 할게. 지금도 3분의 1 정도는 내가 하고 있다고."

"그러니까 당신이 친구가 없는 거야."

아야코는 혼잣말처럼 중얼거리며 나에게 못을 박는다.

나는 남은 고기야채볶음을 작은 접시에 담아 베란다 난간에 놓고 떨어지지 않도록 박스 테이프로 고정시켰다.

지지난주, 옛 직장 동료로부터 기밀보호법안 반대에 동참하라는 메일을 받았지만 나는 서명하지 않았다. 정년 후 시간이 많아진 동료들은 반대운동으로 들떠 있었다. 나는 부르지 않았다. 당연하다, 직장에서 나 같은 사람한테 아무도 신경 쓰지 않았으니까. 그래 놓고서 막상 이렇게 머릿수가 필요할 때만 생각해 낸다. 나는 녀석들에게 숫자인 것이다.

아야코는 그런 내 태도에 대하여 "개인적인 원한과 이 법안을 어떻게 생각할지는 따로 생각하는 게 좋을 거 같은데?" 하고 나무라며 말했다.

"나도 반대니까, 내 반대표 쿠엘보가 서명해."

나는 고집이 발동했다.

"자기네들 사기진작용일 뿐, 반대운동 따위 열매를 맺을 리가 없지. 하려면 좀 더 진정성 있게 해야 해."

"그럼 쿠엘보가 스스로 목소리를 내서 활동하지 그래?"

아야코가 말했다.

"나는 이 문제에 대해 그렇게까지 잘 알지 못해."

"그럼 '진정성 있게 해야 한다'라는 잘난 척은 안 하는 게 맞지 않아?"

아야코는 '진정성 있게 해야 한다'는 대목에서 내 말투를 흉내 냈다.

"잘난 척하는 건 그 녀석들이지."

나는 중얼거렸다.

서명 탄원 메일을 돌린 배경에는 '집구석에 있는 노인도 세상에 도움이 될 수 있다. 꼭 긍정적으로 검토해 줘라.' 그렇게 밝혀 놓았다.

"정치 이야기 따위 흥미도 없었던 주제에 말이야. 그 이전에 나는 녀석들이 회사 내의 일상적인 불행에 얼마나 무관심했는지 몇십 년이나 봤다고. 세상에 도움이 된다니, 도대체 어디를 향해서 하는 말인지 나로서는 도통 모르겠네."

아야코는 피곤한 속마음을 한숨으로 드러냈다. 그도 그럴 것이 아야코는 나의 이런 유의 어리석음을 40년 가까이 보아

온 것이다.

"이미 퇴직했으니까 자유롭게 하세요. 나에게는 쿠엘보 본인이 좋아서 불편한 동굴에 갇혀 지내는 걸로밖에 안 보여."

"40년의 앙금은 돌처럼 굳어진 만큼 간단하게 지울 수 없는 거야."

"알지만, 내가 말하고 싶은 것은 쿠엘보가 좋아서 갇혀 있다는 거. 빠져나오려고도 하지 않고 애쓰지도 않잖아."

"안다니까! 그러니까 까마귀에게 먹이를 주려고 하는 거 아니야!"

아야코는 의아함과 경멸이 섞인 표정으로 나를 힐끗 보더니 바로 텔레비전으로 시선을 돌렸다. 머릿속에서 지지난주 아야코와의 대화를 생각하는 동안, 나는 나도 모르게 목소리를 높여 항변했던 것 같다. 일상적으로 일어나는 일이므로 아야코도 이제 더 이상 요구하지 않는다.

나는 아야코에게 찜찜했다. 누구보다도 나를 이해해 주다 못해 정나미가 떨어진 아야코를 충분히 이해하고 있다. 작은 식품 수입회사에서 일하던 아야코는 내가 말하지 않더라도 조직 내의 무관심이 어떤 것인지 체험하고 있었다. 아야코가 매일같이 일하는 일상은 회사 내에서의 고독한 싸움을 의미했고 그 싸움을 넘어선 사람으로서 내 삶의 방식이 비굴하게 보이는 것은 당연했다.

아야코의 영향을 강하게 받고 자란 하지메는 사춘기 이후 신통치 않은 나와는 소원해져서 별로 이야기를 하려 들지 않았다. 도쿄의 이류대학에 들어가서 졸업 전에 사업을 일으켰고, 지금은 소규모 여행 대리점 경영자로 바쁘게 돌아다니며 집에는 들를 생각도 안 한다.

퇴직 후, 나는 아야코의 강권에 못 이겨 함께 탱고 교실에 다니기 시작했다. 탱고 콘서트에도 가고 아야코가 새로운 CD를 사오면 꼭 같이 듣는다. 퇴직하기 조금 전부터 아야코는 탱고에 열중하기 시작했다. 자기도 연습을 하고 싶은데, 남자가 별로 없으니 같이 배우면 좋겠다고 청했던 것이다. 죽을 때까지 함께 할 수 있는 것이 한 가지 있었으면 좋겠다고도 말했다. 어정쩡한 사진 취미가 고작인 나로서는 아야코의 영역에 들어가는 것도 나쁘지 않겠다 싶었다. 그래서 탱고를 좋아하려고 노력하고 있다.

하지만 교실에서 능숙하게 사교를 할 수 없었다. 더는 직장에 다니던 시절처럼, 주변에 적당히 맞추어 이도 저도 아닌 채 어울릴 생각은 없다. 그렇다고 튀는 태도로 돌변해서 초지일관할 수도 없는 노릇이다. 몇십 년 동안이나 그런 방식으로는 살아 본 적이 없었으므로. 아야코는 반은 안달하고 반은 닦달하면서 탱고를 좋아해 보려고 노력하는 나를 인정해 주었다.

와이드 쇼에서 스페인어 강좌 재방송으로 채널을 바꾼 아야코를 곁눈질하며, 대충해도 세상에 도움이 될 수 있다고 생각하는 거만함을 알아채지 못하다니 대체 어떻게 생겨먹은 정신구조란 말인가…… 하고 투덜거리면서 스트레칭 선생님한테 배운 동작을 시작한다. 허리가 약해서 이대로 가다가는 70대자리보존이 확실한데 계속 간병받는 신세가 되어도 좋으냐고 협박당하며 스트레칭을 했다.

무엇이 세상에 도움이 되는지 어떻게 알 수 있나? 자신은 선행이라고 생각한 일이 사실 많은 사람에게 민폐가 될 수도 있다. 거꾸로 무의미하다고 생각하던 행동이 암암리에 누군가에게 도움이 되기도 한다. 예를 들어, 만약 인류의 번영 뒤에 까마귀의 시대가 도래한다고 치면, 나의 행위는 미래를 위한 것이 될지도 모른다. 인간의 세상을 위해서는 아니지만, 이 지구라는 세상을 위한 것이 될지 누가 알겠는가.

그러니 나는 도움이 될지 안 될지, 그런 관점은 버리고 싶다. 그런 일을 삶의 기준으로 삼을 마음이 없다. 지금까지 세상에 이로운 사람이 되어야 한다고 생각했으나 현실적으로는 전혀 도움이 못 된 채 얼마나 나 자신을 무시했던가?

나 역시 애쓰고 있다고! 또 소리를 지를 뻔했지만 꾹꾹 참았다.

스트레칭을 마치고 의미도 없이 카메라를 만지고 있자니 아야코가 말했다.

"맞다, 금속 재활용품 버려줘. 현관에 정리해 두었으니까."

"금속 재활용품은 월요일이잖아. 오늘은 너무 빠른 거 아니야?"

"괜찮아. 음식물쓰레기가 아니니까. 내일은 오후부터 교실 합동 그랑밀롱가Gran Milonga(아르헨티나 전통무도회, 또는 그 장소-옮긴이)잖아. 쓰레기 따위 신경 쓰고 있을 틈 없으니까 지금 버리고 와."

뭐, 성가신 나를 방에서 좀 쫓아낼 생각이구먼, 하고 느끼며 나가는 김에 산책이나 하자고 카메라를 집어 들었다.

쓰레기는 대부분 철사 옷걸이였다. 아직 쓸 만해서 아까웠지만 걸어둘 옷이 없으니 그냥 둔다면 장소만 차지할 뿐이다. 아야코는 물건을 버릴지 말지를 판단하는 게 빠르지만 나는 우유부단하다. 왠지 모를 미련을 어쩌지 못한 채, 나는 옷걸이를 재활용수집장에 버렸다.

우연히 주택가를 배회하다 동백류의 꽃, 투명한 공기가 만들어내는 빛과 그림자의 콘트라스트 같은 것을 찍는다.

이윽고 버림받은 녹지대에 당도했다. 일찍이 계곡이던 이 근처 일대가 개발되면서 남겨진 녹지를 야생 공원으로 정비한 곳이다. 공원 한가운데를 달리는 물줄기는 주택 지역에선 땅에 묻혀 잔디 속에 모습을 감췄지만, 공원에서는 모습을 드러내며 흐른다. 계곡 오른쪽 기슭은 남향이라 볕이 잘 드는 반면, 북향인 왼쪽은 언제나 그늘져 있어서 낮에도 서릿발이 녹지 않는다.

마른 잎에 덮여 폭신폭신한 북쪽 사면을 걸으며 뼈처럼 굽은 나뭇가지들을 올려다본다. 실루엣이 된 나뭇가지, 군데군데 무언가 돋아나기라도 한 것처럼 붙어 있는 그늘이 보였다.

까마귀들이 앉아 있는 것이었다. 때때로 서로 격하게 울어대고는 몇 마리가 날아올라 다른 나무로 옮겨간다. 아래서 올려다보면, 넓게 펼친 날개의 검은 실루엣이 쓸데없이 크게 느껴져서 맹금류처럼 보일 정도였다.

나는 그 모습을 사진에 담았다. 애써 화질을 성글게 한 모노크롬으로 찍어 보았다.

그 자리에 웅크리고 앉아 찍은 사진을 카메라 모니터로 체크하는데, 등 뒤로 부스럭부스럭 다가오는 발소리가 있어 돌아보았다.

까마귀가 걸어오고 있었다. 또 그 까마귀인가? 난들 알 턱이 없다.

나는 긴장해서 몸의 각도를 바꾸며 몸가짐을 정돈한다. 까마귀는 걸음을 멈추지 않는다. 오히려 초조해진 나는 웅크린 채로 뒷걸음질을 친다. 까마귀는 내가 처음 있던 자리까지 오자 드디어 걸음을 멈추고 지면을 쪼기 시작한다. 그리고 뭔가를 물더니 삼킨다. 먹이를 숨기는 장소였던 것일까? 그렇다면 좀 더 조심스럽게 먹으란 말이다, 하고 생각한다.

나는 카메라를 가능한 한 낮게 하고 몰래 셔터를 누른다. 보통 때도 셔터 음은 꺼둔다. 까마귀는 흘깃 이쪽을 보았지만 아예 관심을 거두고 계속 먹기만 한다.

머리 위에서 다른 까마귀가 내려온다. 어쭈, 이 녀석 봐라?

나는 중얼거린다.

먹을 것을 서로 빼앗나 했더니, 날아 내려왔던 까마귀가 지면에 닿을락 말락 날개를 퍼덕이고는 다시 날아올라 맞은편 나무 높은 곳에 앉았다. 그리고 또 날아서 내려온다. 아니, 날아서 내려오는 것이 아니라 날개도 펴지 않고 그저 낙하하는 것이다. 그리고 지면에 닿을 듯 말 듯한 곳에서 날개를 퍼덕이고 날아오른다. 먹이를 먹고 있는 녀석에게 위협을 가하는 것인가도 생각했지만, 지면의 까마귀는 아무렇지 않게 계속해서 먹고 있다.

또 한 마리가 나타나 같은 낙하와 상승을 시작했다. 녀석들은 아악아악, 까악까악, 소리를 낸다. 나에게는 교성으로 들렸다.

설마 놀고 있는 건가? 이것은 말하자면 까마귀 판 번지점프인가?

압도되어 가만히 서 있을 수밖에 없는 나 따위에게 아랑곳하지 않고 낙하극을 계속했다. 식사를 마친 녀석까지 합세하더니, 그중 한 마리는 떨어졌다 날아오를 때 내 어깨에 부딪히기까지 했다. 나를 놀리는 것인가 싶어 피가 거꾸로 솟으려고 했지만, 까마귀는 내 앞에 내려서서 나를 물끄러미 바라보며, 까악, 까악, 하고 작은 소리로 울었다. 나는 쭈그린 자세로 뒷짐을 지고 까마귀가 된 듯, 아악, 아악 하고 목젖을 울려 소리를 내보았다.

기분 괜찮다. 자연스러운 기분이 든다.

까마귀는 그런 나를 한동안 아무 말 없이 바라보더니, 따라오라는 듯이 고개를 끄덕이고 또다시 날아오르더니 놀이를 시작했다. 나는 따라 할 수 없는 것이 분했다.

놀다 지치면 가랑잎 위로 내려와 쉬다 그리고 때때로, 코, 코, 코, 하고 낮은 소리로 중얼거리거나 가르륵가르륵 목젖을 울리는 듯 가글할 때 나는 소리를 내면서 하얀 물똥을 분출하는 놈도 있다.

"변비의 괴로움과는 무연하구나."

나는 그렇게 중얼거리며 일어선다. 까마귀들은 태연하다. 날아가지 않는다. 나는 흥분과 충만감을 맛보면서 공원을 뒤로했다.

공원의 출구 언저리에서 햇빛을 반사한 날카로운 빛이 내 눈을 쏘았다. 눈을 가늘게 뜨자 쓰레기장에서 금속 제품이 빛나고 있다. 다가가 보니, 스테인리스로 만든 철사 옷걸이였다.

아름답다고 생각했다. 이렇게 아름답고 아직도 멀쩡한 것을 왜 버리는 것일까. 이 주인에게는 이미 불필요했던 것일 뿐이다. 우리 집도 옷걸이를 버리지 않았던가.

그렇게 생각한 순간, 그래도 나에게는 필요하다는 강렬한 욕구가 치밀어 오른다. 나는 비닐과 끈으로 묶여 있는 옷걸이 다발을 손에 쥐었다.

우리 아파트 앞 재활용수집장에 도착하여 아까 버린 옷걸이를 다시 줍기까지 나는 여기저기 흩어져 있는 재활용수집장을 돌아 총 세 다발의 옷걸이를 회수했다. 스스로도 어찌 된 일인지 알 수가 없지만 마치 목마름을 달래듯 옷걸이를 모으지 않고는 견딜 수가 없었다.

대량의 옷걸이를 끌어안고 나는 철탑 밑에까지 갔다. 철탑을 둘러싼 철망 울타리에는 사람의 눈이 닿지 않는 공간이 있어서 거기에 옷걸이를 늘어놓고 가볍게 구부리거나 합치거나 하면서 어린이용 튜브 모양의 장식 비슷한 것을 만들었다. 이런 걸 만들고 싶다는 계획이 있었을 리 없다. 철사 옷걸이를 열심히 만지는 것이 즐거웠고, 정신이 들고 보니 화환 같은 오브제가 완성되어 있었다.

완벽한 형태에는 아직 이르지 못한 느낌이었지만 대략 만족스러웠다. 색색의 옷걸이가 배치되어 조화롭다. 요리 보고 조리 보고 바라보다가, 넌 아름답구나, 하고 중얼거린다.

속이 후련했으므로 철사 환을 철탑 뒤쪽 눈에 띄지 않는 장소에 감추고 집으로 돌아왔다. 옷을 정리하고 있는 아야코에게 아무 보고도 하지 않았다. 내일을 위해 연습을 좀 해야 했으므로 간단한 평상복으로 갈아입고 한동안 땀을 흘렸다.

그러나 아무래도 기분이 차분해지지 않았다. 무언가를 잃어버린 듯한, 잔변감과도 비슷한 느낌이 나를 불안하게 만들었다.

어느 정도 연습을 하고 나서, 요구르트와 시리얼과 과일로 점심을 때우고 나는 또 산책을 나섰다.

"내일이니까 너무 피곤하지 않게 해."

아야코는 조금 못마땅하게 말한다.

발길 닿는 대로 걸어가다 도착한 곳은 또다시 공원이었다. 나는 마른 나뭇가지와 가랑잎을 긁어모으기 시작했다. 다른 사람이 하는 걸 바라보는 기분이 되어서는 '풀 베는 노인인가?' 하고 혼잣말을 하며 웃는다.

모아 온 가지를 옮길 수 있는 아무런 준비도 없었기 때문에 마른 덩굴을 이용해서 묶고 등에 메는 어깨끈까지 만들었다. 나뭇가지를 등에 메고 주택가를 걷는다는 게 몹시 창피했지만, 나는 감행했다. 그리고 철탑으로 날랐다.

옷걸이 화환 안쪽에 가지를 엮어 넣고 구멍 난 부분을 채우고는 가랑잎을 깔아 메운다. 거기에 엉덩이를 붙이고 앉아 보았다. 어린이용 튜브 정도의 크기이므로 역시 좀 꽉 끼지만, 못 앉을 것도 없다. 뭐, 이걸로 충분하겠지 생각하고 또 옷걸이를 철탑 뒤에 감추었다. 뭐가 충분한 것인지 이때는 몰랐다.

다음 날 아침은 여느 때보다 제법 일찍 눈을 떴다. 오전 네 시 반, 아직 해는 떠오를 기색이 없다. 침대에서 일어나니 "뭐야, 이렇게 이른 시간에." 하고 아야코가 반응했다.

"긴장한 탓인지 눈이 빨리 떠졌어. 산책 좀 하고 올게."

"너무 피곤하지 않게 해."

"기합이 잔뜩 들어가 있다보니 피곤하네. 피곤해서 조금 나른한 편이 나아."

"뭐, 그럴지도."

밖으로 나서자 어디선가 닭 울음소리가 작게 울려 퍼진다. 이런 도심지에 농가라도 있는 것일까. 하늘도 동쪽으로 뿌옇게 밝아오기 시작한다.

철탑 쪽으로 간다. 옷걸이 화환을 잡자 나는 녹색 철망 울타리를 기어오르기 시작했다. 허리가 약한 이 나이에 그런 일을 할 수 있을 거라고는 생각도 못해 보았다.

울타리 위에 둘러친 철조망을 준비해온 펜치로 끊는다. 그리고 울타리를 넘자 안간힘을 쓰며 안쪽으로 내려간다.

땅바닥에 앉은 채로 한동안 일어설 수 없었다. 그 사이에 하늘은 밝아오고 비둘기와 참새, 직박구리 등이 울기 시작한다.

회복되어 기운을 차리자, 이번에는 철탑으로 올라간다. 그 대담함에 나 자신도 질릴 일이었지만 그보다는 내면에서 솟아나는 욕구에 솔직하게 따른다는 것이 중요했다. 이 욕구야말로 자기다움 그 자체인 것이다, 하는 확신이 나에게는 있었다. 이것이 나다, 하는 실감 말이다.

대략 중간까지 올라갔을 때 머리 위에서 까마귀 울음소리가 내려왔다. 올려다보니 예의 그 녀석이 철탑 끝에 앉아 주변을 감시하고 있다. 또 한 마리는 보이지 않는다. 새의 눈에도 시야가 확보될 만큼 날은 이미 밝아 있었다.

저 까마귀가 나를 지켜준다는 든든함을 느끼며 나는 계속 올라갔다. 때때로 우는 까마귀를 내가 올려다보면 까마귀는 나를 보고 있다.

꼭대기에서 5분의 1 정도 되는 곳에서 나는, 여기다, 하고 느꼈다. 고압선 가까이에서 철골 사이로 철판이 놓여 있다. 옷걸이 화환을 그 위에 올려두고, 안정적인가를 확인한 뒤 나는 화환 중앙의 구멍에 엉덩이를 넣고 앉았다.

까마귀는 나보다 두 단 위에 있는 철골에 앉아 있었다. 그리고 내가 움직이지 않자 날갯짓하여 내 옆으로 내려왔다. 나에게 등을 돌린 모습으로 바깥을 감시하고 있다.

배가 아파지기 시작했다. 차가웠던 것일까. 하지만 여기에서는 어찌해 볼 수가 없지 않은가. 참을 수밖에.

그렇게 자신을 설득해 보았지만 나는 스스로를 배신하고 그 자리에서 엉덩이를 내놓은 채 철사 환 위에 앉은 자세로 다리를 벌려 힘을 주었다!

　나왔다. 분명하게 항문과는 다른 통로로부터 작은 것이 세 개, 굴러 나왔다. 전신의 힘을 다 쓰는 바람에 다리가 후들거리며 경련했다. 바지를 올리며 굴러 나온 것을 본다.

　녹색이 도는 메추리알이었다. 아니, 내가 낳은 것이니 메추리알은 아니고 나의 알이다. 쿠엘보의 알이다. 새로운 미래의 탄생이다. 나와 까마귀의.

　나는 알 위에 앉아 사타구니를 붙인다. 부화를 기다리기가 지루하다. 누가 뭐래도, 어떤 녀석이 무슨 짓을 해도 나는 여기를 사수할 생각이다. 나는 옆에 있는 까마귀를 보고 소리 내어 말했다.

　"니가 가져다 줄 거지?"

　까마귀는 까마귀대로 맑은 소리로 까악, 까악 울어본다.

　정면에 보이는 아파트 3층 베란다로 잠옷 위에 다운 재킷을 두른 아야코가 모습을 나타냈다. 나는 격하게 동요했지만, 금세 각오를 다졌다. 이쪽을 보는 아야코는 세수도 안 했는지 오른쪽 눈꼬리에 희미하게 눈곱이 끼어 있는 것이 보인다.

　"꼴불견이야."

하고 나는 외친다.

　아야코는 얼굴을 찡그리며 정말 시끄러운 까마귀, 하고 중얼거리더니, 방으로 돌아가 창문을 꽝 닫았다. 그 손가락의 손톱이 너무 길어진 것까지 내 눈에는 선명하게 보였다. 근시이며 노안일 터인 내 눈에.

치노

갈 때는 좋았다. 좋았달까, 나는 편도밖에 생각하지 않고 있었다.

이 멕시코 아래 중미의 작은 나라에 들어온 지 한 달, 스페인어도 꼼꼼히 특별 지도 받았겠다, 매운 음식에도 익숙해졌겠다, 일반 주민의 기질도 어느 정도 알게 되었겠다, 준비 완료. 이제 출발이다, 하며 버스에 올라타는데, 마치 지구를 떠나는 듯한 흥분에 휩싸였다. 이제부터 나는 무한한 우주로 들어서려 하고 있다!

하지만 무한한 우주라는 것은 꽤 답답한 곳이기도 했다. 이윽고 발차하는 순간, 기름기가 번질거리도록 살이 찐 이지씨가 칠면조를 매달고 뛰어올라 내 옆에 앉은 것이다. 어느 나라에서 쓰던 것인지, 황금색 스쿨버스를 개조한 좌석은 2인석으로 내 왼쪽에는 이미 덩치가 작은 산만 한 아줌마가 꼬마 녀석을 무릎에 앉힌 채 진을 치고 있었기 때문에, 아무리 내가 날씬하다 해도 아저씨가 앉는다면 아슬아슬 물이 찬 욕조에 스모 선수가 들어간 거나 마찬가지였다. 나는 얌전하게 찌그러져 있어야 했다.

버스 창은 반쯤 망가져서 열리지 않고 차내는 무더웠다. 땀과 옥수수가 섞인 체취에다 털 짐승 냄새가 피어올라 함께 있으면 띵하니 정신을 잃을 것만 같았다. 꼬마 녀석은 잠시도 쉬지 않고 꼼지락거리거나 소리를 지르거나 노래를 하거나 미친 듯이 웃었다. 두 다리가 묶여 움직이지 못하는 칠면조는 이따금 굽은 목을 코브라처럼 세우고 놀랄 만큼 큰 소리로 울어댔다. 운전수는 계속해서 큰북과 트럼펫이 많이 들어간 라틴 음악을 찢어질 듯 큰 음향으로 틀어놓았다. 양쪽의 살덩어리들이 나에게 체중을 싣고 있어서 숨을 쉬는 것조차 만만치가 않다.

하지만 이것이 문화다, 나는 그렇게 기분 좋은 쪽으로 생각했다. 이 성가시게 덥고 향신료 냄새를 풍풍 풍기는 살과 공기가 피할 새도 없이 나의 허벅지와 팔뚝에 달라붙는 것이 문화. 나는 지금, 무한한 우주에서 나오는 많이 다른 사람들과 직접 밀착되어 있는 문화 상태에 있고, 이것은 소중하다.

나는 호흡을 편히 하려는 목적으로 "그 칠면조는 얼마에 파는 건가요?" 하고 배운 지 얼마 안 되는 스페인어로 물었다. 아저씨는 몸을 조금 움직이며 웅얼웅얼 작은 목소리로 뭐라고 했지만 나는 알아듣지 못했다. 나의 스페인어가 통하고 있는 건지 어떤 건지 알 수가 없었다.

보기와는 달리 내성적인 아저씨와의 회화를 접고, 나는 아줌마 쪽으로 관심을 옮겼다. 아줌마는 갈색 피부를 하고 있었는데, 광대뼈의 형태나 새까만 직모, 낮은 코가 나와 닮았다. 이 나라 반을 점하는 스페인 사람과 원주민인 마야인 사이에서 태어난 메스티소다. 엄마의 무릎 위에 있다가 나와 시선이 마주치자 입을 다문 꼬마 녀석도 눈동자는 구슬 같았으나 낮은 코와 두꺼운 입술은 엄마를 쏙 빼닮았다. 내가 아줌마를 보고 웃자, 아줌마는 웃지 않고 고개를 끄덕였다. 착하네요, 라고 말할 생각으로 "니뇨, 비엔." 하고 꼬마 녀석을 가리켰더니 아줌마는 빠른 말로 이것저것 설명하기 시작했다. 때때로 알아듣는 단어도 있었지만, 전체적으로는 무슨 소린지 알 수 없었고, 말을 걸어놓고는 못 알아들었다고 하기도 곤란해서 나는 호의적인 웃음으로 때우며, 사실은 아줌마 뒤 창 너머로 대머리독수리 같은 것을 바라보고 있었다.

대머리독수리는 마른 나무에 앉아 아무것도 하지 않는다. 하지만 대머리독수리가 있는 나무 아래에는 알고 보면 시체가 있을지도 모른다. 이 작은 나라는 30년 가까이 내전 중이며 원주민을 포함하는 반정부 게릴라와 정부군이 전투를 계속하고 있어 행방불명된 사람이 많다. 그 사람들을 대머리독수리가 먹는 것일까? 음식물쓰레기와 함께 증식하는 도쿄의 까마귀처럼, 행방불명자가 늘어나면 대머리독수리가 살찌거나 하는 것일까?

그런 생각을 하다가 좋아, 해보겠어, 해주겠어! 하며 혼자서 흥분한 탓에 나는 급변하는 사태를 눈치채지 못했다. 트림 소리를 알아챘을 때는 금방이라도 울 것처럼 새파랗게 질린 꼬마 녀석의 입이 일그러져 있었다. 녀석은 넘치는 토악질을 멈추지 못하고 내 청바지에 쏟아냈다. 뜨거운 감촉이 허벅지에 퍼진다. 산미가 강한 밀크 냄새가 올라온다. 아이 엄마는 당황해서 꼬마 녀석의 머리를 때리며, "토하기 전에 예고를 좀 해!" 같은 말을 하고, 미안한 표정으로 사과를 하더니 당당하게 어깨 숄로 바지를 닦기 시작했다.

나는 억지웃음을 지으며, 화내면 안 돼, 이것이 문화야, 하고 스스로에게 말했지만, 점점 불쾌해지는 것은 어쩔 수 없었다. 이 녀석들, 이렇게 살이 쪄가지고, 정말로 빈곤에 허덕이고 있는 것일까? 토할 만큼 아이들을 먹이고도 가난하다고 말할 수 있나? 나는 이제부터 빈곤을 해소하기 위해 싸우는 반정부 게릴라로 활동하러 갈 참인데, 이런 현실 괜찮은가 말이다! 하지만 뭐, 이 아줌마, 아저씨는 제대로 된 버스를 아무렇지 않게 타는 걸 보면 원주민보다는 괜찮은 생활을 하고 있다는 거겠지.

나는 용감하게 고향을 떠나왔다. 찢어진 티셔츠, 닳아서 헤진 청바지, 덥수룩한 수염, 반다나, 전형적인 백패커의 모습을 하고 있긴 해도 그 언저리 지각 없는 배낭족과는 다르다는 것에 긍지를 느꼈다. 어쨌든 여행도 방랑도 아무것도 아니고, 게릴라 멤버가 되고 싶어서 가는 거니까.

대체로 백패커들이란 사실은 돌아갈 집이 있는 가짜 홈리스나 마찬가지, 무책임하고 어정쩡한 아가씨나 도련님들이다. 강한 엔¥의 위력에 몸을 맡기고 이동하는 주제에 '가난 여행'이라니 아주 가소롭다. 이렇게 말하는 나도, 이 나라에 태어난 아줌마나 칠면조 아저씨가 볼 때는 저 건너편에 있는 사람일 거라는 정도는 자각하고 있다. 엔의 날개를 타고서밖에 여행할 수 없는 것을 무겁게 느끼고 있다. 아무리 더러운 모습을 하고 있어도 나의 이동을 가능하게 하는 것은 공기처럼 가벼운 알루미늄제 1엔짜리 동전, 그것이 가진 부력 덕택이다. 다만 나붓나붓 떠다니며 바라볼 뿐, 착지는 불가하고 건너편 세계는 건드릴 수 없다. 뛰어들 수 없다. 그리고 이 엔 냄새나는 몸은, 어딜 가도 이방인이 왔다는 것을 알리고 만다.

이 사실을 나는 얼마나 괴로워해 왔던가! 일본에 있을 때도 나는 공중에 떠 있는 기분을 버릴 수 없었다. 우리 일본인은 무방비다, 가는 곳마다 적이 될 가능성이 있는 녀석들에 둘러싸여 있다, 당할 수밖에 없다, 자신의 몸은 자신이 지켜라, 프라이드를 보여라 등등, 마치 나무가 대지에 뿌리를 뻗는 것처럼 외쳐대는 녀석이 있다면, 그 거짓말 냄새에 조바심이 심해진다. 그런 녀석들은 개인적으로 자신의 몸을 지키는 것이 아니라 자기들의 몸을 자기들이 지키고 싶은 것이어서 사실은 이 '자신들'을 '자신'이라고 착각하게 한다. 바로 거기에 거짓이 존재하는 것이다. '자신들'이란 누구인가? '우리들'이란 어느 녀석인가? 적어도 나는 모른다. 나는 '나'라고 말하고 싶다. 나의 윤곽을 분명히 하고 싶다. 그런 마음으로 여러 곳을 여행했지만, 알게 된 것은 나 자신이 어쩔 수 없이 그 '우리들' 부류의 일본인이나 엔,

그리고 일본어를 통해 묶여 있다는 것이며, 엔의 힘은 때로 흉기가 되어 자신은 전혀 고통받지 않는 방식으로 '우리들'이 아닌 자들을 죽인다는 것이다. 게다가 엔이나 일본어에 의해 나 자신의 윤곽이 애매해진다. 조금씩 '우리 일본인'의 일원에 가담하고 있는 나에게도 책임은 있는 것이다.

　내가 순수한 내가 되기 위해서는 나의 육체로부터 이 엔을 근절해야만 한다. 민족의상을 입고 긴 머리를 묶고 물가에서 대마초를 피우며 피스톤질을 하고 있는 녀석들은 엔이든 달러든 마르크든 보호복을 입고 있는 주제에 벌거벗었다고 생각한다. 나는 게릴라 안에 들어가, 엔 대신에 나 개인의 목숨을 담보로 내놓은 채 죽을 수도 있는 임계지점에 서서, 그래도 스스로 살아남을 수 있다는 것을 증명하고 싶은 것이다. 그래서 프리터 따위 그만두고 여자와도 헤어지고 아파트도 정리해서 가지고 있는 엔을 기폭제로 갖고 나왔다. 분명히 나를 죽이고 몸에 묻어둔 나머지 엔을 빼앗는 인간도 있을 것이다. 내가 먼저 엔 냄새를 지울지, 늦어져서 엔과 함께 사라질지는 알 수 없는 도박이다.

　이런 이야기를 조슈에게 했다. 놈은 "그런 나이브한 고민, 60년대풍이라 그리울 정도구나." 하고 지껄여댔다.

　선진국에 태어난 것을 죄라고 생각함으로써 아픈 자의식을 위로하는 나약한 녀석이 서쪽 해변에서 뒹굴뒹굴하며 나신을 드러내었을 뿐이다. 그런 태곳적 같은 이야기, 내 알 바 아니다. 나는 몸도 마음도 순수하게 나 자신만으로 이루어진 게릴라가 되고 싶은 것이다.

조슈는 개방적이고 시원한 느낌의 좋은 녀석이고, 나와는 묘하게 마음이 잘 맞았다. 포토 저널리스트 지망생 뉴요커이며, 나와 마찬가지로 스페인어를 공부하기 위해 암비구아Ambigua라는 거리에 체재하고 있다. 암비구아는 어학 산업으로 먹고사는 곳으로, 집이라는 집은 모두 홈스테이 겸 개인 교실을 운영했고, 거리는 가는 곳마다 젊은 외국인으로 넘쳐났다. 게릴라들의 잠복 정보도 그 녀석으로부터 들었다. 녀석도 아직 산에는 들어가 본 적이 없지만, 그 거리에서는 대마초가 그렇듯이 질 좋은 정보부터 질 나쁜 정보까지 무수하게 나돌았다. 녀석도 곧 게릴라를 취재한다고 했기 때문에 현지에서의 재회를 약속하고, 나는 한발 앞서 출발한 것이다.

환승하는 동네인 코아틀테낭고Coatltenango 터미널(이라고 해도 소규모 시장이지만)에 도착하자 나는 일루시온Ilusión행 버스를 찾았다. 두리번거리고 있자니 장사꾼들 사이에서 금방 '치노다, 치노다' 속닥거리는 소리가 퍼져나간다. 그러더니 '이거 사라, 저거 사라' 하는 소리가 시끄럽다. 나는 그들을 노려보며 "노, 소이 하포네스no, soy japonés(아니, 나는 일본인이야)."라고 힘주어 말했다. '치노chino'란 스페인어로 중국인이라는 의미인데 공항이나 국경 세관 여기저기에서 나는 지노라 물리곤 했다. 뭐, 녀석들에게는 일본인도 중국인도 한국인도 베트남인도 구별하기 어려울 테지만, 하도 그렇게 부르니 화가 나서, '하폰 몰라? 하폰!' 해주고 싶었다.

그때 군중 속에서 빈티 나지만 붙임성 있는 하얀 피부의 아저씨가 헤치고 나오더니 "주-알 자파니-즈?" 하고 물었다. 내가 고개를 끄덕이자 "쏘우, 주-알 마키즈 프렌(그럼 니가 마키 친구구나)!" 하고 연달아 묻는다. 그런 녀석은 모르지만, 그런 명목이 있는 편이 수상하지 않고 좋을 거 같아서 "일시온에 사는 마키 말인가?" 하고 영어로 되물었다. 아저씨는 "그렇구나, 그렇구나, 마키 친구구나." 하면서 빙글빙글 웃더니 반갑다는 듯 나를 일시온행 버스까지 안내해 주었다.

조슈의 정보에 의하면, 일시온에서 히치하이크로 더 깊이 들어가 레알리닷Realidad이라는 마을까지 가서 돈 익나시오Don Ignacio라는 아저씨를 만나면 게릴라 동조자들의 마을 사람을 대면시켜 주고, 숲속 외딴곳에 안내해 줄지도 모른다는 것이었다. 다만, 레알리닷은 언제나 게릴라와 정부군이 지배권을 다투는 전선이므로 작은 다툼에라도 휘말려 들지 말라는 법이 없고, 군과 게릴라 양쪽에 대한 불신 때문에 마을 사람은 지극히 폐쇄적이며, 가도에는 군이 검문소를 세워두어서 히치하이크를 할 수 있느냐 없느냐가 열쇠라고 했다. 생각하는 것만으로도 똥구멍에 땀이 나게 쪼그라든다.

어쩌면 그보다 정확한 정보도 그 마키라는 여자한테 들을 수 있을지도 모른다고 생각했지만, 내가 너무 쉽게 생각했다.

밤이 되어서야 도착한 일시온은 전형적인 시골 마을이었다. 작은 중앙광장에 교회와 관공서가 있고, 그 옆 노지에 버스 정거장이 있다. 나는 그 앞에 있는 값싼 호텔에 머물렀다. 저녁은 그 옆의 노점 같은 낡은 가게에서 구운 치킨을 먹었다. 여행 중에 배탈이 나지 않도록 구운 치킨과 신선한 과일만 먹었다.

다음 날 아침 일찍, 호텔 아가씨에게 마키의 집으로 가는 길을 물었다. 그다지 어려운 길은 아니었기 때문에 금방 외웠지만, 아가씨가 '조심하라'고 열심히 반복했던 것이 숙소를 나온 뒤에야 신경이 쓰였다.

골목에는 마을 사람들의 모습이 드문드문 보였다. 인디오의 피가 짙은 얼굴을 하고 있었지만, 민족의상은 입지 않았다. 그들에게 인사를 해도 어딘가 무뚝뚝한 대답밖에 돌아오지 않았다. "날씨 좋군요.", "오늘은 시장 안 섭니까?" 하고 물어도 최소한의 대답만 했다. 역시 나의 스페인어는 통하지 않는 걸까? 아니면 오랜 내전으로 외부인에 대해 마음을 쉽게 열지 못하는 것일까? 외국인이라고 하면 게릴라를 만나고 싶어 하는 놈들만 있어서 얽히지 않으려고 피하는 것일까? 그런 생각을 했지만, "마키의 집은 이쪽입니까?" 하고 마키의 이름을 대자, 딱딱하던 표정이 조금 누그러지는 걸 알 수 있었다. 그러나 마키 이야기를 계속하고 싶어 하지는 않는 것 같았다.

고작 10분 정도 걸어갔는데 집이 없어지고 마을 끝자락이 나왔다. 그 앞쪽은 하얗게 말라서 먼지가 이는 시골길이 계속될 뿐, 아무리 가봐도 아무것도 없었다. 이따금 길 한가운데를 닭 몇 마리가 돌아다니고 길가의 오두막에서는 화려한 민족의상을 입은 인디오 아주머니가 집안일과 농사일을 하고 있었다. 나는 그때마다 "마키 집은 어디예요?" 하고 물었는데, 아무

말 없이 고개를 흔들거나 스페인어가 통하지 않아서 무시당하거나 했다.

강렬한 직사광선과 더위로 의식이 점점 몽롱해졌다. 묵직한 빛의 총알에 난사당하는 느낌이었다. 차라도 지나가면 태워달라고 할 생각이었지만 아무도 지나갈 기색이 없었다. 이따금 길가에 망고 나무가 있을 때도 있었다. 나는 참지 못하고 먼지 투성이의 푸른 열매를 비틀어 따서 껍질을 벗기고 갉아 먹었지만 떫고 딱딱해서 먹을 것이 못 됐다. 나는 왜 여기에 온 것일까 싶어지자, 어쩐지 나의 목숨이 거짓인 것만 같았다.

이 길은 어쩌면 레알리닷으로 가는 길이고, 슬슬 도착할 때도 되지 않았을까? 그렇다면 게릴라가 나타날 가능성도 있는 거 아닌가? 호텔 아가씨는 '조심하세요'를 연발했다. 만약 지금 여기에 나타난다면 나는 어떻게 할까? 잘 이야기하면 게릴라 그룹에 나를 넣어줄까, 말도 필요 없이 거짓 목숨을 빼앗기고 엔과 함께 사라질까?

이대로 죽고 싶기도 하고 죽기 싫기도 한 비참한 기분이 극에 달할 무렵, 넘어질 듯 허술한 폐가 앞에 항아리에서 물을 뜨는 마르고 몸집이 작은 인디오 아주머니를 봤다. 나는 "마키?" 하고 숨도 쉬지 않고 물었다. 아주머니가 고개를 끄덕였을 때 나는 살 수 있다는 기쁨에 눈물이 날 것 같았다. 손목시계를 보니, 마을을 떠난 지 한 시간 이상 지나 있었다.

아주머니는 입을 다문 채 안으로 들어오라는 몸짓을 했다. 나는 이제 입을 열 기력도 없었지만, 그늘에 몸을 둘 수 있다는 것만으로 차가운 물에 몸을 담근 것 같은 기분이 들어, 환희의 탄성을 올렸다. 피부가 찌르르할 정도로 기분이 좋다.

마키가 안에서 나타났다. 아주머니와 비슷한 무늬의 민족의 상을 두른 그 모습을 보는 순간, 나의 평안한 마음에 그늘이 드리웠다. 마키는 내가 모르는 말로 아주머니와 조금 이야기를 하더니, 나에게 "부에노스 디아스Buenos días." 하고 인사를 했다. 나도 "부에노스 디아스." 하고 대답하고 손을 내밀어 악수했다. 농사일로 거칠어진 손은 일본인 여성의 손이라고는 생각되지 않았다. 안쪽의 조금 넓은 방을 지나서, 마키가 망가진 스툴처럼 생긴 의자를 권했다. 앉는다. 뭔가 마실 것이라도, 하고 스페인어로 묻기에 나는 아무거나 좋으니 달라고 일본어로 말했다. 가슴속을 파고드는 이상한 기분을 날려버릴 생각으로, "햐, 멀었어요. 열사병으로 쓰러지는 줄 알았어요. 걸어올 생각을 하다니 무모했지요." 하고 말했지만 마키는 "여기 사람들은 언제나 걸어서 왕복합니다, 그게 보통이에요." 그런 대답을 했다. 나의 불쾌감은 일단 거기서 절정에 달했다. 마키는 내가 아무리 일본어로 말해도 스페인어로 대답했다.

마키가 나에게 물을 내주고, 마주 앉았을 때 왜 스페인어로 이야기하는지를 단도직입적으로 물었다. 마키는 표정도 바꾸지 않고 나는 여기 사람이니 당연하죠. 스페인어도 여기 사람들에겐 외국어지만요, 그렇게 대답했다. 설마 일본계인가? 혹시 몰라 확인을 하니 고개를 가로젓는 마키의 미간이 약간 좁아졌다.

치노   231

몇 번이나 말하는 방식을 바꿔서 설명해 주어도 내가 이해하지 못했기 때문에 이야기는 좀처럼 앞으로 나아가지 못했다. 나는 오기가 나서 계속 일본어로 이야기했지만, 마키도 무표정한 얼굴을 한 채 스페인어로 대답하길 계속했다.

나의 언어 실력으로 파악할 수 있었던 한도 내에서, 마키는 일본에서 초등학교 선생님으로 5년 동안 일했고 청년해외협력대원으로 이 마을에 파견된 것인데, 마치 고향처럼 느껴졌기 때문에 임기가 끝난 뒤에도 그대로 눌러앉아, 남이라고 할 수 없는 아까 그 리베르탓Libertad이라는 이름의 아주머니(마키와 동갑이라니!)와 살게 되었던 거 같다. 리베르탓은 한 살짜리 아이를 안은 미망인이었고, 작은 밭에서 농작물과 민예품을 팔아 근근이 생계를 꾸리고 있었으며, 마키도 그것을 도왔다는 것이다. 일본에는 돌아갔는지 묻자, 자기는 이 마을에 처음 도착한 순간 다시 태어났기 때문에 전생으로 돌아가는 일은 없다고 뇌까렸다.

그래도 비자라든가 국적 문제가 있을 거 아닌가?

이 나라에서는 그런 걸 믿는 사람은 별로 없어요. 어느 사이엔가 존재하지 않는 것처럼 되어버린 사람들이 많이 있는 데다, 반정부 게릴라에 투신한 사람은 법적으로는 이 나라 사람이라고 인정되지 않으니까요. 군에 발각되면 붙잡히는 정도가 아니라, 사라질지도 몰라요.

나는 여기서 살아 있다는 실감을 느낍니다. 사라질지도 모른다는 생각이 들 때는 죽음을 실감해요. 나는 소중한 지금의 생활을 잃고 싶지 않고, 리베르탓과 헤어지고 싶지 않아요. 그러니 죽고 싶지 않고, 그 때문에 살려는 노력을 할 수 있는 거예요. 당신에게는 죽지 않고 싶은 이유가 있나요?

물론, 대화는 이렇게 부드럽게 이어질 리가 없었다. 그렇지 않아도 스페인어를 못하는데 마키는 이런 선문답 같은 추상적인 이야기를 하는 것이다. 나는 처음에 다른 사람과 이야기하는 것이 아니라, 다른 생물과 이야기하는 것 같았다. 마키에 비하면 버스에서 만난 아줌마가 훨씬 친근했다. 나는 이 여자의 기묘한 자신감을 때려 부수고 싶어졌다. 죽는 것에 대한 실감 따위라면 나에게도 있다. 어릴 때 아버지와 사별한 뒤부터다. 눈앞에 있던 것이 순식간에 사라지고, 사라지기 전과 사라진 후가 연속되지 않는 것, 나한테는 그것이 죽음의 느낌이다. 그런 걸 실감했다는 정도로 다른 나라 사람으로 다시 태어난 기분이 된다면 그래도 축하할 만한 일 아닌가?

그럼 당신은 왜 이런 변두리 마을에 온 거죠? 이 위험하다는 마을에 오는 외국인은 대체로 마을의 게릴라와 만나고 싶은 사람이죠. 당신도 그런 거 아니에요? 위험에 처하고 싶어서 그런 거 아닌가요?

맞다. 하지만 나는 내 자신의 의식으로 리얼리티를 느끼고 싶어서 이 나라에 살거나 하지는 않는다. 그런 기 날려버리고 세상을 바꾸는 걸 도우려고 온 것뿐이다.

모두 같은 말을 하죠. 그 대사를 리베르탓에게도 해보세요. 리베르탓의 애인은 마을 게릴라에게 린치당해 죽었으니까.

그래서, 정부군 게릴라도 믿지 못하는 자신은 완벽한 현지인이라고 말하고 싶은 건가? 일본 정부에서 엔으로 보수를 받아서 그걸로 현지에 동화하다니, 너무 적당한 거 아닌지. 정말 받아들여졌다고 생각하는 건가? 인종은 바뀌지 않는다. 어찌 되었든 일본계 1세일 뿐이다.

마키의 얼굴이 고통으로 일그러졌다. 나는 마구 퍼붓고 나서 내심 미소 지었지만, 사실은 그런 여유를 부릴 때가 아니었다. 마키는 슬며시 이를 악물고는 깊은 숨을 들이쉬더니 말했다.

당신은 만약 게릴라 속에 들어가서 완전히 그들 속에 녹아들었다고 생각했는데 몸에 지닌 걸 다 빼앗기면 어쩔 생각인가요? 거기까지 생각해 봤어요? 서로 이해했다고 생각한 게릴라로부터 자신이 그저 돈으로밖에 안 보인단 걸 알아도, 운명이라고 생각할 수 있어요? 몸에서 일본인의 흔적을 지울 수 없다는 건, 그런 의미 아닌가요?

그런 각오라면 당연히 했고, 어느 쪽으로 굴러갈지 모르지만 모든 것을 걸고 날아온 거다. 대답은 그렇게 했지만, 나는 동요하고 있었다.

나는 여전히 마키의 스페인어 문장을 제대로 이해할 수 없었지만, 소리가 귀에 들어오면 그녀가 무슨 말을 하고 싶은 것인지 즉시 알 수 있게 되었다. 왜일까? 그것은 내가 마키와 같은 류의 인간이기 때문이다. 마키는, 이제부터 내가 하려고 하는 것을 이미 해온 사람이다. 마키의 우스꽝스러운 모습을 왜 내가 이렇게 미워하는지 짐작이 갔고, 내가 그 우스꽝스러운 모습을 되풀이하려 한다고 생각하자 힘이 빠졌다.

나는 다시 무표정해진 마키를 보았다. 약간 더러워진 안경 너머 눈은, 내면이 비치지 않는 유리구슬 같았다. 아무렇게나 자른 머리는 검은 데다 윤기가 없었고, 인디오들이 곧잘 그렇게 하듯이 두 갈래로 땋았다. 나이는 서른 전후로 보이지만, 피부는 볕에 그을려 거칠었고, 무지개 빛이 돌며 빛났다. 내가 물끄러미 보아도 마키는 나에게도 내 뒤의 벽에도 닿지 않는 어딘가를 보고 있었다. 나는 더 똑바로 그녀의 눈을 보았다. 이쪽을 봐주기를 바랐다. 하지만 마키의 시선은 내 얼굴 표면을 스쳐갈 뿐이었다. 나는 견딜 수 없이 슬펐다.

돌아가는 길에 마키가 알려준 온천에 들렀다. 온천이라고는 해도 미지근한 물이 흐르는 작은 개울에 둑을 세워 막은 조그만 풀장 같은 곳이었다. 나는 팬티 하나만 입고 헤엄을 쳤다. 이윽고 포장을 한 트럭이 도착했고, 짐칸에서 민족의상을 입지 않은 애송이들이 뿔뿔이 흩어져 내려왔다. 아무래도 초등학생 같았다. 그 꼬마 녀석들도 나를 보더니 "치노, 치노." 하고 속닥거렸다. 나는 웃으면서 그들을 업고 물속을 헤엄치며 돌아다녔다. 그리고 돌아오는 길은 함께 트럭을 타고 왔다. 마키와 달리 나에겐 더 이상 그 길을 걸어서 지나야 할 이유가 없었다.

다음 날, 낮에는 마을을 어슬렁거리고, 저녁에는 온천에서 알게 된 꼬마 루이시토의 집에 초대받아서 갔다. 아이들이 "도모이키, 도모이키." 하고 조금 이상한 발음으로 나를 부르는 사이, 나는 어부바 머신이 되고 말았다. 꼬마 녀석들은 태어났을 때부터 나와 함께 있었던 양 친근하게 대했다.

지친 나를 해방시켜 준 것은 루이시토의 엄마 테레사였다. 테레사는 어쩌면 나보다 젊을지도 모른다. 당당한 인품과 체격으로 이 집을 관리하고 있다. 테레사는 나에게 오렌지꽃 허브티를 내주며 "마키는 잘 있어?" 하고 물었다. 내가 끄덕이자 "얘기는 잘했고?" 하며 웃는다. 나도 웃으며 "난처했어요, 전부 스페인어라서." 하고 말하자 "저런!" 하고 맞장구를 치는 테레사의 얼굴이 약간 흐려지더니 눈물까지 흘린다. 테레사는 당황하는 나에게 미안하다고 사과를 한 뒤, 그 아이는 이제 누구와도 이야기하지 않을 거라고 생각했어. 제대로 이야기를 하는구나 싶으니 기쁘긴 한데, 당신한테까지 스페인어로 말을 하다니 그 애의 마음을 생각하면…… 하면서 또 울어버렸다.

사실 마키는 테레사의 집에서 홈스테이를 했다고 한다. 이 마을을 열렬히 사랑했고 마을 사람들로부터도 '핀토리타 Pintorita(화가 아가씨. 마키는 그림을 가르쳤다)로 불리며 사랑받는데, 1년 반 정도 지났을 때 이 집에 도둑이 들어 일부러 노렸다는 듯 마키의 돈만 훔쳐갔다. 있는 돈을 모두 손이 미치는 곳에 두었던 마키는 그것으로 무일푼이 되었지만, 그보다도 그녀를 심하게 우울하게 만든 것은 그날 밤부터 리베르탓의 애인 하이메Jaime가 모습을 감춘 것이었다. 더구나, 하이메는 며칠 후 까맣게 탄 사체로 발견되었다. 테레사와 가족들은 마키에게 이미 가족이나 마찬가지니 계속 같이 살자고 했지만, 마키는 얼마 지나지 않아 떠나버렸다. 엄청 찾아다닌 끝에 마키가 레베르탓의 집에 몸을 의탁하고 있다는 것을 알았는데, 마키는 이제 누구와도 말을 섞으려고 하지 않았다고 한다.

"그 애는 이 마을에 와서 비로소 사람이 되었다고 곧잘 말했어. 그걸 배신당하고 그 아이는 마을 전체를 믿지 못하게 됐지. 그래서 마을 밖으로 나간 거야. 당신과 어떤 기분으로 스페인어로 이야기했는지 생각하니까……. 그래도 당신과 이야기할 수 있었던 건 잘된 거 같아."

그다음 날은 일요일이었기 때문에 루이시토 일가와 교회에 갔다가, 오후에는 아이들을 데리고 가까운 언덕 꼭대기까지 올라갔다. 마을이 한눈에 보일 뿐 아니라, 레알리닷으로 통하는 길, 그 도중에 있는 인디오 취락, 마키가 사는 집까지 훤히 보인다. 게릴라는 그보다 더 깊은 저쪽 숲에 숨어 있는 것일까? 이렇게 지내는 동안, 마을에서 게릴라가 정부군과 맞닥뜨리거나 할까? 결국 내가 이 마을에 정착하는 것은 가능한 일일까?

사흘 후, 나는 다시 코아틀테낭고행 버스를 탔다. 그날 따라 학교 가기 싫은지 "도모이키는 좋은 녀석이니까."라고 말하며 훌쩍거리던 루이시토의 얼굴이 자꾸만 떠올랐다. 하지만 곧바로 마키의 무표정한 얼굴이 끼어들어, 나의 센티멘털한 미련을 걷어낸다. 나는 마키에게 이런 말을 되돌려 주고 싶다. 엄중한 현실을 마주한다고 생각하는 네가 사실은 환각에 산혀 있는 거라고. 하지만 나에게 그런 말을 되돌려 줄 자격은 없다.

돌아가는 발길이 어쩐지 무거워서 코아틀테낭고에서 하룻밤을 지내고 다음 날 암비구아행 버스를 탔다. 암비구아와 코아틀테낭고를 연결하는 버스는 많았고, 나는 조금 무리하여 논스톱으로 달리는 특급을 선택했다. 차량도 스쿨버스를 고친 것이 아니라, 관광버스를 고친 것이다. 창에는 차광필름이 붙어 있었지만, 에어컨은 고장나서 작동하지 않았다. 역시 차 안엔 무더운 공기가 감돌았다. 자리가 비어 있었기 때문에 나는 두 사람분의 좌석을 차지하고 잠을 잤다.

조슈는 아직 암비구아에 있을까? 있으면 뭐라고 할까? '니가 옳았어, 나도 자의식을 위로하고 싶은 것에 불과했나 봐. 내가 게릴라를 한다면 일본에서 해야 한다는 걸 깨달았어.' 그렇게 말하기라도 해야 하는 걸까? 어쨌든 암비구아에서 스페인어 공부라도 좀 더 해두자.

20분 후면 도착할까 싶을 즈음, 버스가 멈췄다. 몸을 일으켜 밖을 보는데, 아직 아무것도 없는 산길 한가운데다. 이상한 생각이 들어서, 통로를 낀 자리에 앉은 말쑥한 초로의 신사에게 "어떻게 된 건가요?" 하고 물어보았다. 신사는 능숙한 영어로 "군인들의 체크라네. 여권을 꺼내 놓게." 하고 말했다.

나는 조금 긴장하여 품에서 여권을 꺼냈다. 금방 군인들이 버스 입구에 나타나 뭔가를 손가락으로 가리켰다. 불안해진 나는 신사를 보았다. 그는 침묵하며 고개를 끄덕여 보였다. 모두 일어서서 맨손으로 한 사람씩 나간다.

우리는 버스 옆에 일렬횡대로 서 있었고 군인 두 사람이 좌우에서 몸을 수색했다. 나는 왼쪽 끝에 있었기 때문에 금방 순서가 돌아왔다. 삼십대 정도로 보이는 군인은 내가 내민 여권을 들춰보면서 "치노 베르닷Chino, verdad(치노구나)?" 하고 물었다. 여권을 보면 알잖아? 하고 생각했지만, 나는 위엄을 갖춘 미소를 띠며, "노! 하포네스No, japonés." 하고 대답했다. 군인은 내 얼굴을 빤히 쳐다보더니 다시 여권으로 눈길을 돌렸다. 군대식 헤어스타일 때문에 광대가 도드라져 보이는 거무스름한 얼굴이 옛날 사무라이처럼 보였다.

"엔톤세스, 에스 치노entoncés es chino(그럼 결국 치노잖아)."

나는 욱해서, 다시 한 번 "노, 소이 치노, 소이 하포네스No soy chino. Soy japonés." 하고 힘주어 끊는 듯한 발음으로 말했다. 군인은 여권을 나에게 돌려주며, '치노'라고 다시 중얼거렸다. 나는 너무 화가 나서 부들부들 떨며 주먹을 꽉 쥐고 "이 거지 같은 정부군, 개새끼!"라고 일본어로 말했다. 너야말로 개똥 사무라이 같은 얼굴을 하고, 치노라고 불러줄까?

화를 참지 못하는 내 모습을 보다 못해, 아까 그 신사가 "돈 겟 앵그뤼, 보이. 올 에이지언스 아 치노Don't get angry. All Asians are Chino(화내지 말게. 아시아 사람은 모두 치노라고 해)."라고 했다. 신사의 얼굴을 쳐다보았다. 신사가 고개를 끄덕인다.

아시아인은 모두 치노. 그런 거였구나. 즉 동양인이라는 의미였어. 하지만 왜 치노란 말인가? 중국은 크니까? 인구가 제일 많으니까? 아니, 아마도, 이민이 가장 많기 때문일 테지. 응, 이 전 세계 인종의 피가 섞여 탄생한 라틴아메리카에, 아시아로부터 온 이민이라면 우선 중국인일 것이다.

나는 조금이나마 기분이 맑아졌다. 그러나 왜 동양인이라고 생각하면 기분이 맑아질까? 중국인이라고 하면 화가 나고, 하포네스라고 말했으면 좋겠고, 그러면서도 엔으로 보이는 건 싫고, 동양인이라고 생각하면 상관없다는 것은 모순이지 않은가.

그렇게 생각하니 혼란스러웠지만, 내가 틀렸다고는 생각하지 않았다. 그것이 나와 마키의 차이라고 생각했다. 나는 신사에게 "무차스 그라씨아스, 엔티엔도 비엔Muchas gracias, entiendo bien(정말 감사합니다, 잘 알겠습니다)." 하고 말한 뒤, 내 이름을 대고 상대방의 이름을 물었다. 신사는 명함을 내밀었고, 수도에 살고 있으니 괜찮으면 놀러 오라고 했다.

일행은 줄줄이 버스로 돌아가 앉았다. 나는 군인에게 말하고 소변을 보고 있었다. 나를 흉내내는 손님이 줄을 잇는다. 승객도 군인도 서로 긴장감에서 해방되어 버스 승강구에 발을 올리는 여성의 엉덩이를 가리키며 놀리기도 했다. 그러니 갑자기 마른 파열음이 공기를 흔들 때 모두가 죽을 각오를 했던 셈이다. 총성은 계속해서 울렸고 나는 바지 지퍼를 올릴 새도 없이 바닥에 엎드렸다. 등 뒤에서는 버스를 타려던 승객들의 비명과 발소리가 들렸다. 나는 내 등 근육으로 총탄이 관통할 때나 느낄 고통을 정성 들여 상상했다. 그 타는 듯한 느낌은 도대체 몇 초나 계속될까? 그것이 사라지면, 나는 심한 통증 속에서 죽는 것일까? 아픈 것은 싫다.

나는 바보 같은 상상에 사로잡힌 자신을 비웃었다. 현실을 봐라. 이 자세로 좋은가? 버스로 달려가는 게 나을까, 아니면 반대로 달려가서 길을 벗어나는 게 좋을까? 그런 생에 직결되는 실제적인 물음이 중요하다. 엔이 쉴드 쳐줄 수 없다면, 살아남을 수 없는 동양인이라면, 그건 가짜 치노다.

이번에는 우리들 바로 옆에서 조금 전과는 다른 종류의 총성이 연발했다. 군인들이 응전하는 것이다. 강렬한 화약 냄새가 떠돌았다. 군대의 총성은 압도적이었고, 점점 이쪽에서 멀어져 갔다. 군 쪽이 우세했던 것 같다. 나는 조금 여유가 생겨 슬며시 머리를 들었지만 버스에 가려 전투 장면이 보이지는 않았다. 하지만 바로 건너편에 분명 게릴라가 있는 것이다.

아아, 게릴라! 나는 게릴라라고 말하고 싶다, 게릴라를 만지고 싶다, 게릴라의 냄새를 맡고 싶다, 그러다가 오해를 받아 총을 맞아도 좋다. 나는 아무것도 모른다, 게릴라는 왜 존재하는 것인가, 나와 게릴라는 어떤 관계에 있는 것인가, 세계는 어떤 구조로 되어 있는 것인가?

나는 울고 싶은 심정으로 그런 생각을 하다가, 아직 미처 정리하지 못한 나의 물건이 딱딱해져 있다는 걸 깨달았다. 나는 엎드린 채 가만히 손을 뻗어 그것을 확인했다. 그리고 사정을 하듯 부르르 떨고 있는 녀석이 가여웠다. 이 얼마나 무의미한 존재인가. 의미도 없이 어딘가를 향하고 마는 허무한 존재. 나도 마키도 막다른 길에 내몰린 동물. 마키는 결코 아이를 낳지 않을 테지. 아이까지 치노라 불리는 걸 견디지 못할 것이다.

"레반테세, 치노Levántese, Chino(일어서라, 치노)!"

등 뒤에 선 군인이 말했다. 아까 그 사무라이 같은 놈이다. 총성은 멈추었고, 승객들은 버스에 올라탔다.

"돈데, 게리야스Donde, guerrillas?(어디 갔어, 게릴라는?)"

나는 피부에 닿으면 벗겨져 피가 날 듯 날카로운 기대로 뺨을 들이대듯 물었다.

"세 후에론Se fueron(도망갔다)."

내 가슴에서 천이 찢어지는 느낌이 들었다. 나는 지퍼를 끌어올리며 일어나 버스로 돌아가서 짐을 들고 서둘러 내렸다. 군인이 알아채고는 뭐라고 소리쳤다. 나는 무시하고 길을 따라 계속 걸었다. 군인은 나를 따라 달려와서 내 팔을 기계처럼 꺾고 돌아가라 명령했다. 나는 거부했지만 그 힘을 이기지 못하고 버스에 태워졌다. 버스 문이 닫히고 군대 트럭이 앞서 떠났다.

"시엔테세Sientese(앉아요)."

운전수가 버스 입구에 서 있는 나에게 말했다. 나는 아무 반응도 하지 않았다.

"젠테제, 치노Sientese, Chino."

운전수가 다시 한 번 말했다.

나는 힘없이 대답했다.

"난 치노가 아니야."

별에서 온 이야기
―현생인류의 존재방식을 묻는 스페이스 오디세이―

　호시노 도모유키는 이름에 '星野'라는 한자를 쓴다. 별 밭, 별이 가득한 들, 밤하늘이 떠오르는 이름이다. 나는 그의 이름을 처음 한자로 보았을 때 '호시노 오지사마星の王子様'를 떠올렸다. 호시노 오지사마는 생텍쥐페리 『어린 왕자』의 일본어 제목이다. 호시노 도모유키를 어린 왕자로 만들 생각은 없지만, 나는 그가 쓴 이야기들이 어쩐지 먼 별에서 날아온 이야기처럼 느껴질 때가 있다. 그가 낯선 별에서 온 사람처럼 지구에서 일어나는 일들을 바라보기 때문이다. 그가 만약 먼 별에서 온 사람이라면 그의 별에는 아미 장미꽃 대신 까마귀가 살고 있을 것이다. 그 까마귀는 변비에 걸렸을지도 모른다. 어쩌면 그는 지구에 올 때 까마귀를 타고 왔을지도 모른다고 상상해 본다.
　'까마귀'와 '똥'은 그의 작품에 곧잘 등장하는 카메오들이다. 까마귀는 지구별을 낯설게 바라보게 하는 파수꾼이다. 똥은 점잖은 어른들의 세계에서는 입에 담지 않는 말이지만, 어린아이들은 똥을 만나면 누구라도 깔깔 웃는다. 인간은 똥을 누어야 행복할 수 있다. 호시노의 이야기는 똥처럼 존재하지만 말하지 않는 이야기들을 담기도 한다. 때때로 그것은 위트이고 유머이자 비판이다.

그 별에서는 어쩌면 스페인어가 공용어인지도 모른다. 호시노는 새로운 책이 나올 때, 스페인어의 '스'자로 모르는 나에게 'Con mucha amistad'라고 써서 보내준다. 아마도 '우정을 담아'라는 뜻일 것 같다. 사실 그는 지구상의 모든 친구들에게 우정을 담아 이야기를 발신하는 사람이다. 모두가 알고 싶어 하지 않거나 상상하기를 포기한 존재들을 향한 시선을 거두지 않는다. 그래서 그는 오늘의 우리에게 필요한 작가가 아닌가 한다. 모쪼록 한국의 독자들이 호시노와 그의 이야기들을 '발견'해 주길 바란다.

지구와 우주를 흔드는 규모의 단편들

호시노 도모유키는 '국가를 흔들리게 하는 규모'의 소설을 쓰는 작가(오에 겐자부로가 자신의 소설적 후계자로 호시노 도모유키를 지목하며 '국가를 흔들리게 하는 규모'의 소설을 쓴다고 하여 크게 화제가 되었다—옮긴이)로 불리지만, 이 단편집에 실린 작품들은 그의 세계가 '국가'에 머물지 않고 '지구'를 흔들고 '우주'로 뻗어나가는 규모임을 보여준다. 「지구가 되고 싶었던 남자」, 「스킨 플랜트」에는 각각 홍수 뒤 반지하 방에 쌓인 흙을 퍼내다 결국은 자기 자신이 흙을 낳고 그 흙과 한 몸이 되는 남성, 식물의 열매로 태어나 자신의 씨앗(문자 그대로의 씨앗)을 우주에 뿌리기 위해 우주로 간 남성이 등장한다.

「지구가 되고 싶었던 남자」의 모리세는 가족과도 동료와도 철저히 분리되어 고독하게 살아간다. 그는 누군가를 질타함으로써 소속집단에 대한 충성을 증명하는 존재들에 대한 반감으로 인해 고독을 선택한 인물이다. 온 마을을 덮었던 홍수가 끝나자 모리세는 반지하 방의 침낭 속에서 매일 혼자 먹고 자고 깬다. 어느 순간 벌레들과 친숙해지고 그 자신이 지구가 되어 간다. 침낭이 여왕개미의 배를 닮았다고 생각하자, 항문 대신 열린 그의 산도에서 개미, 풍뎅이, 달팽이, 질경이, 괭이밥 같은 벌레와 식물들이 쏟아져 나온다. 모리세는 흙과 맨틀과 핵을 차례로 삼키며 지구 자체가 된다. 가는 곳마다 강이 범람하여 누군가의 지하 방을 침수시키는데 그 물은 이미 모리세 자신의 체액이었다. 말 그대로 '지구를 흔드는 규모'의 소설이며 살아 있는 유기체로서의 지구와 인간의 관계를 다이내믹하게 그려낸 은유의 대서사다.

「스킨 플랜트」에서는 이 규모가 우주로 확대되어 나간다. 「스킨 플랜트」의 화자는 '나ぼく(남성 1인칭)'다. 타투로부터 시작된 진짜 식물 피부 이식 기술이 발달하면서 사람의 머리에 꽃을 피울 수 있게 되자, 현생인류는 꽃을 피우는 기쁨을 위해 생식기능을 포기하게 된다. 성범죄가 급격히 줄어들면서, 인간의 일상이 얼마나 성에 관련된 범죄와 폭력, 짓궂은 언행으로 이루어졌는지 명백히 드러난다. 성과 인간의 욕망에 대한 호시노 자신의 문제의식이 보이는 부분이다. 이것은 인간 존재의 부조리에 대한 물음이기도 하다.

이제 더 이상 인간의 아이가 태어나지 않을 것 같던 지구에 놀랍게도 '플라워즈'라는 존재들이 태어난다. 인간의 머리에서 자라난 꽃에서 떨어진 씨앗이 다시 싹을 틔우면 거기에 사람의 모습을 한 열매가 열렸다. 신인류는 더 이상 섹스에 의해 태어나지 않고 식물의 열매로 열리게 된다. 식물 인류라고 해도 좋을 신인류는 계속해서 진화하고, 화자인 '나ぼく'는 우주 정거장으로 보내져 달 표면에 씨를 뿌릴 준비를 한다. '나'는 인간이 결국 이동하는 초목의 형태로 진화하여 지구를 채울 것이라고 예견한다.

그렇습니다, 그때 인류는 이미 각오를 했던 것입니다. 이 아름답고 환상적인 광경과 맞바꾸어 자신들의 세대에서 인간은 멸망하는 것이라고. 그것은 자신들은 이렇게 행복했으니 됐다, 멸망한들 후대와는 상관없다 하는 이기적인 자세와는 전혀 다른 것이었습니다. 인간은 종착점까지 왔으니 순순히 끝내자는, 운명을 담담히 받아들이는 깨달음의 경지였다고 할 수 있을 것입니다.

「스킨 플랜트」는 일종의 SF소설이다. 인류의 소멸과 신인류의 탄생을 소재로 한다는 점에서 알폰소 쿠아론 감독의 영화《칠드런 오브 맨Children of Men》을 연상시킨다. 알폰소 쿠아론 감독의 영화는 멸종한 줄 알았던 인류의 아기가 탄생하는 장면에서 그 울음소리 하나로 전쟁을 종식시키는 메시아적 탄생을 암시한다. 하지만 「스킨 플랜트」의 '플라워즈'들은 평화를 지향하는 다수의 신인류를 의미한다는 점에서 메시아적 영웅서사를 넘어선다. 인류는 반드시 현생인류여야만 한다는 당위적 패러다임 역시 해체된다.

젠더·빈부·내셔널리티

앞에 소개한 두 개의 단편 「지구가 되고 싶었던 남자」와 「스킨 플랜트」는 모두 남자 주인공들이 섹스에 의지하지 않고 '낳는 성性'으로 등장한다는 공통점을 가진다. 남성이 '낳는 성'으로 등장하는 또 다른 단편 「쿠엘보」에서는 주인공 쿠엘보 노인이 까마귀 알을 낳는다. 쿠엘보는 인간 세상에 염증을 느끼는 인물이다. 그는 인간이 자유의지로 살고 있다고 생각하지만, 사실은 그 '나와바리'의 주인인 까마귀의 지배하에 있는 것이며, 까마귀 덕분에 평온한 생활을 하고 있다고 상상하는 조금 이상한 노인이다. 그는 까마귀에게 감정 이입한 나머지 스스로 까마귀가 되어 까마귀 알을 낳게 된다.

세 작품 모두 현실과 상상의 경계가 모호하지만, 남성이 후세를 낳는다는 점, 그리고 그 생산이 섹스에 의지하지 않으며 반드시 인류의 번식을 의미하지도 않는다는 점에서 현생인류의 존재 방식에 대한 문제 제기를 담은 작품이라 할 수 있다.

호시노는 자주 메칸코마니와 같은 미러링을 통하여 인류의 존재 방식을 묻는다. 그 미러링은 때로 공간의 반전, 시간의 반전을 의미하기도 하고, 젠더, 빈부, 내셔널리즘의 반전을 가져오기도 한다. 젠더, 빈부, 내셔널리즘에 대한 강력한 문제의식은 호시노의 주요 이슈인 동시에 현생인류의 존재론적 화두이다. '낳는 성'

으로서의 남성의 등장도 그중 하나라고 할 수 있다. 「선배 전설」에서는 빈부의 위치가 뒤집힌다. 집 없는 사람, 집 없이 살기를 자처한 사람이 사회의 다수이고, 집을 가진 자가 소수인 세상을 그림으로써 갖지 못한 자에 대한 멸시의 시선을 그대로 가진 자에게 돌려주기도 한다.

「무엇이 나를 그렇게 만들었을까?」와 「인간은행」은 무엇이 인간을 비인간화하는지를 궁극적으로 파헤쳐 들어간 작품들이다. 「무엇이 나를 그렇게 만들었을까?」에는 단돈 10만 원에 노인을 맡아준다는 수상하기 짝이 없는 보호시설 광고문에 현혹되어 늙은 아버지를 넘겨준 도라스케가 등장한다. 자유기고가인 도라스케는 특종 취재를 위해 스스로 보호시설로 들어가면서 그 자신도 시설의 노예로 전락하며 사라진 사람들이 '에코화'되어 가축의 사료 통조림이 된다는 걸 알게 된다. 이런 천인공노할 일이 어떻게 알려지지 않을 수 있는가 하면, 그것은 '사라진 노인이 어떻게 되었는지 알고 싶은 녀석이 하나도 없기 때문'이다. 부조리한 것을 파헤치는 것에 대한 두려움, 실체를 알게 되는 것에 대한 두려움, 그러한 외면이 소외를 만든다는 사실을 적나라하게 보여준다.

「인간은행」은 노숙자나 삶이 궁지에 몰린 이들을 '주워다' 빚을 안기고, 인간 자신을 화폐화하여 노동으로 빚을 갚게 하는 기묘한 조직의 이야기다. 보통의 살과 영혼을 지닌 인간이 화폐가 된다는 발상은 대단히 충격적이다. 인간은 자본주의 사회의 노예 정도가 아니라 사실은 화폐 자체가 아니었던가 하는 물음을 던지지 않을 수 없다. 벗어날 수 없는 가난의 실체에 대한 우리의 허무는 당장에 세상을 바꿀 수 없지만, 그 허무의 심연은 눈물 쏟아내며 하소연할 자리를 마련해 준다. 「인간은행」은 호시노의 치밀함과 궁극의 상상력을 보여주는 수작이다.

　사람은 자신의 한계와 사회적 터부를 넘어 상상의 날개를 펴지만, 흔히 그 상상조차 사회적 규범을 벗어나지 못한다. 아니, 그것은 '끝까지 응시하기를 두려워함'이라고 말하는 편이 옳을 것이다. 호시노는 터부와 금기를 넘어 상상하기를 멈추지 않는다. 그 상상 너머에 기다리는 어둠은 허무 자체가 아니라 인간 존재에 대한 따뜻한 시선이다. 한없이 부드러운 연민과 위로다. 호시노의 힘은 그 부드러운 어둠에 있다고 언제나 생각한다. 의식의 바닥을 외면하지 않는 그 상상력에 다른 이름을 붙인다면 그것은 '작가적 용기'가 아닐까 생각한다.

　호시노의 문학이 가지는 또 하나의 힘은 '유쾌력'이다. 내셔널리티를 거부하는 한 청년이 게릴라가 되기 위해 멕시코를 여행하는 이야기 「치노」는 그 유쾌력을 십분 발휘한 작품이다. 호시노 특유의 경쾌한 필치로 내셔널리티를 성찰하고 있다. 일본의 지구 반대편 공간에서 벌어지는 에피소드를 통해 내셔널리티를 앞세워 표현되는 인간의 내면이 얼마나 빈곤한 것인지를 보여준다. 멕시코인이 되어도 좋다고 생각했던 작가 자신의 남미 체재 경험을 바탕으로 쓴 이 작품은 '멕시코인이 되어도 좋다'는 자유 의지마저도 자신의 선택이 아니라 우연히 가지고 태어난 내셔널리티에서 기인한다는 점을 성찰한다. 이주를 꿈꾸는 자유의지조차도 사실은 '엔'으로 대표되는 특권이었던 것이다. 지구 규모에서 빈곤의 문제와 내셔널리티의 문제가 별개일 수 없음을 생각하게 하는 작품이다.

회오리춤은 어디로 향하는가?

인류는 어디로 가고 있을까? 어디로 가야 할까? 이것이 호시노 도모유키가 작품을 통해 해결하고자 하는 질문이 아닌가 한다. 중국에서 시작된 코로나 쇼크가 세계적으로 확산되는 과정에서 인간이 얼마나 배타적이 되기 쉬운 존재인가를 확인했다. 이것은 선악의 문제라기보다는 실존의 문제였다. 모두가 함께하는 기도는 커다란 힘을 가진 주술이 되어 우리를 구원하기도 하지만, 때로는 돌이킬 수 없는 위기에 빠뜨리기도 한다. 인간은 종종 육체적이든 정치적이든 자신의 생존을 위해 누군가를 배척함으로써 안도하는 존재이다. 스스로 욕망하고 생각하는 것 같지만, 내 대부분의 욕망과 생각이 외부에서 비롯됨을 깨닫곤 한다.

2014년 5월에 영국 잡지 《GRANTA》와 일본의 《와세다 문학》에 동시 게재되었던 단편 「핑크」는 그러한 인간의 집단적 광기를 그리지만, 그 광기를 되돌리는 힘 역시 인간에게 있음을 시사한다. 40도를 웃도는 이상기후 속에서 누가 처음이랄 것도 없이 시작된 회오리춤, 결국 모든 사람이 모여 빙글빙글 돌게 되면서 갑자기 시간이 빨리 흘러버리고 나오미의 조카 핑크는 어린 나이에 참전하여 전사한다. '고속 회전'으로 상징되는 거대한 원심력을 통해 인간은 불안을 털어버릴 수 있다. 어느 날 문득 나오미가 반대 방향으로 돌기 시작하면서 시간이 다시 거꾸로 돌아간다. 나오미가 시간을 되돌리는 마지막 부분의 원문은 거의 한 호흡으로 마침표 없이 이어지지만, 한국어로 옮기면서 필요하다고 판단되는 부분에 마침표를 넣었음을 밝혀둔다.

「핑크」가 집단적 광기를 성찰한 작품이라면 「눈알 물고기」는 집단적 슬픔에 대한 이야기다. 마치 눈동자처럼도 보이고 물고기 떼처럼도 보이는 꽃, 에리카를 모티브로 한 작품이다. 주인공 고로가 꽃집에서 에리카를 사온 뒤로 이상한 일이 벌어진다. 이유 없이 울게 되는 것이다. 눈물이 바이러스처럼 번져가지만, 사람들은 자신이 왜 우는지 전혀 알지 못한다. 2011년의 대지진과 쓰나미를 연상시키는 이 작품을 읽노라면, 살아남은 것이 미안하고 슬퍼지던 우리의 사회적 경험들도 함께 떠오른다.

에리카는 사람의 눈 옆을 서성이며 신문, TV, SNS 가리지 않고 닥치는 대로 문자를 먹어버린다. 혼잣말도 먹어버린다. 그리하여 고로는 소리 없는 세계, 바닷속 같은 세계로 빠져든다. 그리고 지금까지 사용했던 언어가 아닌 '뭐라 부를지 알 수 없는 존재 방식으로 응축되고 농밀한 의미의 덩어리가 눈뿐인 전신을 통해 교환'되는 경험을 한다. 그리고 어느새 신체를 갖지 않은 존재가 되어 모든 사람의 인생에 관계했던 사람들, 탄생 이후의 모든 인류와 하나가 된다. 「지구가 되고 싶었던 남자」의 마지막 부분을 상기시키기도 하는 이 장면은 우리가 인지하고 욕망하는 세계가 나 하나만의 것이 아니라 '탄생 이래 모든 인류'가 쌓아온 역사 속에서 얻어진 세계임을 말해 준다. 그리고 무수한 네트워크로 이어진 오늘날의 지구 세계를 의미하는 듯도 하다.

옮긴이의 말

생각하기를 요구하는 텍스트

인간의 생각이 오로지 자신만의 것일 수는 없지만, 그렇다고 끊임없이 생각하고 상상하기를 포기한다면 어딘가에 매몰되어 버릴 수밖에 없다. 콩트 「읽지 마」는 1인칭 화자가 이야기의 시작을 알림과 동시에 이야기의 끝이 어떻게 끝나지 않을 수 있는지를 말하는 위트 넘치는 작품이다. 「읽지 마」는 마치 롤랑 바르트가 말한 '작가의 죽음'을 영화화하는 모노드라마의 시나리오 같다.

어이, 너. 이걸 읽고 있는 너 말이야. 이걸 읽어도 괜찮겠어? 이걸 읽은 사람은 모두 사라져 버리는데?

자, 슬슬 나는 이야기를 마칠 거야. 이 문장은 끝나. 다 읽으면 너는 사라질걸. 각오는 됐어? 난 처음에 충고했다, 분명.

하지만 만약에 운명을 피하고 싶다면 한 가지 방법이 있어. 네가 글쓴이가 되어 나에게 계속 말을 거는 거야.

자, 어쩔 거지? 여기에서 나는 이야기를 마치고, 너는 당장 운명을 받아들이든지, 나를 계속 쓰며 발버둥 치든지 둘 중 하나야.

'나'라고 쓴 화자는 오래전에 자신이 죽었다고 주장한다. 그리고 독자가 살기 위해서는 작가이기도 하고 아니기도 한 '나'를 향해 계속해서 말을 걸어야 한다.

호시노는 타고난 이야기꾼이며 사상가다. 새롭고도 친근한 이야기들이 때로는 에로틱하게, 때로는 SF적인 호기심을 자극

하며 흥미진진 펼쳐진다. 그는 단순히 재미있는 이야기를 하는 것이 아니라, 인류가 안고 있는 크고 작은 모순을 파헤친다. 멜랑콜리에 호소하지 않고, 자극을 연료로 하지 않으면서 때로는 긴 호흡으로, 때로는 긴박한 호흡으로 인간의 내면을 두드리며 설렘 뒤에 성찰을 주는 작가다. 남녀 간의 하이어라키, 내셔널리티에 대한 거부, 인간과 식물, 쾌락과 윤리, 거짓과 진실의 경계, 빈부, 안과 밖…… 끊임없이 전복시키고 역전시키며 반전을 꾀한다. 그는 상상력을 무기로 하는 게릴라다.

한국과의 인연

2012년 한여름, 작품 「핑크」 속에 녹아 들어간 듯 무덥던 어느 날, 인사동에서 호시노를 만나 친구가 되었다. 그는 한국어를 배우기 위해 한국에 와 있었다. 그가 와 있는 동안 나는 그의 통역과 번역을 맡았다. 당시의 이야기를 담은 작품이 「모미 쵸아요」다. 「모미 쵸아요」는 2019년 《문예》 가을 특집, '한국 페미니즘·일본'에 실린 최신작이다.

'모미 쵸아요'는 '몸이 좋아요'의 일본식 발음을 그대로 옮긴 것이다. 축구선수로 대표되는 한국인 남성들이 곧잘 멋진 근육을 뽐내는 모습을 보며 한류는 남성의 신체를 상품화하는가 하는 의문 등, 외국인만이 가질 수 있는 흥미로운 시선이 담겨 있다. 나는 이 작품을 읽자마자 여기에 등장하는 한국인 여성의 모델이 나라는 것을 알 수 있었다. 물론 모든 내용이 현실에서 있었던 것은 아니다.

내가 처음 한국에도 홈리스 축구가 존재한다는 것을 알게 된 건 호시노를 통해서였다. 그는 서울의 번화가뿐 아니라 뒷골목 산책을 좋아했고, 서울의 빠른 변화를 놀라워했다. 「모미 쵸아요」에 나오는 것처럼, 그는 매주 토요일에 홈리스 축구에 참여하면서 한국의 홈리스와 어울렸다. 그가 누구인지를 보여주는 부분이라고 생각한다.

호시노는 일본의 정치와 사회문제를 작품으로 비판하는 몇 안 되는 작가다. 이 책에 실린 단편에도 구석구석 그런 비판의식이 엿보인다.

2012년 당시에 이미 한국에도 『깨어나라고 인어는 노래한다』, 『론리 하트 킬러』, 『오레오레』 등 호시노의 장편이 번역되어 있었지만, 나는 그의 단편들이 담고 있는 재치와 스케일에 관심을 갖게 되었다. 그의 단편집을 한국에 알리고 싶다고 생각한 지 8년 만이다. 이 작품집을 내게 되어 말할 수 없이 기쁘다. 나를 믿고 모든 작품의 선정과 출판 과정의 전 권한을 일임해 준 호시노에게 깊은 감사와 우정을 전한다. 그리고 이 작품을 번역하면서 스페인어를 옮기는 데 어려움을 겪을 때 기꺼이 도와준 스페인어계의 스타 강사 실비아 전에게 감사를 전한다. 끝으로 늘 곁에서 응원해주는 나의 가족과 친구들에게 사랑과 감사를 보낸다.

앞으로 호시노 도모유키가 한국 사회에서 새롭게 발굴되고 보다 널리 알려지기를 기대한다. 권력을 대하는 그의 자세와 시선, 약자에 대한 태도, 인류사에 대한 통찰 등을 지켜봐 왔다. 그의 작품 속에는 일본뿐 아니라 한국 사회와 동아시아 전체가 귀 기울일 만한 메시지가 존재한다고 확신한다. 이 단편집이 한국 독자에게 호시노가 누구인가를 가까이 전달할 수 있는 계기가 될 수 있다면 더없이 기쁘겠다.

인간은행

초판 1쇄 발행·2020년 8월 12일

지은이·호시노 도모유키
옮긴이·김석희
펴낸이·김종해

펴낸곳·문학세계사
주소·서울시 마포구 신수로 59-1(04087)
전화·02-702-1800
팩스·02-702-0084
이메일·mail@msp21.co.kr
홈페이지·www.msp21.co.kr
출판등록·제21-108호(1979. 5. 16)

ⓒ호시노 도모유키, 2020
값 13,500원
ISBN 978-89-7075-961-6   03830

＊이 도서의 국립중앙도서관 출판예정도서목록(CIP)은 서지정보유통지원시스템 홈페이지
(http://seoji.nl.go.kr)와 국가자료공동목록시스템(http://www.nl.go.kr/kolisnet)에서
이용하실 수 있습니다. (CIP제어번호: CIP2020031851)